눈 속에 핀 　　꽃

눈 속에 핀 꽃

김민환
소 설

중앙books

차례

1

1월 1일
0시 5분

1월 1일 0시 5분

1

가을비가 스쳐갔다. 영운은 마당으로 나갔다. 햇살이 비에 젖은 구절초 꽃잎을 어루만지자, 구절초는 얼른 보라색 꽃잎 뒤로 눈물을 감추고 해를 향해 싱긋 웃었다.

전에는 무엇에 그리 쫓기며 살았을까? 은퇴하기 전이라면 아마 구절초의 웃음 같은 건 눈에 들어오지 않았을 거야. 은퇴한 뒤에 계속 서울에 살았다면 구절초의 웃음을 볼 기회가 아예 없었을 것이고…. 먼 섬으로 내려오기를 잘 했어. 하품을 하며 크게 기지개를 켜는데 핸드폰 벨이 울렸다.

"최영운 교수님이시죠?"

"그런데요."

"대학 동기 서윤희 님 아시죠?"

영운은 전화를 건 이에게 물었다.

"누구시죠?"

"수민인데요."

윤희의 딸이라고 했다.

"엄마가 치매가 심해서… 지금은 요양원에 계셔요."

깔끔하던 윤희가 치매로 요양원 생활을 하고 있다니 믿기지 않았다. 수민이 뭔가 물었지만 영운은 듣지 못했다.

"뭐라고 했어요?"

"주소 좀 알려주시라고요."

어머니의 장롱 서랍을 정리하다가 영운이 대학생일 때 보낸 편지들을 보았다며, 그걸 부치겠다는 것이었다. 그럴 필요가 없다는데도 막무가내였다.

사흘이 지난 날 오후였다. 오토바이를 타고 온 집배원이 우편물을 내밀었다. 누런 종이상자에, 영운이 대학 2학년 말 겨울방학 때 윤희에게 보낸 편지들이 들어 있었다. 첫 편지를 들었다. 그가 보기에도, 검은 잉크를 찍어 철필로 쓴 편지에 정성이 배어 있었다. 편지 중간쯤으로 눈이 갔다. 만당晚唐의 시인 조업曹鄴의 시가 그를 반겼다.

手推嘔啞車 朝朝暮暮耕 未曾分得穀 空得老農名

삐걱대는 수레 손으로 밀며

아침부터 저녁까지 농사를 지어도

남는 곡식 하찮으니

노농이라는 말이 공허할 따름

그 시절에 영운은 곧잘 한시를 인용해 생각이나 주장을 펴곤
했다. 한시 아래로 눈이 갔다.

아버지는 눈만 뜨면 논밭으로 나가 일해요. 옆집 아저씨들도 그
래요. 농사에는 도가 튼 노농들이에요. 그렇지만 다들 가난을
달고 살아요. 부지런히 일하면 잘살아야 하잖아요? 그런데 왜
가난을 벗어나지 못할까요? 우리 사회가 구조적으로 잘못되어
있다는 생각이 들곤 해요.

여학생에게 보내는 첫 편지에 쓸 이야깃거리가 아니었다. 그럼
에도 불구하고 가난한 사람들에 관한 이야기를 한 것은, 그리고
그들의 가난이 사회적 모순의 산물임을 내비친 것은, 사실은 영
운이 윤희를 마음 깊이 담고 있다는 고백의 다른 표현이었다. 그
런 이야기를 진지하게 나눌 여자친구를 만나고 싶다는 건 그의

꽤 오랜 소망이었다. 대학 시절의 윤희 얼굴이 눈에 선했다.

2

새내기 생활이 끝자락에 이른 1966년 12월 초 어느 날이었다. 교양학부 도서관의 세미나 룸에서 송년 다과회가 열렸다. 대학에 입학한 뒤, 매월 책 한 권을 정해 읽고 토론회를 열어온 학생들이 지도교수와 함께 마지막 모임을 갖는 자리였다.

그 모임을 지도해온 철학과 S 교수가 학생들에게 새해를 어떻게 보낼 것인지 포부를 말하라고 했다. 여러 명이 마치 입이라도 맞춘 듯이, 2학년에 올라가서도 전공 공부를 하면서 교양도서도 열심히 읽겠다고 했다. S 교수가 독서토론을 지도하면서 늘 강조한 바가 그것이었다. S 교수는 웃음 띤 얼굴로 연신 고개를 끄덕였다. 서윤희 차례가 되었다.

"저는 1년 계획은 아직 생각해보지 않았어요. 그러나 새해 첫날 계획은 있어요. 1월 1일 0시가 되면, 5분간 저와 제 가족의 건강을 비는 기도를 올릴 거구요, 0시 5분에 마음에 담아둔 남학생에게 편지를 쓸 거예요."

학생들이 야, 하고 탄성을 질렀다. 천편일률에서 벗어난 파격이 놀라웠다. 윤희는 청신한 외모에 어울리게 언행이 반듯한 모범생이지만, 어쩌다가는 그렇게 당돌함을 보이기도 했다. 철학과 윤지형이 주소록을 흔들며 외쳤다.

"일곱 번째 줄에 내 주소가 있어요."

다시 학생들이 웃었다. 차례가 오자 영운이 말했다.

"저는 1년 계획은 아직 생각해보지 않았어요. 그러나 새해 첫날 계획은 있어요. 1월 1일 0시가 되면 5분간 저와 제 가족의 건강을 비는 기도를 올릴 거구요, 0시 5분에 마음에 담아둔 여학생에게 편지를 쓸 거예요."

영운은 '남학생'을 '여학생'으로 바꾼 것 말고는 윤희의 말에 한 자도 보태지도 빼지도 않았다. 학생들이 아까보다 더 큰소리로 웃었다.

영운이 윤희에 대해 특별한 관심을 갖기 시작한 것은, 2학기 초의 독서토론회 직후였다. 지정 도서가 셰익스피어의 희곡『로미오와 줄리엣』이었다. 토론회에 참여한 학생들은 입을 모아 두 연인의 순수성을 예찬했다. 순수한 사랑이야말로 그 희곡의 주제이자, 대학 새내기들의 한결같은 로망이었다.

몇 학생이 두 주인공의 무모함이나 맹목성을 지적했다. 어떤 학생은 우연한 사건이 중첩된다며 작품의 구성을 비판했다. 그러나 누구도 분위기를 뒤엎지는 못했다. 입을 다물고 있던 영운을 보며 S 교수가 말했다.

"최 군. 작품을 읽었을 텐데, 독후감을 말해보게."

기다리던 바였다. 1학기 말의 토론회에서 S 교수로부터 칭찬을 들었기 때문에, 영운은 교수가 그에게 발언할 기회를 줄 것으로 믿었다.

"이 희곡의 배경이 된 이탈리아의 14세기는 한 마디로 갈등의 시대였습니다. 교황파와 황제파가 치열하게 대립합니다. 그래서 망명 중이던 단테는 '비참한 땅에서 피 흘리고 있는, 오 비굴한 이탈리아여. 거대한 폭풍우 속에서 선원이 없는 배와 같구나.' 하고 개탄합니다.

정치적 분열은 경제침체로, 사회혼란으로 이어집니다. 시에나에서, 피렌체에서, 루카와 페루자에서 꼬리를 물고 민란이 일어납니다. 1370년에는 다시 피렌체에서 비숙련 노동자들이 폭동을 일으킵니다. 이 희곡의 배경이 된 베로나 지방의 사정 역시 크게 다르지 않습니다.

이 희곡을 보면, 바로 그런 역사적 상황에서 지배층인 귀족 자녀들이 사랑에 탐닉하다가 어처구니없는 죽음을 맞이합니다. 그들에게는 사랑 말고는 아무것도 없어 보입니다. 그런 사랑을 지고지순한 것이라고 할 수 있을까요? 저는 동의하기 어렵습니다. 역사성이나 사회성을 외면한 사랑은 하나의 유희에 지나지 않기 때문입니다."

영운은 주위를 둘러보았다. 마치 찬물을 끼얹은 것 같았다. 희곡을 읽는 데 그치지 않고, 이탈리아 역사를 아울러 살펴본 효과가 난 것이었다. 이제 분위기를 반전시켜야 했다.

"제가 그 시대를 살았다면 어떻게 했을까? 제 곁에 줄리엣처럼 미모와 예지를 갖춘 여인이 있었다면, 저 역시 앞뒤 살피지 않고 사랑에 빠졌을 겁니다. 사랑은 사람을 바보로 만든다는데, 그럴 만한 기회가 오면 당연히 바보가 되어야 한다는 것이 제 생각입니다. 물론, 바보가 되어 목숨을 버리기 직전까지 갔다가, 제정신을 찾아야겠지요."

일제히 웃음을 터트렸다. 누구보다도 S 교수의 웃음소리가 컸다. 토론회가 끝나 정거장에서 버스를 기다리는데 윤희가 영운에게 다가왔다.

"그렇게 가지고 놀아도 되나요?"

"가지고 놀다니?"

"뒤통수 쳐놓고, 마무리로 이마까지 쳤잖아요?"

윤희가 상긋 웃으며 돌아섰다. 지척에서 그의 미소를 본 건 그때가 처음이었다. 아랫니 하나가 약간 어두웠다. 영운은 윤희가 웃을 때 예뻐보이는 것은 그 은빛 아랫니 때문이라고 느꼈다.

그날 이후 윤희가 영운의 마음 깊은 곳에 둥지를 틀었다. 이러저러한 일로 독서토론회에 갈 형편이 아닐 때도 영운은 참석을 거르지 않았다. 윤희를 보기 위해서였다. 영운은 토론회가 끝난 뒤 집으로 돌아가는 윤희를 뒤따를까도 생각했다. 그러나 마음뿐이지 그에게는 그럴 숫기가 없었다. 한번은 돈암동에서 혜화동 쪽으로 가는 전차를 탔다가 같은 차에 윤희가 있는 것을 보고, 뒤를 밟은 것으로 오해 살까 봐 몸을 숨긴 적도 있었다.

겨울방학을 맞아 고향으로 가는 날이었다. 그는 다과회에서 한 말을 곱씹었다. 1월 1일 0시가 되면 5분간 저와 제 가족의 건강을 비는 기도를 올릴 거구요, 0시 5분에 마음에 담아둔 여학생에게 편지를 쓸 거예요. 반쯤은 장난삼아 한 말이지만 행동으로 옮겨야 할 것 같았다. 기차를 타고 서울역에서 영산포역까지 가는 동안, 영운은 1월 1일이 되면 윤희에게 편지를 쓰기로 마음을 다졌다. 감정에 충실해야 해. 걔를 마음에 품고 있잖아? 좋아하니까 좋아한다고 말하는 거야. 기차 안에서 영운은 도전의 열의에 차 있었다.

그러나 영산포역에서 내려 버스를 타고 장흥으로 가는 사이에 생각이 흔들렸다. 윤희에게 다가가려면 아직 그를 떠나지 않은 결핵에 대해 솔직하게 털어놓아야 했다. 그런 사실을 남에게 이야기하는 것은 그로서는 죽기만큼 싫었다.

장흥에서 다시 집으로 가는 버스로 갈아탄 뒤에는, 오래전부터

위통을 앓는 아버지와, 그 밑에 주렁주렁 매달린 동생들 얼굴이 떠올랐다. 윤희가 어떤 집안 출신인지, 무슨 생각을 하는지 모르지만, 어쨌거나 간에 그들과 윤희는 도무지 어울릴 것 같지 않았다. 마을 앞 정거장에서 내려 집으로 걸어가며, 영운은 윤희에게 편지를 쓰지 않기로 결론을 내렸다. 그렇다고 해서 그리움마저 끝난 것은 아니었다. 그날 밤 영운은 책상 앞에 우두커니 앉아 있다가 일기장에 일기 대신에 박용철의 시 〈너의 그림자〉를 적었다.

하이얀 모래
가이 없고

작은 구름 우에
노래는 숨다

아지랑이같이 아른대는
너의 그림자

그리움에
홀로 여위어간다

1월 1일이 지나고 4일이 왔다. 이른 아침에 영운의 마음 한 구석에서 묘한 기대감 같은 것이 불쑥 고개를 들었다. 윤희에게 편지를 쓰지 않았지만, 윤희가 그에게 편지를 보냈을지 모른다는 생각이 그것이었다.

집배원이 영운 앞에 나타난 것은 오후 4시가 지나서였다. 연휴 뒤끝이고 연하장이 많아 늦었다고 했다. 그가 연하장 몇 장을 영운에게 건넸다. 윤희에게서 온 것은 없었다. 허탈했다.

그 이튿날 영운에게 편지 한 통이 왔다. 보낸 사람의 주소나 이름이 적혀 있지 않았다. 얼른 봉투를 뜯었다. 윤희가 아니라 철학과 윤지형이 부친 것이었다. 윤희가 새해 계획을 말하자, 자기 주소가 일곱 번째 줄에 있다고 소리친 게 그였다.

편지 내용은 짧았다. 최 형. 가까이 지내고 싶었는데 그러지 못해 아쉽네요. 난 K대를 그만두기로 했지요. 내가 갈 길이 따로 있다는 생각이 들었지요. 스쳐 지나갈 때 서로 목례를 나눌 뿐이었는데, 뒤에 만나면 차나 한 잔 하지요. 안녕. 그게 전부였다. 어쨌든 그해 1월은 내내 외롭고 쓸쓸했다.

2

묵시

삼본주의

1

영운은 핸드폰을 열었다. 문자메시지 하나가 찍혀 있었다. 수민이 보낸 것이었다. 제가 보낸 우편물 받으셨죠? 엄마한테 온 편지는 엄마 건데 괜히 보냈나 봐요. 태우거나 없애지 말아주세요.

영운은 핸드폰을 닫았다. 그는 은퇴해 보길도로 내려가면서 서랍이 없이 살기로 작정했다. 뭔가를 간직한다는 것이 부질없다고 느꼈기 때문이다. 당연히 윤희의 편지도 태울 생각이었다.

수민의 말을 따르려면, 그는 그의 다짐을 접어야 했다. 어떻게 하지? 그는 수민의 말을 무시하기로, 그러니까 편지를 모두 태우기로 했다. 수민이 그더러 이래라 저래라 하는 것 자체가 온당치 않은 일이었다.

영운은 수민이 보낸 편지를 상자째 들고 뒤뜰로 갔다. 잔나뭇 가지를 모아 불을 지폈다. 편지 한 장 한 장을 들어 불 위에 올려놓았다. 종이는 이내 재로 변했지만, 그 대신에 가슴에 묻혀 있던 추억에 불이 붙었다.

2

교양학부 생활 1년은 마음이 들뜨 엄벙덤벙 보냈지만, 2학년 전공 과정부터는 차분하고 알차게 지내야 했다. 영운은 서당 훈장이던 고모부의 가르침을 대학생활에 적용하기로 했다. 무릇 생활을 함에 있어 본本으로 삼을 것이 무엇인지를 먼저 생각해야 하느니라. 고모부의 말씀이 귀에 생생했다.

영운은 대학 2학년 과정에서, 세 가지 일을 본으로 삼기로 했다. 첫째가 건강에 유의하면서 안정된 생활기반을 마련하는 일이고, 둘째는 전공 수업에 충실히 임하는 것이었으며, 셋째는 독서 토론 활동의 밀도를 높이는 것이었다. 영운은 첫째 과제가 생활에 관한 것이므로 생본生本, 둘째 과제는 공부에 관한 것이므로 공본工本, 셋째 과제는 독서에 관한 것이므로 독본讀本이라고 이름 붙였다. 생본과 공본, 그리고 독본에 충실한, 삼본주의三本主義

생활을 한다는 것이 영운의 새로운 다짐이었다.

영운은 윤희에 대해서는 더 이상 관심을 두지 않기로 했다. 윤희에게 편지를 쓰지 못한 요인에 변화가 없는 한, 누군가를 사랑한다는 것 자체가 사치일 뿐이라고 여겼다. 더구나 윤희는 마음에 담아둔, 영운 자신이 아닌, 다른 어떤 남학생한테 편지를 썼을 것이었다. 그렇다면 윤희는 이제 엄연히 남의 여자였다. 영운은 마음이 횅하니 빈 것 같았지만, 삼본주의 생활로 그 틈을 메우기로 했다.

영운은 봄학기 개강이 한 달 이상 남았으나 1월 하순에 서둘러 상경했다. 가정교사 아르바이트를 할 데를 구하기 위해서였다. 지난 1년 동안은 장학금에다, 가까운 친척들이 쥐여준 돈으로 버텼지만, 앞으로는 가정교사 알바를 해서 스스로 헤쳐가야 했다. 그것이 생본, 즉 첫째 과제인 안정된 생활기반을 마련하는 일의 핵심이었다.

기차에서 내린 영운은 D 신문사에 들러 가정교사 지원 광고를 신청해놓고, 삼선동 남이 누나 집으로 갔다. 연락처로 그 집 전화번호를 적었기 때문에, 거기 머물며 전화를 기다릴 예정이었다. 남이 누나는 처녀 시절에 영운의 바로 윗집에 살았다. 피 한 방울 섞이지 않은 남남이지만, 어른들끼리 서로 이웃 식구 생일이며 제삿날을 쏙 꿸 정도로 가까웠다.

이튿날 영운은 전화를 몇 통 받았다. 삼선동으로 마음이 기울었다. 남이 누나 집에서 가깝고, 학교까지 걸어다닐 수 있는 거리라서 좋았다. 영운은 그 집에 입주하여 2월 초부터 중1 남학생에게 영어와 수학을 가르쳤다.

그러나 그 집의 가정교사 알바는 한 달도 못 가 끝이 났다. 학생 어머니가 영운이 쓰는 헌 책상을 새것으로 바꿔주다가, 서랍에서 결핵약을 본 것이 사단이었다. 영운은 결핵이 완치된 것은 아니지만 균이 밖으로 나오는 상태는 아니어서 전염의 우려가 없다고 말했다. 의사의 소견서를 갖다드릴 수 있다고도 했다. 그러나 학생 어머니는 손사래를 쳤다.

영운은 다시 신문에 광고를 냈다. 조건이 전혀 다른 곳에서 영운을 보자고 했다. 영운은 돈암동에 있는 고입 영수학원으로 갔다. 원장은 영운에게 영어를 맡으라고 했다. 학원 안에 간이주방과 침실이 있어 마음에 들었다.

개학 이후에 영운은 전공 수업에 충실히 임했다. 그게 바로 그의 두 번째 과제였다. 전공 공부를 열심히 하는 공본이야말로 대학 과정의 정수라고 그는 믿었다. 장학금을 받기 위해서라도 공본을 소홀히 할 수 없었다.

그는 학과 원로인 A 교수가 강의하는 한국언론사韓國言論史 과목에 정성을 쏟았다. 최초의 근대신문인 『한성순보』에 대해 강의할 무렵에 영운은 도서관에 가서 그 신문 창간호를 찾았다. 신문에 쓴 문자가 모두 한자였다. 영운은 창간사에 해당하는 '순보서旬報序'를 베낀 뒤, 자전을 들추어가며 우리말로 옮겼다. A 교수는 번역문을 살피더니 영운을 격려했다.

영운은 그다음 주의 『독립신문』에 관한 수업에 대비해 다시 도서관으로 갔다. 영운은 그 신문의 사설을 뒤적거리다 두 가지 사실에 주목했다. 『독립신문』은 첫째, 열강이 중국을 유린하고 있는 사실을 언급하면서 '청국같이 못생긴 정부는 전국을 누가 모두 나누어 그 백성들을 개화시키고 토지를 개척하여 세계 인민이 그 효험을 보게 하는 것을 바란다.'고 썼다. 서구 열강이 중국을 분할해 개발하는 것을 지지한다는 것이었다.

둘째, 이 신문은 나라에 난亂이 나면 '농민과 상인이 생업에 힘쓸 수 없게 되고, 정부에서 군사를 보내는 데 따른 경비가 대단하여 정부의 손해이며, 조선 사람끼리 싸우므로 관민 간에 누가 죽든지 조선 사람이 죽기는 마찬가지'라고 전제하고, 동학혁명이나 의병운동을 모두 '야만의 행사'로 깎아내렸다.

영운에게는 두 가지 내용이 다 뜻밖이고 충격적이었다. 영운은 그런 사실을 들어 수업시간에 『독립신문』이 서구 제국주의의 수탈적 본질이나 반제 반봉건 항쟁의 불가피성에 대해 제대로 인식하지 못했다고 비판했다.

A 교수는 두 가지 이유를 들어 반박했다. 첫째, 극소수 사설의 내용을 들추어 『독립신문』의 성격을 단정하는 것은 위험하다는 것이었다. 말 한두 마디 가지고 한 인간이나 신문의 인식 전체를 평가해서는 안 된다는 논리였다.

둘째, 개화기 지식인들이 외세에 대해 부정적이지 않고, 민중을 계몽의 대상으로만 생각한 데는 그럴 만한 이유가 있다고 했다. 즉, 네덜란드로부터 신문명을 받아들인 뒤에 위로부터의 개혁을 통해 단시일에 대국으로 성장한 일본의 사례를 보며, 당대 우리나라 지식인들은 외세의 도움을 얻어 계몽운동을 펴는 것이 개화의 지름길이라고 인식했다는 것이었다.

영운은 반론을 펴지 않았다. 밑천이 달리기 때문에 확전은 피해야 했다, 그 대신에 A 교수의 논지를 충분히 반영하면서도, 『독립신문』의 반제 반봉건 의식의 한계를 지적한 논문을 써서 교지 편집부에 보냈다. 그 논문은 교지에 실렸다. 학기가 끝난 어느 날 A 교수가 그를 불러 세웠다.

"자네 논문 읽었네. 교지 지도교수인 P 교수도 아주 잘 썼다고 칭찬하더군."

전공 수업에 충실히 임하면서 영운은 셋째 과제인 독서토론 활동에도 열의를 쏟았다. 그는 전공 공부인 공본 활동이 지식을 쌓는 것이라면, 독본 활동은 의식을 갖추는 것이라고 믿었다. 1학년 때와 달리, 동기생 넷이 모여 책을 읽고 토론했다.

영운은 중학교를 졸업하고 2년, 고등학교를 졸업하고 또 2년을 쉬었기 때문에, 곧바로 대학에 들어간 동기생들보다 나이가 많았다. 독서토론을 함께 하기로 한 넷이 다 나배기였다. 사회학과 천동세는 영운과 동갑이었고, 경제학과의 이원호와 박승찬은 한 살 아래였다.

몇 번 모임을 가진 뒤, 좌장 역할은 사회학과 동세가 도맡았다. 읽을 책을 정하고 사회를 보는 일이 그의 몫이었다. 5월부터는 군대를 마치고 복학한 이중언이 끼어들었다. 불문과 소속이었는데 시를 잘 썼다. 전에는 주로 빈 강의실에서 만났지만, 중언이 함께 한 뒤로는 중언의 하숙집이 독서팀의 아지트가 되었다.

두어 달이 지나서는 독서 폭을 넓히기 위해 함께 일본어를 공부했다. 의식 있는 학생들에게 인지도가 높던 이와나미문고岩波文庫를 읽을 수 있는 수준에 이르는 것이 목표였다. 영운에게는 일어가 처음이었지만, 서당에서 익힌 한문 실력이 일어 공부에 도움이 되었다.

독서팀이 처음으로 함께 읽은 일문 서적이 무다이 리사쿠務台理作가 쓴 『현대の 휴머니즘』이었다. 저자는 그 책에서 개인주의 휴머니즘의 한계를 지적했다. 민중의 가난을 청산하려면 사유재산 제도나 독점자본의 문제를 해소해야 하고, 전쟁을 없애려면

반제 민족해방을 추구해야 하는데, 개인주의 부르주아 휴머니즘으로는 한계가 있다는 것이었다. 독서팀은 그 책을 읽으며 개인적 차원의 휴머니즘도 중요하지만, 그것이 사회제도나 국제질서로 보장될 필요가 있다는 데 공감했다.

어느 날은 동세가 등사본 한 권을 그들 앞에 내밀었다. 마르크스의『공산당선언』을 번역한 것이었다. S대 대학원에서 정치사상을 공부하는 선배한테 얻었다고 했다. 그 책을 읽는 건 그들 수준으로는 시기상조였다. 그러나 영운은 읽고 또 읽었다. 그는 그 책을 통해 근대사를 보는 눈을 뜨게 됐다고 느꼈다.

자립생활이 뿌리를 내리고, 전공 수업에도 나름대로 성과를 내는가 하면, 친구들과 함께 하는 독서토론도 밀도가 높아졌다고 자부할 무렵에 변수가 생겼다. 부정선거 논란이 그것이었다. 6월 초 어느 날이었다. 독서토론이 끝나자, 동세가 J일보를 펴들었다.

"이 신문은 야당지가 아니야. 그런데 봐. 전국적으로 선거 선심이 선거판을 혼탁하게 하고 있다는 거야. 대구에서는 어떤 유권자가 선거 술을 하도 많이 마셔 죽었대. 대전 보문산, 대구 동촌과 수성유원지, 광주 무등산에서는 선거 봄놀이로 날마다 흥청망청이래. 전남 순천에서는 다른 당 후보 이름을 적은 돈 봉투를 뿌린 뒤에 실수였다며 걷어가기도 했어. 각지에서 선거용 공약, 선거용 기공식이 줄을 잇고 있다는 거야."

원호가 나섰다.

"여당이 의석의 과반을 훨씬 넘길 것이 분명한데도 극성을 부리는 데는 그럴 만한 이유가 있어."

동세가 단정했다.

"맞아. 여당이 개헌 선을 넘는 의석을 확보하려는 거야."

영운이 물었다.

"무슨 개헌?"

"박정희가 재선을 했으니까 이번 임기가 끝나면 자연인으로 돌아가야 해. 그러나 박정희는 결코 물러날 사람이 아니야. 3선이 가능하게 헌법을 뜯어고칠 거야."

원호가 보탰다.

"3선 개헌에서 끝나는 게 아니라, 그 이상의 기도를 할 게 틀림없어."

영운이 물었다.

"그 이상이라니?"

"스페인의 프랑코나 대만의 장개석처럼 아예 총통제로 가는 거지."

"엊그제 4·19 혁명을 겪은 나라에서 그게 가능하겠어?"

역사는 진보한다. 총통제는 기도하지도 않겠지만 용인되지도 않을 것이다. 있을 수 없는 일을 마치 있을 것처럼 말하는 것은 데

마Demagogy에 지나지 않는다. 영운은 그런 말을 덧붙이고 싶었다. 그러나 원호가 치고 나왔다.

"무슨 소리야? 눈에 훤히 보이는데…."

동세의 결론이 오달졌다.

"지금처럼 자본가를 육성하기 위해 노동자 농민을 쥐어짜는 정치도 종식시켜야 하지만, 파쇼독재 총통제가 들어서는 것은 결단코 막아야 해."

며칠 뒤인 6월 8일에 총선거가 실시되었다. 일부 지역에서는 투표지에 여당 후보를 찍어 참관인에게 보인 뒤에 투표함에 넣게 하는 공개투표가 이루어졌다. 여러 곳에서 야당 참관인을 내쫓고, 여당 후보를 찍은 표를 무더기로 투표함에 넣었다.

개표 과정에서도 부정이 많았다. 야당 표를 무효표로 만드는 이른바 '피아노표'나 '빈대표'가 곳곳에서 발견되었다. 피아노표란 야당 후보를 찍은 표에 개표원이 다른 당 후보도 찍어 무효표로 만든 것을, 빈대표란 야당 후보를 찍은 표의 인주를 빈대를 죽인 것처럼 문질러 무효표가 되게 한 것을 말했다.

선거 결과는 예상한 대로였다. 여당인 민주공화당 당선자가 의원 정수의 73.7%에 해당하는 1백29명(지역구 1백2명, 전국구 27명)으로, 이전보다 19명이 늘었다. 전체 의원의 3분의 2 이상이 동의하면 개헌이 가능한데, 여당은 그 선을 훨씬 웃도는 압승을 거둔 것이다.

선거 다음 날인 9일, Y대 학생들이 성토대회를 열고 '온갖 부정으로 얼룩진 6·8 총선은 무효'라고 선언했다. 12일에는 S대 법대생들이 긴급 학생총회를 열어, 6·8 선거가 '우발적, 국부적이 아닌 전반적, 조직적, 계획적 부정선거'였다고 규정했다. S대의 상대와 문리대 학생들 집회가 뒤를 이었다.

K대에서는 13일에 집회가 열렸다. 영운은 집회 장소인 소운동장으로 갔다. 원호가 학생들과 함께 열심히 구호를 외치고 있었다. 영운은 원호 곁으로 갔다. 조금 뒤에 동세가 오고, 뒤따르듯이 중언과 승찬이 왔다. 3천여 명이 참가한 이날 규탄대회에서 학생들은 6·8 선거가 부정 불법선거의 표본이었다고 규정하고, 민권 수호를 위해 끝까지 싸울 것을 결의했다.

학생들은 곧 가두시위에 들어갔다. 영운은 동세 등과 함께 데모대 맨 앞줄에 섰다. 학생들은 스크럼을 짜고 교문을 나가 로터리 쪽으로 달렸다. 경찰이 데모대를 막았다. 학생들은 경찰과 몸싸움을 벌였다. 몸집이 큰 경찰이 경봉警棒으로 영운의 머리를 내려쳤다. 머리를 만졌더니 피가 묻어났다.

경찰들이 최루탄을 던지자, 학생들이 뿔뿔이 흩어졌다. 영운은 골목으로 도망쳤다. 경찰이 쫓아오자 영운은 어느 집의 대문을 박차고 들어가 재빨리 빗장을 걸었다.

마당에 나와 있던 주인아주머니가 깜짝 놀란 모양이었다. 영운은 피 묻은 손바닥을 펼쳐 보였다. 주인아주머니가 안으로 들어가 반 홉들이 머큐로크롬 병을 들고 나왔다. 아주머니가 병마개를 열었는데 경찰이 대문을 흔들었다.

"문 열어요, 빨리 열어요."

약솜에 약을 묻히려던 아주머니가 아예 병을 기울여 영운의 머리에 약을 쏟아붓고는 내빼듯이 방으로 들어갔다. 머큐로크롬이 머리에서 얼굴로, 흰 와이셔츠로 흘러내렸다. 옆집 담장이 높지 않았다. 영운은 담장을 넘어 옆집으로 도망쳤다.

10분쯤 지났을까? 다시 시위대가 몰려오는지 노랫소리가 커졌다. 영운은 이때다, 하고 큰길로 뛰어갔다. 시위대가 그를 보더니 와, 하고 함성을 질렀다. 와이셔츠에 묻은 머큐로크롬을 피로 오인한 것이었다.

학생들이 영운을 무동 태웠다. 영운은 오른팔을 휘두르며 큰소리로 구호를 선창했다. '민주주의 압살한 부정선거 규탄한다.' '부정선거 무효다, 재선거 실시하라.' '4월정신 이어받아 독재정치 끝장내자.' 시위대가 영운이 선창하는 구호를 소리 높이 외쳤다.

옥양목 손수건

6·8 부정선거 규탄데모는 영운의 삼본주의를 뿌리째 흔들었다. 영운은 자립생활을 굳히고, 전공 수업에 충실히 임하며, 독서토론의 밀도를 높이는 사적인 일에만 매달릴 수 없었다. 그러나 영운은 개의치 않았다. 잃은 것도 있겠지만 얻은 것이 쏠쏠했다.

영운이 학생들 무동을 타고 구호를 외칠 때였다. 가까이서 최루탄이 터졌다. 눈이 따가워 견딜 수 없었다. 영운은 교내로 들어가 플라타너스 숲 아래로 갔다. 학교로 쫓겨들어온 학생들이 거기에 모여 있었다. 뜻밖에도 윤희가 다가와 하얀 옥양목 손수건을 내밀었다. 영운은 손수건을 받아 눈물을 닦았다.

"많이 다쳤어요?"

윤희는 눈물을 닦으라고 손수건을 준 것이 아니었다. 머리를 많이 다친 줄 안 것이었다.

"아녜요. 경찰이 쫓아와 어느 집으로 들어갔는데, 주인아주머니가 약을 쏟았어요."

"…."

"손수건이 필요한 상태가 아닌데…, 그러나 돌려드리지 않을래요."

윤희가 은빛 아랫니를 드러내고 상긋 웃었다.

손수건은 그 한 장으로 끝나지 않았다. 학교가 데모 때문에 조기방학을 하자 영운은 7월 첫 토요일 오후에 혼자서 천마산으로 향했다. 배낭에 텐트와 슬리핑백도 넣었다. 산에서 하룻밤을 자고 돌아올 예정이었다.

영운은 청량리역으로 가서 기차를 탔다. 평내역에 내렸을 때는 이미 4시가 지난 뒤였다. 영운은 마을을 돌아 산길로 접어들었다. 녹음이 짙었다. 바람이 시원해 등산하기에 안성맞춤이었다.

큰골과 우목골을 지나자 계곡이 나왔다. 한 시간쯤 계곡을 따라 올라가자 더 이상 인적이 느껴지지 않았다. 영운은 계곡 위 등성이에 텐트를 쳤다. 계곡 물소리가 맑았다. 영운은 계곡으로 내려가 옷을 벗고 물속으로 들어갔다. 손으로 물을 퍼서 입에 넣고 하늘을 향해 아, 하고 소리치며 힘껏 내뿜었다. 폐부에 숨어 있는 결핵균이 물과 함께 빠져나가는 느낌이었다.

이튿날이었다. 늘어지게 늦잠을 자고 9시가 가까워서야 일어난 영운은 계곡에서 세수를 한 뒤, 아침을 지어 먹고 배낭을 메고 등산로를 찾아 올라갔다. 임꺽정바위를 거쳐 정상에 오른 뒤 보광사 쪽으로 내려갈 생각이었다.

그러나 산행 코스는 이내 바뀌었다. 거북이바위를 지나 얼마 가지 않은 곳에서 윤희를 만났기 때문이다. 오빠를 따라왔으나 힘들어 산행을 포기하고 혼자 하산한다고 했다. 윤희는 영운을 보고 반색을 하더니 하산을 도와달라고 했다. 영운에게야 하늘이 내린 축복이었다.

다래산장 쪽으로 내려가는 길이 쉬울 것 같았다. 영운이 앞장서 걸었다.

"이 산을 잘 아나 봐요?"

"오늘이 세 번째예요. 흙산이라서 마음에 들어요."

"난 산에 온 게 처음이에요. 공부하려면 체력을 길러야 한다면서 오빠가 나를 끌고 온 거예요."

"그랬군요. 나는 가끔 혼자 산에 다니곤 해요. 어제 오후에 산에 와서 야영을 했어요."

한참 걷다가 풀밭이 나오자 윤희가 배낭을 내려놓고 앉았다.

영운도 윤희와 마주 보고 앉았다. 윤희가 물었다.

"2학년 생활은 어떻게 하고 있어요?"

"데모하고…. 수업 듣고, 아르바이트로 사설학원에서 중학생들 가르치고…. 학교에서는 주로 친구들과 책을 읽었어요."

"독서모임이 있다는 걸 알았으면 나도 함께 했을 텐데…."

"천동세, 이원호, 박승찬, 이중언, 나, 이렇게 다섯이 만나요. 이중언은 복학생이라 잘 모를 거고…, 나머지는 지난해 독서토론에 가끔 나온 친구들이에요."

영운이 덧붙였다.

"다들 늦깎이예요."

"늦깎이? 영운 씨도 입학이 늦었어요?"

"중학교 나와 2년, 고등학교 나와 2년을 쉬었어요."

"어머, 그래요? 그럼 아저씨구나."

영운은 아저씨라는 말이 정답게 느껴져 좋았다. 그런 속내를 윤희가 놓치지 않았다.

"이제 아저씨라고 불러야겠다. 그런데 아저씨는 그 4년 동안에 뭐 했어요?"

영운은 빙긋 웃고는 자리에서 일어섰다. 결핵 이야기를 꺼내기가 싫었다. 윤희도 일어섰다. 길이 평탄해 둘은 앞서거니 뒤서거니 하며 걸었다. 바위 너머로 조그만 초가집이 숨듯이 엎드려 있었다.

"저런 데 사는 사람은 뭐 하는 사람일까?"

대답 대신에 영운은 초가집을 바라보며 퇴계 이황李滉의 시 한 구절을 읊고 풀었다.

"복축지산 단록방卜築芝山 斷麓傍하니, 형여와각 지장신形如蝸角 秖藏身이라. 영지산 끊어진 기슭에 집을 세우니, 모양이 달팽이 껍질 같은데 겨우 몸은 숨길 만하구나."

퇴계를 좋아한 고모부가 수인산 기슭에 지은 당신의 서당 수인와사修仁蝸舍를 설명할 때 즐겨 인용하던 구절이었다.

"한시인가요?"

"퇴계의 지산와사芝山蝸舍라는 칠언시 한 구절이에요. 저 집에 또 한 분의 퇴계 선생이 살고 계실지도 몰라요."

"어떻게 그렇게 한시에 대해 잘 알아요오?"

윤희는 '알아요' 뒤에 '오'를 붙여 살짝 올렸다. 그에게서 가끔 듣는 말투였다.

결핵을 앓은 고졸 이후의 2년은 몰라도, 한문을 배운 중졸 이후 2년은 굳이 감출 이유가 없었다.

"나는 시골에서 30리를 걸어 중학교를 다녔어요. 그것도 산길로요. 힘들었어요. 졸업한 뒤에 진학하지 않고 2년 동안 한문서당에 다녔어요."

"아직도 시골에 서당이 있어요?"

"고모부가 향교 전교를 지낸 분인데, 마을 뒷산에 서당을 짓고 한문을 가르쳤어요."

얼마 가지 않아 개울이 나왔다. 시계를 보니 11시 30분이 지나 있었다.

"조금 이르긴 하지만 여기서 점심 지어먹고 가요."

영운은 배낭을 벗었다. 쌀을 씻어 코펠에 안친 뒤에 버너에 불을 붙였다. 밥을 다 짓고 나서, 다시 꽁치김치찌개를 버너에 올려놓았다.

"내가 할 일은 없어요?"

"있어요. 노래를 부르세요."

그냥 해본 소린데, 윤희는 나직하게 노래를 불렀다. 목소리가 맑았다.

그대는 내 마음의 안식처

안온한 평화

그리움 달래주는 그리움의 샘

난 기쁨과 번민을 안고

그대에게 바치리

나의 눈빛 나의 사랑…

영운은 마치 윤희가 즉흥곡으로 자기에게 노래를 바치는 것 같은 착각에 빠졌다.

"무슨 노래예요?"

"슈베르트 가곡이에요. '그대는 나의 안식처'라는."

윤희가 물었다.

"가사 번역을 누가 했게요?"

"글쎄요."

"내가 했어요. 그 가사, 나 말고는 아무도 몰라요."

윤희는 말머리를 돌렸다.

"고등학생 때는 가곡을 좋아했는데, 대학에 들어온 뒤로는 실내악곡이나 피아노곡을 자주 들어요."

"집에 전축이 있나요?"

"예."

"와, 부자네요."

"전축보다는…, 음반을 사는 데 돈이 들어요."

"…."

"돈도 돈이지만, 구하기가 힘들어요. 우리나라에서는 클래식 음반을 만들지 않잖아요? 미 8군 PX에서 흘러나온 걸 사야 하는데, 그게 쉽지 않아요."

윤희는 슈베르트 곡으로 화제를 이었다.

"슈베르트 곡이 다 좋지만 특히 유작인 피아노곡 19번, 20번,

21번은 기가 막혀요."

꽁치찌개가 끓었다. 영운은 버너의 불을 껐다. 밥을 공기에 담으려다 말고 윤희에게 물었다.

"찌개에 밥을 넣고 비빌까요?"

"좋아요."

영운은 밥을 비빈 뒤, 알루미늄 공기 두 개에 나누어 담았다. 윤희는 꽁치찌개 비빔밥 한 공기를 오이 반찬에 곁들여 후딱 해치웠다. 설거지를 하겠다며 일어서는 윤희를 주저앉히고, 영운은 개울에 들어가 그릇을 씻었다. 영운은 밖으로 나와 호주머니에서 손수건을 꺼내 손을 닦은 뒤, 하얀 손수건을 펼쳐 들었다.

"윤희 씨가 준 거예요."

윤희가 배낭에서 손수건 한 장을 꺼냈다. 같은 하얀 옥양목 손수건이었다.

"한 장 더 드릴게요. 번갈아 쓰세요."

윤회

영운은 가을학기 말에 엉뚱한 사건에 말렸다. 학원 강사를 하다 생
긴 일이었다. 묘하게 그 일도 윤회 문제로 이어졌다.

학원장은 친구가 미군 PX에 근무한다며 가끔씩 중고 텔레비전
수상기를 학원으로 가져왔다. 미군이 쓰던 것인데 싸게 팔 것이
라고 했다. 원장은 수상기를 학부형들에게 권해보라고 했다. 영
운은 몇몇 학부형에게 수상기를 팔았고, 원장은 영운에게 사례비
를 건넸다.

기말고사가 눈앞에 다가온 11월 어느 날 오후였다. 학교에서
친구들과 독서토론을 마치고 돈암동 2층 학원의 나무 계단을 오
르는데 건장한 청년 둘이 영운을 막았다.

"너 최영운이지?"

대답을 듣기도 전에 둘이서 영운의 양팔을 끼더니 검은 지프차에 태웠다. 영운은 성북경찰서 유치장에 갇혔다. 가서 보니 학원 원장이 이미 들어와 있었다. 가끔 학원에 들르곤 하던 원장의 친구도 있고, 처음 보지만 인상이 소도둑 같은 청년도 있었다. 영운이 원장에게 물었다.

"웬일이죠?"

원장은 고개를 떨어뜨리고 아무 대답도 하지 않았다. 무슨 일일까? 이튿날 아침 9시가 조금 지나자 경찰이 원장 일행을 불러냈다. 영운도 일어섰지만 경찰은 영운에게 그대로 앉아 있으라고 했다. 두어 시간쯤 더 지난 뒤에 경찰이 영운을 불렀다. 취조를 하나 보다 했는데 경찰은 영운을 서장실로 데려갔다. 그 안에 A 교수가 앉아 있었다.

"어떡하다 도둑놈들 하수인이 된 게야?"

알고 보니, 원장은 TV 수상기를 미군 PX에서 사온 것이 아니었다. 원장 친구와 소도둑이 TV 안테나를 단 집에 들어가 도둑질한 것을 영운을 통해 판 것이었다. 서장이 핀잔을 주었다.

"신방과 학생이면 열심히 공부해서 기자나 PD가 될 생각을 해야지, 텔레비전 장물이나 팔고 있으면 되겠어?"

A 교수와 대학 동기라는 서장은 신방과 학생이 붙잡혀 오자

A 교수에게 영운에 대해 알아본 모양이었다. 서장실을 나오며 교수가 말했다.

"자칫하면 기말고사도 못 치를 뻔했잖아. 시험 준비 잘 하게."

일반과목의 기말고사가 끝난 다음 날, 영운은 아침 일찍 중앙 도서관으로 갔다. 사흘 뒤에 A 교수가 담당하는 언론제도론의 시험이 있었다. 보란 듯이 답안을 잘 쓰고 싶었다.

강의 노트를 보고 있는데 누군가가 볼펜으로 책상을 가볍게 두드렸다. 윤희였다. 그가 상긋 웃으며 옆 자리에 앉았다. 정오가 조금 지나자 윤희가 다시 볼펜으로 책상을 두드렸다.

"아저씨, 점심…."

영운은 노트를 덮었다.

"전에 아저씨가 하산을 도와줬잖아요. 내가 점심 살게요."

윤희는 구내식당이 아니라 버스 정거장으로 이끌었다. 둘은 무교동 낙지 집으로 갔다.

"전에 오빠 따라왔다가 무서워서 먹지 못했어요. 오늘 다시 도전하려고요."

윤희는 영운에게 묻지도 않고 낙지비빔밥을 시켰다.

"낙지비빔밥이 무서워요?"

"낙지도 무섭고, 시뻘건 고춧가루도 무섭고…."

가끔 콧등에 난 땀을 손수건으로 훔치며 낙지비빔밥을 다 비운 뒤에, 윤희는 영운을 덕수궁으로 데려갔다. 거기서 국전(대한민국 미술전람회)이 열리고 있었다. 윤희는 서예 전시실로 가더니 영운에게 한시 작품을 해석해달라고 했다. 영운이 읽을 수 없는 작품이 많았지만, 해설할 수 있는 한시도 여러 편이었다.

"한시를 그렇게 잘 알면 국문과를 가서 고전문학이나 한문학을 공부하지 왜 신방과를 택했어요?"

"고등학교 담임 선생님이 그러셨어요. 국문과를 나오면 학교 교사가 되는데, 잡무도 많고, 학생들만 상대하다 보면 사고나 경험의 폭이 좁아, 글을 쓸 수가 없대요. 신방과를 나와 기자 생활을 하며 사회를 알고 나서, 그다음에 네 글을 쓰라고 하셨어요."

"네 글?"

"언젠가 소설을 쓰고 싶어요."

윤희는 근처에 있는 아빠 사무실에 가야 한다며 자꾸 손목시계를 봤다. 영운이 물었다.

"전공시험 언제 끝나요?"

"이틀 후에요. 아저씨는?"

"사흘 뒤에요."

영운은 차마 만나자는 말을 하지 못했다. 이번에는 윤희가 물었다.

"방학에는 뭐 할 거예요?"

"특별한 계획은 없어요."

영운이 얼른 보탰다.

"첫눈이 오면 천마산에 갈까 해요."

7월에 천마산에서 윤희를 만난 일이 생각나 순발력을 발휘한 것이었다.

사흘 뒤, A교수의 언론제도론 기말고사는 남는 아쉬움이 없을 만큼은 썼다. 그것으로 대학 2학년 과정이 끝났다. 영운은 학원에서 짐을 챙겼다. 이미 원장 짐은 다 치운 뒤였다. 영운은 삼선동 남이 누나 집으로 짐을 옮겼다. 짐이라야 이부자리, 옷가지를 넣은 트렁크, 그리고 책 몇 권이 고작이었다.

이제 고향으로 내려가면 되었지만, 영운은 남이 누나 집에서 여러 날을 더 빈둥거렸다. 기다리는 것이 있었다. 눈이었다. 첫눈이 오면 천마산에 갈 생각이었다. 윤희에게 불쑥 던진 말이지만 그 말을 그냥 흘려버리고 싶지 않았다.

기다리고 기다려도 눈은 오지 않았다. 조바심이 났다. 하늘이 그 마음을 알았을까? 금요일 이른 아침에 마당에 나갔다가 영운은 얼굴을 활짝 폈다. 마당에도 지붕에도 눈이 쌓여 있었다. 밤에 첫눈이, 그것도 함박눈이 내린 것이었다.

영운은 아침을 먹기 바쁘게 배낭을 메고 청량리역으로 가서 기차를 탔다. 평내역에서 내린 영운은 산행 자체가 어렵다는 걸 직감했다. 산길이 온통 눈에 덮여 어디가 길인지조차 분간할 수 없었다.

다행히 앞서는 사람들이 있어 발자국을 따라 걸었다. 그러나 큰골로 가는 언덕에 이르러 사람들은 더 이상 오르는 것을 포기하고 발길을 돌렸다. 나도 그만 내려가야겠어. 영운은 몇 번이고 그렇게 되뇌고도 정작 하산하지는 않았다. 윤희가 오빠를 부추겨 천마산에 올지 모른다는 생각이 머리에서 떠나지 않았다.

영운은 맞은편 언덕으로 갔다. 눈 덮인 언덕은 아무의 발길도 닿지 않아 마치 하얀 도화지 같았다. 발자국으로 글씨를 쓰기 시작했다. '윤'자를 쓴 뒤에 '희'자를 쓰기 위해 'ㅎ'을 써놓고 난감해졌다. 'ㅎ' 밑에 'ㅣ'를 쓰기 위해서는 훌쩍 건너뛰어야 했다. 서 있는 자리에 눈이 무릎까지 차서 그게 쉬울 것 같지 않았다. 영운은 건너뛴다고 뛰었지만 엉덩방아를 찧고 말았다. 건너편 언덕으로 가서 돌아보니 '윤희'가 아니라 '윤회'가 되어 있었다.

영운은 버너에 불을 붙인 뒤 코펠에 눈을 녹여 물을 만들었다. 물이 끓자 커피를 넣어 저었다. 뜨거운 커피를 마시자 언 속이 풀렸다. 더 이상 하산을 미룰 일이 아니었다. 짐을 꾸린 영운은 배낭을 메고 일어서다가 눈을 크게 떴다. 윤희가 일행과 함께 눈길을 올라오고 있었다. 남자 셋에 윤희까지 모두 넷이었다.

영운은 윤희와 눈길이 마주치면 눈인사라도 할 생각이었다. 줄

곧 고개를 숙이고 있던 윤희가 일행을 등지고 영운을 바라보더니 손가락으로 입술에 십자가를 만들었다. 아는 척하지 말라고? 그래. 좋아. 우린 드디어 비밀을 만들기 시작했어.

윤희 일행은 곧 하산을 서둘렀다. 영운도 조금 떨어져 그들을 뒤따랐다. 윤희가 일행과 더불어 산길을 내려가다 살짝 뒤처져 영운에게 다가왔다.

"아저씨가 썼지?"

반말이 정겨웠다.

"오빠 일행은 글씨를 쓴 사람이 불교 신도일 거래."

"…."

"난 알아. 윤회라고 쓴 게 아냐."

"…."

"내 이름을 쓴 거지?"

이튿날 영운은 서울역으로 가 귀향하는 기차를 탔다. 고향에 내려간 영운은 손꼽아 1월 1일을 기다렸다.

7월에 천마산에서 윤희를 만났을 때만 하더라도 영운은 윤희와 만난 것을 단순한 우연으로 여겼다. 그러나 언제부턴가 생각이 바뀌었다. 데모를 하다 머리를 다쳐 윤희의 걱정을 사고, 산에서 하산하는 윤희를 만나고, 언론제도론 시험 준비를 하러 도서관에 갔다가 윤희를 만나 국전 구경을 하고, 첫눈이 온 날 천마산 언덕에 윤희의 이름을 썼다가 들킨 일련의 일이 모두 필연이고, 그 모든 것이 윤희에게 다가가라는 묵시默示라고 믿었다.

영운은 윤희에게 편지를 쓰기로 마음을 굳혔다. 한시 한 구절을 인용하고 싶어 전에 고모부 서당에서 필사해둔 한시집을 뒤적였다. 어느 시를 고를까? 두보杜甫의 시로 폭을 좁혔다. 그러나 저녁에 어깨를 축 늘어뜨리고 집으로 들어오는 아버지를 본 순간, 조업의 시를 택하기로 마음을 돌렸다.

1월 1일 자정이 되자 영운은 앉은뱅이책상 앞에 무릎을 꿇었다. 5분 동안 그와 가족의 건강을 비는 기도를 올렸다. 종교가 없는 그가 손을 모아 기도한 것은 전에 없던 일이었다.

편지를 쓰려는데 가슴이 뛰었다. 심호흡을 하고 나서 철필로 검은 잉크를 찍었다. 영운은 한 글자 한 글자 정성을 쏟아 편지를 써내려갔다.

새해 아침이 밝았다. 마을 앞에도 우체통이 있었다. 미리 사둔 우표를 봉투에 붙여놓았기 때문에 편지를 우체통에 넣기만 하면 되었다. 그러나 영운은 10리 눈길을 걸어 면사무소 앞에 있는 우체국까지 갔다. 빈 우체통에 편지 떨어지는 소리가 맑았다.

두 둘둘, 두 둘 돌

1

오전 10시 50분에 목포역을 떠난 기차는 오후 1시 20분께에 용산역에 도착했다. 영운은 택시를 타고 수민이 말해준 커피숍으로 갔다. 영운은 안으로 들어가 커피를 주문한 뒤, 빈자리에 앉았다. 커피숍 안에 은퇴한 교수로 보일 만한 사람은 그뿐이어서 수민이 쉽게 알아볼 것이었다.

1, 2분쯤 지났을까? 커피색 반코트를 입은 여자가 문을 열고 들어왔다. 영운은 눈을 크게 떴다. 윤희였다. 여자가 영운을 보더니 방긋 웃었다. 은빛 아랫니는 보이지 않았다. 윤희가 아니라, 윤희의 딸 수민이었다. 그가 맞은편 의자에 앉았다.

종업원이 커피 두 잔을 조심스레 탁자에 놓고 돌아섰다.

"이 커피숍, 제 거예요. 다른 곳에 하나 더 있어요."

"와, 부자네요."

"부자는 아니지만, 먹고 살고…, 엄마 요양비 대는 데는 별 문제가 없어요."

영운은 혼자서 피식 웃었다. 윤희와 천마산에 갔을 때 윤희 집에 전축이 있다는 말을 듣고 와 부자네요, 하고 말했던 게 생각나서였다.

"아저씨, 왜 그렇게 고집이 쎄세요?"

윤희도 아저씨라고 했는데, 그 딸도 대뜸 아저씨라고 불렀다. 교수님이라고 부르는 것보다야 백배 낫다고 느꼈다.

"꼭 엄마를 보셔야겠어요? 정말 내키지 않는데…."

어제였다. 뒷밭에서 수민이 돌려준 편지를 태우다가 영운은 황급히 불을 껐다. 편지가 타는 것이 아니라 윤희 옷자락이 타는 것 같았다. 서너 장은 아직 남아 있었다. 이건 어떻게 하지? 아무것도 간직하지 않기로 작정을 했잖아? 망설이다가 영운은 다시 성냥을 켜 편지를 다 태웠다.

윤희 얼굴이 떠올랐다. 윤희가 보고 싶었다. 아니, 보지 않으면 안 될 것 같았다. 영운은 수민에게 전화를 걸어, 윤희가 있다는 요양원으로 안내해달라고 했다. 안 돼요. 그건 절대로 안 돼요. 수민이 뚝 전화를 끊었다. 영운은 다시 전화를 걸었다. 무슨 버르장머리야? 어른이 전화를 하는데 그렇게 끊는 게 어딨어? 난 수민 씨 엄마를 봐야 해. 편지묶음을 없애지 않고 나한테 보냈으면, 이제 수민 씨가 내 말을 들을 차례야. 어쨌든, 내일 서울로 갈 테니까 나를 안내해. 영운은 마구 소리를 질렀다. 그래서 수민의 커피숍까지 간 것이었다.

수민이 자리에서 일어섰다.

"주차장에서 차를 가져올게요. 천천히 나오세요."

5분쯤 지나 커피숍 앞에 수민이 차를 댔다. 영운은 옆자리에 앉았다.

"섬에서 오시는 데 얼마나 걸렸어요?"

"예닐곱 시간."

"어휴, 피곤하시겠다. 의자를 뒤로 젖히세요. 한참 가야 해요."

2

1968년 1월 4일이었다. 오후 4시가 조금 지나 집배원이 우편물을 가져왔다. 가슴이 콩닥거렸다. 윤희가 보낸 편지가 있었다. 봉투를 뜯었다. 그 편지지 맨 윗줄에 '최영운 씨에게, 1968년 1월 1일 0시 5분'이라고 적혀 있었다. 나는 '서윤희 씨에게, 1968년 1월 1일

0시 5분'이라고 첫 줄에 썼는데 어떻게 이렇게 같을 수가 있나? 영운은 한 손에 봉투를, 다른 손에 편지를 들고 하늘을 향해 두 팔을 쭉 뻗었다.

편지 내용에, 보고 싶다든가 좋아한다든가 사랑한다든가 하는 구절은 없었다. 영운 역시 그랬다. 그러나 영운은 1년여 전에 윤희가 한 말을 똑똑히 기억하고 있었다. 1월 1일 0시가 되면 5분간 저와 제 가족의 건강을 비는 기도를 올릴 거구요, 0시 5분에 마음에 담아둔 남학생에게 편지를 쓸 거예요. 영운은 '남학생'을 '여학생'으로 바꾸었을 따름이었다. 1년의 유예기간을 거쳤지만, 드디어 편지를 주고받음으로써 그와 윤희는 상대를 마음에 담고 있음을 서로 확인한 셈이었다.

영운과 윤희는 그 후 2월 20일까지 각기 50여 통씩 편지를 주고받았다. 영운은 몇 번인가는 하루에 두 통을 쓰기도 했다. 그 기간에 영운은 연서를 읽고 쓰기 위해 존재했다. 윤희의 편지를 읽고 음미하고, 윤희에게 보낼 편지를 구상하고, 생각을 정리해 백지 위에 철필로 옮기는 데에 하루가 빠듯했다.

편지를 주고받으면서 둘은 새로운 사실을 알았다. 영운은 한 해 전인 1967년 1월 1일에 윤희에게 편지를 쓰려다 용기를 내지 못해 그만두었다고 실토했는데, 윤희는 영운에게 편지를 써놓고도 겁이 나서 부치지 못했다고 했다. 영운은 작년 1월에 내내 외롭고 쓸쓸했다고 했지만, 윤희는 거기에 '한없이'라는 부사를 얹었다.

사랑이란 무엇일까? 사랑이란 내 곁에 그가 없어도 그를 내 마음에 담는 것일까? 담는 것이 사랑이라면 영운의 마음에서 사랑은 넘쳐흘렀다. 안개처럼 말없이 다가와 나를 휘감는 그리움, 그게 사랑일까? 그리움이 사랑이라면 영운의 윤희에 대한 사랑은 짙었다. 영운은 그가 윤희를 마음에 담아 그리워하고, 윤희 또한 영운을 마음에 담고 그리워한다는 사실만으로 더없이 행복했다.

영운은 편지에다 사랑한다는 말을 쓸까 몇 번이고 망설였다. 그러나 그는 그 말을 아꼈다. 그래. 그 말은 직접 만나서 할 거야. 그것도 여러 번 만난 뒤에.

영운은 무슨 말로 사랑을 고백할지에 대해서도 나름대로 생각하는 바가 있었다. 윤희와 편지를 주고받은 이후, 영운의 마음속에서는 소망 하나가 자라고 있었다. 언젠가 윤희와 중국을 함께 여행하는 것이었다.

물론 그 시절에 대한민국 국민이 적국인 중화인민공화국을 여행한다는 것은 꿈도 꿀 수 없는 일이었다. 그러나 길이 없는 것이 아니었다. 중국정치에 관한 최고 권위자라는 정외과의 K 교수는 70년대 중반이면 중국과 언론교류 정도는 가능해질 것이라고 내다보았다. 영운이 윤희와 결혼한다면, 그리고 영운이 신문사 기자가 되어 베이

징 특파원으로 간다면, 윤희와 함께 중국을 여행하는 것은 결코 불가능한 일이 아니었다. 그래서 영운은 언젠가 중국여행을 함께 하자는 말로 사랑한다는 말을 풀어갈 생각이었다.

영운은 2월 20일에 상경할 예정이라며 21일에 만나자고 편지를 보냈다. 윤희는 만나는 날을 하루만 미루자고 했다. 다른 이유가 있는 것이 아니었다. 숫자를 맞추어 2월 22일 오후 2시에 둘이 만나자는 것이었다.

장소도 윤희가 정했다. 마음에 드는 곳을 찾으려고 여러 군데를 둘러봤다고 했다. 그가 결론을 내린 곳이 신설동로터리의 돌다방이었다. 분위기만이 아니라 이름의 상징성도 감안했을 터였다. 윤희는 그날 만남의 암호가 '두 둘둘, 두 둘 돌'이라고 했다. '2월 22일 오후 2시에 둘이서 돌다방'의 줄임말이었다.

만나서 나눌 이야깃거리는 정해진 것이나 다름없었다. 영운은 윤희에게 보낸 편지에서 그의 삶의 지표 세 가지를 밝혔다. 가난하게 산다, 가난한 사람들과 더불어 산다, 가난한 사람들을 위해 산다는 게 그것이었다.

윤희는 영운에 비하면 당찼다. 윤희는 큰사람이 되고 싶다고 했다. 어머니가 언젠가 사주를 보고 와서 윤희가 큰일을 하는 큰사람이 될 것이라고 했다는 것이었다. 윤희는 큰사람이 되는 길에 대해서도 구체적으로 생각을 정리해둔 상태였다. 그가 강조한 것은 전문성이었다. 앞으로 나라가 전문인을 요구할 것이어서, 그 준비를 하는 것이 그가 해야 할 일이라는 것이었다. 그래서 행정학과를 택했고, 행시行試를 할 생각이라고 했다. 둘은 각기 강조하는 것이 대립하는 것이 아니라는 데 공감했다. 만나 이야기를 나누다 보면 접점을 찾기도 어렵지 않을 터였다.

영운은 20일 새벽 5시가 조금 지나 마을 앞에서 첫차를 탔다. 읍에서 다른 버스로 옮겨 타고 영산포로 가서 기차로 갈아탔다. 서울역에는 21일 새벽 5시가 조금 지나 도착했다. 상경하는 데 꼬박 24시간이 걸린 것이다. 전에도 마찬가지였는데, 이번에는 유난히 지루하게 느껴졌다.

서울역에서 내린 영운은 버스를 타고 삼선동 남이 누나 집으로 갔다. 쪽문을 열고 들어서자 마당에 나와 있던 남이 누나가 반색을 했다. 멀지 않은 곳에 영운의 가정교사 알바 자리를 구해놨다는 것이었다. 토요일과 일요일을 빼고 주 5일 동안 하루에 90분씩 그 집에 가서 중2 여학생에게 영어와 수학을 가르치라고 했다.

영운은 잠시 눈을 붙이기로 했지만, 대여섯 시간이 지난 뒤에야 깼다. 뒤늦게 점심을 먹고 부랴부랴 집을 나섰다. 영운이 21일에 상경한다고 알리자, 동세가 독서팀 친구들한테 승찬의 집에서 보자고 소집령을 내렸다고 했다. 오후 2시에 보기로 했는데, 영운이 도착한 것은 3시가 조금 지나서였다.

승찬의 집은 제기동 천변에 있었다. 말이 집이지, 블록벽돌담에 천막을 두른 가건물이었다. 승찬은 부모가 없었다. 동란 때 폭격을 맞았다고 했다. 승찬은 할머니가 길렀다. 할머니는 블록벽돌을 찍는 인부들에게 그 가건물 밥집에서 국밥을 팔았다.

골목길을 돌자 승찬의 집이 눈에 들어왔다. 이 친구들에게 윤희 자랑을 할까? 윤희와 편지를 주고받은 사실을 이야기하면 다들 샘을 낼 것이었다. 그러나 윤희에 관한 일을 친구들에게 공개하는 것은 윤희의 의사를 확인한 뒤라야 한다고 결론지었다.

승찬의 방 앞 댓돌 위아래에 구두 네 켤레가 놓여 있었다. 신을 벗으려는데 승찬의 목소리가 새나왔다.

"아냐. 난 포기할 수 없어. 공부? 그런 거 필요 없어."

목소리가 눈물에 젖어 있었다. 할머니가 영운을 보자 어서 방으로 들어가라고 손짓했다.

문을 열었다. 작은 소반을 가운데 두고 승찬을 비롯해 동세, 중언, 원호가 둘러 앉았는데 소반 주변에 빈 소주병 여러 개가 널브러져 있었다. 승찬의 얼굴은 눈물 콧물 범벅이었다.

"왜 그래?"

승찬이 영운을 째려보았다.

"보면 몰라? 나 울고 있다. 씨팔놈아."

승찬은 새삼 감정이 북받치는지 얼굴을 일그러뜨리고는 으흐

흑 흐느꼈다. 그는 그런 욕설을 하는 친구가 아니었다. 평소 말이 너무 노숙해서 탈이었다.

"니 입에서 쌍욕이 나올 때도 있구나."

영운은 승찬의 맞은편에 앉았다. 동세가 영운의 무릎을 꾹 눌렀다. 아무 말도 하지 말라는 신호였다. 알고 보니, 영운은 끼어들수가 없는 처지였다. 승찬은 겨울방학 동안에 다른 사람이 아닌 윤희에게 집요하게 접근한 모양이었다. 편지도 보내고, 집으로 찾아가기도 하고, 골목길에서 기다리다가 만나보기도 했지만, 윤희가 끄떡도 하지 않았던 것이다.

영운은 아예 윤희 이야기를 실토할까 하다가 꾹 참았다. 그 대신 그가 말했다.

"여자와 버스는 5분 뒤에 또 온다잖아? 싫다면 그만두는 거지 뭘 그래."

승찬이 영운을 째려보았다.

"뭐? 여자와 버스? 야, 씨팔놈아. 윤희를 버스에 빗댄 거야?"

승찬은 빈 소주병을 치켜들었다. 내려칠 기세였다. 원호가 소주병을 빼앗았다. 승찬이 영운에게 삿대질을 하며 말했다.

"나는 부모 없이 자랐어. 내 꿈은 출세하는 것이 아니야. 내가 좋아하는 여자와 결혼해서 단란한 가정을 이루는 것이 내 꿈이야. 난 여자를 찾았어. 바로 윤희야. 내가 개하고 결혼한다면 내 인생은 성공이야. 그렇지 못하면… 난 살 이유가 없어. 살 이유가 없단 말이야, 씨팔놈아."

영운은 그 자리에 오래 머물 수 없었다. 그는 갈 데가 있다고 둘러대고는 승찬의 집을 나왔다. 영운은 제기천을 따라 걸었다. 천변에는 판잣집이 다닥다닥 늘어서 있었다. 영운은 문이 반쯤 열린 술집으로 들어갔다. 연탄을 방금 갈았는지 가스냄새가 났다. 손님은 한 사람도 없었다. 막걸리 한 사발만 달라고 했다. 한 사발은 안 판다고 했다.

"그럼 한 주전자 주세요."

"안주는?"

"그냥 깡술로 마실래요."

영운은 평소에 친구들과도 막걸리를 한 사발 이상은 마시지 않았다. 그것도 찔끔찔끔 마셔 핀잔을 듣곤 했다. 이번에는 막걸리를 사발에 따라 단숨에 들이켰다. 뚜껑이 열린 주전자에 아직 술이 많았다. 한 사발을 더 따라 마셨다.

내일 어떻게 해야 하지? 눈물로 얼룩진 승찬의 얼굴이 눈에 선했다. 영운은 그 자신에게 묻고 답했다. 나는 윤희를 사랑하는가? 그래. 사랑해. 그럼 나는 승찬이보다 더 절실하게 윤희를 사랑하는가? 윤희와 결혼하면 내 인생은 성공이고, 그렇지 못하면 살 이유가 없다고 생각하는가? 그건 아니야. 나는 윤희를 사랑하지만,

사랑이라는 말 자체를 절제하는 단계에 있을 따름이야.

영운은 승찬에게 여자와 버스는 5분 뒤에 또 온다고 했다. 그 말은 부메랑이 되어 영운 자신에게 돌아왔다. 여자와 버스가 5분 뒤에 또 오는 것이라면, 내가 물러설 수도 있잖아?

그러나 영운은 결코 윤희를 포기할 수 없었다. 사랑한다는 말 한 마디 건네지 못하고 첫사랑을 접을 수는 없어. 더구나 윤희는 나로서는 감히 탐낼 수 없는 보석이야. 그 보석이 바로 내 눈앞에서 반짝이고 있어. 집어들어 마음 깊이 간직하기만 하면 돼.

영운은 오래전부터 윤희 이상의 여자가 없다고 믿었다. 그러나 결핵과, 가난과, 줄줄이 늘어선 동생들 얼굴이 영운의 발목을 붙들었다. 그 조건은 변함이 없지만 그 조건이 만든 심리적 장애를 제치고 편지를 주고받았는데, 난데없이 친구 승찬이 하나의 산이 되어 앞을 가로막은 셈이었다.

영운은 이튿날 오후 1시쯤 집을 나섰다. 신설동로터리에 가까이 갔을 때 그가 내린 결론은, 승찬에게 윤희의 문을 두드릴 시간을 주자는 것이었다. 한 달이 걸릴지 두 달이 걸릴지 모르지만 승찬에게 시간을 줘야 해. 윤희가 승찬에게 마음을 열면, 내가 돌아서지 뭘. 끝내 윤희가 승찬에게 마음을 열지 않으면, 그때 승찬의 양해를 구하고, 윤희에게 다가가면 돼.

영운은 돌다방이 아니라 로터리의 대각선 방향에 있는 D빌딩 앞으로 갔다. 윤희는 눈이 좋지 않아 로터리 건너편에 있는 그를 알아보지 못할 것이었다. 2시가 되자 건너편에 윤희가 나타났다. 윤희를 보자 마음이 흔들렸다. 지금이라도 다방으로 뛰어갈까? 윤희는 암호를 묻겠지. 두 둘둘, 두 둘 돌인데….

　윤희는 두 시간이 지나서야 다방에서 나왔다. 윤희는 고개를 떨어트리고 동대문 쪽을 향해 걸었다. 영운은 윤희 뒷모습이 시야에서 사라질 때까지 우두커니 서 있었다.

3

"주무세요?"

영운은 눈을 떴다.

"거의 다 왔어요."

영운은 의자를 앞으로 당겼다.

"이 언덕만 넘으면 돼요."

영운은 밖을 두리번거렸다.

"여기가 어디죠?"

"천마산 자락이에요. 엄마는 이 산을 유난히 좋아했어요."

영운은 안경을 추켜올렸다. 누군가에게 한 방 얻어맞은 것 같은 느낌이 들 때, 무심코 그가 하는 버릇이었다. 수민이 목소리를 한 옥타브 높였다.

"저한테 존댓말을 쓰시니까 부담스러워요. 말씀 낮추세요."

"다음에 또 보게 되면 낮출게요."

차가 모퉁이를 돌자 꽤 큰 건물이 보였다.

"다 왔어요. 저기가 요양원이에요."

수민은 주차장에 차를 세웠다.

"정말 엄마를 보셔야겠어요?"

"…."

수민이 차에서 내렸다. 영운도 따라 내렸다.

"제가 엄마를 먼저 봬야 해요. 여기서 좀 기다리세요."

수민은 차 트렁크에서 가방을 꺼내 건물 안으로 끌고 갔다. 목욕도 시키고 옷도 갈아입힐 것이었다. 30분가량이 지나서야 수민이 나왔다.

"10분간 면회허가를 받았어요. 딱 10분요."

수민이 앞장서 걸었다. 수민을 따라가던 영운이 걸음을 멈추었다.

"미안해요…. 그냥 돌아가요."

구두소리

1

입춘이 지났지만 날씨가 차다. 영운은 커피숍으로 들어갔다. 수민은 보이지 않았다. 커피를 주문하고 자리에 앉았다. 오전 11시 5분이었다.

원고를 출판사에 넘긴 터라 홀가분했다. 전공서적은 쓸 만큼 쓴 그였다. 교수직을 마치면, 중국 옛 시인의 발자취를 따라 여행하며 한시를 되새김질하는 책을 쓰겠다는 것이 그의 다짐이었다. 젊을 때 생각으로는 소설을 쓰려 했지만, 그건 접은 지 오래였다.

출판사에서 넉넉지는 않지만 여행비까지 지원하며 영운에게 한시여행漢詩旅行 책을 쓰라고 권했다. 출판사 기획부장은 먼저 이백李白 편을 낸 뒤에, 시장의 반응을 보고 나서 두보 편을 내고, 그다음에 한유韓愈나 백거이白居易 편을 내자고 했다. 영운은 부장의 제의를 받아들여, 그 첫 편 원고를 마친 것이었다.

종업원이 다가와 탁자에 커피잔을 내려놓으며 물었다.

"전에 여기 오셨죠?"

"기억해 줘서 고마워요."

"언니하고 여기서 뵙기로 하셨나요?"

"아녜요. 여기 있겠거니 해서 왔는데….."

종업원이 돌아섰다. 영운은 커피 한 모금을 마셨다. 커피 향이 짙었다. 천천히 커피를 마시는데, 종업원이 다시 와 영운에게 핸드폰을 넘겼다.

"여보세요."

"저 수민이에요."

영운은 종업원에게 감사하다는 눈인사를 하고 수민에게 말했다.

"지난번에 고맙고, 미안했어요."

수민의 대꾸는 엉뚱했다.

"전화 끊을 테니 다시 거세요. 주의! '요'자 떼고 말씀하세요."

수민이 전화를 뚝 끊었다. 뭐? '요'자를 떼라? 머뭇거리다가 영운은 그의 핸드폰에서 수민의 번호를 찾아 전화를 걸었다.

"나예요."

"'요'자 떼라니깐. 전에 그러셨잖아요? 다음부터는 말 놓겠다고. 저 전화 끊어요. 다시 거세요."

수민이 또 전화를 끊었다. 다시 걸었다.

"나야."

"아, 좋았어요. 말씀하세요."

수민이 유쾌하게 웃었다. 이런 장난기는 엄마한테 물려받았을 거야.

"지난번에 고마워서…. 인사나 하려고 왔는데 안 계시구먼."

"아저씨, 용어를 정확하게 쓰세요. '지난번'이라뇨? 까마득한데…. 해가 바뀌었잖아요? 그땐 가을이고, 지금은 봄이에요. '지난번'이 아니라 '작년'이 맞아요. 그리고 또 있어요. '안 계시구먼.' 이 아니라 '없구먼.'이에요."

영운은 고개를 끄덕였다.

"그래. 맞아."

"제가 그쪽으로 갈게요."

"아냐. 곧 역으로 가야 해."

용산역에서 목포로 가는 KTX 기차가 낮 12시 5분에 있는데, 그걸 놓치면 목포에서 해남 땅끝으로 가는 직행 시외버스를 탈 수 없었다.

"겁나게 아쉬워요. 미리 말씀 주셨으면 제가 거기서 기다릴 건데…."

수민이 까르르 웃고는 덧붙였다.

"우리 커피숍에서 일하는 애한테 남쪽 사투리 배우고 있어요. 겁나게 재밌어요."

"…."

"그럼, 잘 내려가세요오."

수민이 '내려가세요.' 뒤에 '오'를 붙여 살짝 올렸다. 윤희도 가끔 그랬다.

2

23일이었다. 그날 영운은 보문시장 안에 있는 독서실에 자리 하나를 샀다. 밤이면 의자를 밀쳐놓고 잠을 잘 수 있는 특실이었다. 식사는 시장 안에 식당이 몇 군데 있어 사먹기로 했다.

오후 5시쯤, 중언이 독서실로 찾아왔다. 삼선동 남이 누나 집으로 전화를 해서 독서실에 들어간 것을 알았다고 했다. 중언은 영운을 이끌고 독서실 건물 1층에 있는 순댓국집으로 갔다. 자리에 앉자마자 다짜고짜 그가 물었다.

"니도 윤희 좋아하나?"

영운은 눈을 크게 뜨고 중언을 쏘아보았다.

"얀마, 니가 서울 온다캐서 우리가 어저께 승찬이 집에 모인 긴데, 승찬이가 울고 짜고 하는데도 니가 나가버렸다, 아이가? 빤한 기라. 니, 윤희 좋아하는 거 맞지?"

시 쓰는 친구의 직감에 영운은 기가 질렸다. 영운이 주인 아주머니에게 주문했다.

"여기 순댓국 둘 주시고, 막걸리도 한 주전자 주세요."

술을 마시며 영운은 윤희 이야기를 털어놓았다. 중언은 버럭 역정을 냈다.

"쌔끼, 참 빙신 같은 놈이네. 내일 내가 승찬이를 만나 다 이야기할란다."

"아냐. 난 승찬이한테 기회를 주고 싶어. 승찬이의 처지 알잖아? 넌 제발 입 닫고 있어."

"햐, 이 쌔끼, 여자문제는 친구고 뭐고 엄따."

"그래도…."

"그러니까네, 승찬이한테 시간을 주겠다, 이기 아이가?"

"맞아."

"그럼 얼매나 줄 끼고?"

"구체적인 건 아직…."

"알겠다. 딱 기말고사 끝나는 날까지다. 그때까지 승찬이가 성공 몬하면 그담엔 니다. 알았제?"

결론이 나자 영운은 다른 물음을 던졌다.

"친구들하고 독서토론은 계속하고 싶은데 승찬이하고 자주 얼굴 맞대는 건 왠지 내키지 않고…. 어떻게 해야 하지?"

그 답도 금방 나왔다.

"동세가 그러는데, 니들 동기들하고 한 학년 아래 후배들 가운데 의식분자를 모아서 새로 서클을 만들겠다는 기라. 우리 독서팀 활동은 그만 접고, 서클 전체의 독서토론으로 확대할끼라더라. 승찬이한테 신경 쓸 끼 뭐 있겠노?"

3월 첫 월요일이었다. 그날 오전 10시에 서관 강의실에서 대중문화론 강의가 있었다. 개강 이후의 첫 수업이었다. 영운이 플라타너스가 빼곡한 언덕길을 올라가는데, 나무 뒤에서 윤희가 튀어나왔다. 아니, 여기서 나를 기다린 건가? 돌다방에 나오지 않은 이유를 따질 게 분명했다. 영운은 멈칫거리다가 그냥 지나쳤다.

"아저씨."

제법 소리가 컸다.

"최영운 아저씨."

영운은 대꾸하지 않았다. 윤희가 더 크게 소리질렀다.

"나 좀 봐요오."

영운은 윤희와 만나 자초지종을 속 시원하게 털어놓을 수 없어

안타까웠다. 승찬에게 기회를 주고 싶다. 승찬이가 뜻을 이루면 물러나겠다. 뜻을 이루지 못하면 그때 윤희 앞에 나설 생각이다. 그런 말을 윤희에게 할 수는 없었다. 달리 할 말도 생각나지 않았다. 영운은 뛰듯이 걸었다.

강의실에는 신방과 말고 다른 학과 학생도 꽤 많았다. 수강생 가운데 불문과 여학생 조화영도 눈에 띄었다. K대에서 맨 먼저 미니스커트를 입은 여학생이 그였다. 바로 그 점 때문에 영운은 내심 그를 얄미워하고 있었다.

그러나 화영과 같은 학과의 복학생인 중언의 생각은 달랐다. 얀마, 어울리지도 않는데 다른 사람이 입으니까 나도 입는, 그런 경우는 욕먹어 싸지. 그러나 갠 아닌 기라. 갠 미니스커트가 잘 어울린다. 그기 팩트fact 아이가? 그는 진한 경상도 억양으로 그렇게 말했다. 하기야 맞는 말이었다.

영운은 첫 수업시간에 멍하니 먼 데만 바라보고 있었다. 윤희일 때문이었다. 아저씨. 최영운 아저씨. 나 좀 봐요오. 윤희 목소리가 귀에 선했다. 아무 대꾸도 하지 않고 내뺀 나를 보며 윤희는 얼마나 황당했을까?

기말고사가 끝날 때까지는 윤희와 대면하는 걸 되도록 피하고, 다른 일에 몰입해야 했다. 영운은 대중문화론 수업에 올인하기로 했다. 다른 대학에 재직하는 C 교수가 강의를 맡았는데 그 분야 권위자라고 했다. 영운은 연관이 있는 책은 물론 잡지도 두루 찾아 읽었다. 토론방식으로 수업을 진행했기 때문에 준비한 만큼 효과가 났다.

영운은 강의를 하는 C 교수와 대척점에 서곤 했다. 교수는 한국사회를 대중사회라고 규정했다. 그러나 영운은 한국사회는 전근대사회에서 근대사회로 이행하는 과정에 있기 때문에 아직 대중사회가 아니라고 토를 달았다. 교수는 미국 대중문화가 한국사회에 근대성을 촉발했다고 했지만, 영운은 대중문화는 본질적으로 제국주의적 성격을 띤 것으로 한국사회를 왜곡하고 있다고 반발했다. 영운은 여러 차례 교수와 부딪쳤다. 그럴 때마다 교수는 문화현상을 다양한 시각으로 바라보는 것은 바람직한 일이라고 한 발 물러섰다.

기말고사가 눈앞에 다가온 어느 날이었다. 영운이 대중문화론 강의를 듣고 나오는데 중언이 옷을 잡아당겼다.

"니, 아직 승찬이 안 만났제? 빨리 만나보거래이."

중언은 손을 번쩍 들어 흔들고 멀어져갔다. 낌새가 이상했다. 영운은 곧바로 승찬이가 자주 가는 경제학과 학생회실로 갔다. 마침 승찬이 혼자 책을 읽고 있었다. 윤희 일을 묻자 그가 덤덤하게 대답했다.

"개, 그만뒀어."

"언제?"

"한 달쯤 전에⋯."

우두커니 서 있는 영운에게 승찬이 말했다.

"난 요즘 숙영이를 만나고 있어."

"⋯."

"숙대 영문과 다니는 애야. 그래서 숙영이야."

승찬이 허허 웃고는 이었다.

"윤희 걔는 요즘 유광호라는 경영학과 복학생하고 만난다고 들었어."

날벼락이었다. 승찬이 윤희를 포기한 걸 알았더라면 영운은 윤희를 만났을 터였다. 그러나 영운은 시간을 놓친 것이었다. 그렇다고는 하지만 윤희는 또 왜 그렇게 급행이지?

영운은 학회실을 나와 곧바로 중앙도서관으로 갔다. 윤희를 만나기 위해서였다. 윤희가 보이지 않았다. 영운은 집으로 찾아가기로 했다. 윤희 주소는 기억에 생생했다. 학교 앞에서 버스로 신설동까지 간 뒤에, 버스를 갈아타고 돈암동으로 가서, 다시 전차로 명륜동까지 갔다. 평소 같으면 학교 앞에서 돈암동까지는 걸었겠지만 마음이 급했다. 명륜동 전차정거장에서 내린 영운은 복덕방 두 군데를 들러 번지를 찾아냈다.

영운은 골목 입구에 섰다. 두 줄로 늘어선 한옥이 그를 압도했다. 내가 이런 부자동네 여학생을 넘본다는 게 주제 넘는 일이 아니닌가? 그러나 그런 걸 따질 계제가 아니었다. 쌀가게에서 공중전화로 윤희 집에 전화를 걸었다. 아직 들어오지 않았다고 했다. 영운은 골목 주변을 서성거렸다. 밤 9시가 가까워오자 윤희가 골목 어귀에 나타났다. 영운이 다가가자 움칫 뒤로 물러섰다.

"나하고 이야기 좀 해요."

윤희는 곧 얄미울 정도로 침착해졌다.

"할 이야기 있으면 하세요."

"가까이에 다방이 있던데…."

"여기서 하세요."

하는 수 없었다. 단도직입적으로 물었다.

"유광호라는 복학생하고 사귄다는데, 사실이에요?"

"맞아요. 오빠 친구예요."

영운은 안경을 추켜올렸다.

"2월 21일에 서울 올라와 승찬이를…, 승찬이를 만났어요. 승찬이도… 윤희 씨 좋아한다는 걸 알고…."

영운은 말을 더듬거렸다. 윤희가 잘랐다.

"그래서요?"

그래서요? 그 반문이 영운의 입을 막았다. 그 물음은 이미 모든 것이 과거가 되었다는 의미를 함축하고 있었다.

"안녕히 가세요."

윤희가 돌아서더니 또각또각 구두소리를 내며 골목을 걸어갔다. 전에는 단화를 신었는데 이제 하이힐을 신고 있구면. 영운은 현기증을 느꼈다. 눈을 감았다. 구두소리가 아스라하게 멀어져갔다.

3

화려한
허무

My Fair Boy

1

아침에 일어나 밖에 나가 보니 뜰이 젖어 있었다. 단비가 한 보지락쯤 내린 것 같았다. 비를 기다리며 미루어둔 일이 있었다. 영운은 뒷밭에 있는 붓꽃을 바깥 화단에 옮겨 심었다. 봄이 오면 붓꽃은 하얀 손을 들어 찾아오는 손님을 반길 것이었다.

일을 마치고 안으로 들어갔더니, 핸드폰에 부재중 전화 메시지가 찍혀 있었다. 전화를 걸었다. 신호음이 가자 수민이 튀어나왔다.

"아저씨가 쓰신 한시여행 책 잘 읽었어요. 주말에 서점에 가서 신간 서적이 뭐가 있나 둘러보다가 아저씨 책이 있어 반가웠어요. 사서, 한달음에 다 읽었어요."

"수민 씨가 첫 독자가 되다니…. 반갑고 고맙구먼."

머뭇거리다가 덧붙였다.

"그런데 한시는 한달음에 독파하는 게 아냐. 차분하게 음미해야 해."

"어휴, 누가 선생님 아니랄까 봐…. 그렇잖아도 곁에 두고 한 수 한 수 음미하며 다시 읽을 거예요."

영운은 한시가 마치 밤비처럼 수민의 마음을 촉촉하게 적시기를 기대했다. 그러나 수민의 기대는 다른 데 있었다.

"아저씨, 부탁이 있어요."

"뭔데?"

"다음 책 쓰기 위해 중국 가실 때, 꼭 절 데려가주세요. 저자하고 동행하는 거, 무지 재밌을 거 같아요."

통화는 끝났지만 여운은 남았다. 한때 영운에게는 숨겨둔 소망이 있었다. 윤희와 중국을 여행하는 것이었다. 그 꿈은 말도 꺼내지 못한 채 물거품이 되고 말았는데, 윤희의 딸이 중국여행을 함께 하자고 하다니 기막힌 반전이었다.

대를 잇는 이 교유는 무슨 인연일까? 대를 잇고 있다는 점에서 질기다고 할 수 있겠지만, 윤희로 좁히면 너무 허망했다. 영운과 윤희의 인연이 꼬인 데에는 승찬이나 광호만 끼어든 것이 아니었다.

2

가을학기가 시작된 9월이었다. 그때부터 영운은 시간이 나면 광화문의 미국문화원 도서실에 가곤 했다. 보문동 독서실은 바로 옆에서 건축공사를 해서 낮에는 책을 볼 수가 없었다.

영운이 미 문화원 도서실을 이용한 데는 그럴 만한 이유가 있었다. 그 무렵에 언론학은 새로운 분야여서 국문 서적이 거의 없었다. 영문 서적을 찾아 읽어야 하는데 학교 도서관은 빈약했다. 미 문화원 도서실은 학교에서 멀어서 그렇지, 거기만큼 언론학에 관한 영문 서적을 두루 갖춘 곳이 없었다. 더구나 거기에서는 아는 이를 만난 적이 없어 책 읽기에 쉽게 몰입할 수 있었다.

영운이 학교 도서관을 피한 데는 다른 이유도 있었다. 영운은 윤희가 중앙도서관을 이용하면서 수시로 광호와 구내를 걷거나 학교 앞 다방에서 만난다는 걸 알고 있었다. 학교 도서관에서건 학교 앞 다방에서건 영운은 그들과 마주치고 싶지 않았다.

어느 날, 수업이 끝나자 영운은 교문 앞 버스정거장으로 갔다. 일문 서적을 들여와 파는 명동의 골목서점에 들러 혹시 대중문화 이론에 관한 책이 있는지 알아보고, 광화문의 미 문화원 도서실에 가서 영어 원서 몇 쪽을 복사한 뒤, 삼선동으로 가 여학생을 가르칠 생각이었다.

미도파를 지나는 버스가 왔다. 오후 2시가 조금 지나서였다. 영운은 버스에 올랐다. 자리 하나가 비어 있어 앉으려는데, 지난 학기에 대중문화론 수업을 함께 들은 불문과 여학생 조화영이 버스로 올라왔다.

"여기 앉아요."

"고마워요."

방긋 웃으며 자리에 앉은 화영이 영운에게 물었다.

"어디 가세요?"

"명동에요."

"나도 명동 가는데…."

영운과 화영이 대화를 나눈 것은 그것이 처음이었다. 영운은 화영의 곁에 서 있다가 반쯤 돌아서서 시선을 버스 앞쪽으로 옮겼다. 미니스커트 밖으로 드러난 화영의 다리를 내려다보기가 민망해서였다.

미도파 앞 정거장에 닿자 영운은 버스에서 내렸다. 돌아보니 화영도 버스에서 내리고 있었다. 화영이 영운의 등 뒤에서 말했다.

"커피 한 잔 해요."

화영은 종종걸음으로 영운을 앞질렀다. 영운은 딴에는 일정이 빠듯했지만, 마다할 수 없었다. 화영은 횡단보도를 건너 가까이에 있는 다방으로 들어갔다. 화영이 다방 안쪽으로 가 빈자리에 앉았다. 영운이 맞은편 자리에 앉기를 기다렸다가 화영이 말했다.

"자리 양보해주어 고마워요. 우리 학교 남학생들은 여학생한테 자리 양보하면 자존심에 큰 상처가 나잖아요?"

레지가 다가왔다. 화영이 영운에게 물었다.

"커피 하실 거죠?"

"예."

화영은 커피 둘을 시켰다.

"우리 정식으로 인사한 적 없죠?"

"그런 것 같네요."

"나 조화영이에요. 영운 씨는 말하지 않아도 잘 알아요."

"…."

"명동에 왜 온 거예요?"

"여기서 조금 떨어진 골목에 일본 책을 파는 서점이 있어요."

"어머, 일본 책도 읽어요?"

"대충…."

화영은 정면으로 주시하기에 벅찰 만큼 예뻤다. 피부가 희고 맑은 데다 이목구비가 수려했다. 눈이 크고 코가 오똑한데도 서구적이라기보다 동양적인 느낌을 주는 이유는 뭘까? 윤곽이 둥글고 부드러워 보이기 때문일지 몰라. 영운은 영화 주인공과 마주 보고 있는 것 같은 착각이 들었다. 영운은 화영의 얼굴을 훔쳐

보다 시선이 마주치면 얼른 피했다. 레지가 커피 두 잔을 놓고 돌아섰다.

"지난 학기 대중문화론 수업은 교수 강의를 들은 건지, 영운 씨 강의를 들은 건지 모르겠어요."

영운은 그 수업시간에 그가 너무 설친다는 평이 돈 것을 알고 있었다.

"수강생들한테 미안했어요. 내가 말을 많이 해서…."

"천만에요. 난 교수와 영운 씨가 논쟁하는 걸 듣고 싶어서 수업에 빠지지 않았어요."

"…."

"교수 강의만 들었다면 기억에 남는 게 별로 없었을 거예요. 영운 씨와 논쟁하는 걸 들으면서, 쟁점이 무엇인지 나름대로 파악했어요."

영운이 잔을 비우자 화영이 자리에서 일어섰다.

"또 봐요."

영운도 따라 일어섰다. 아쉬웠다. 조금만 시간을 더 주면 이야깃거리를 찾을 수 있을 것 같은데 그냥 일어서다니…. 화영이 계산대로 걸어가 계산을 마쳤다. 앞장서서 다방을 나가더니 영운을 돌아보며 방긋 웃었다.

"뒤에 커피 한 잔 사요."

화영은 곧 인파에 묻혔다. 영운은 마치 도깨비에 홀린 것 같았다. 영운은 서점으로 갔다. 대중문화이론에 관한 일본 책은 보이지 않았다.

화영과 명동에서 커피를 마신 다음 날이었다. 아르바이트를 마치고 보문동 독서실에 들어가 보니 중언이 영운의 자리에 앉아 있었다. 가르치는 학생 집에 제사가 있어, 그더러 밖에서 저녁을 먹고 늦게 들어오라고 했다는 것이었다.

"야. 우리 냉민 묵으러 가자."

"냉민이 뭐야, 냉면이지."

"너한테는 냉 멘이고 나한테는 냉 민이다."

영운은 냉면을 먹으며 화영과 만난 일을 털어놓았다. 중언이 눈을 치켜떴다.

"야, 갸가 니한테 커피를 샀다꼬?"

"그래."

"기집아를 학교 앞 다방까지만 끌어내도 일이 반은 된 긴데, 시내 다방에서 둘이 커피 마셨다카먼 7부 능선을 넘은 기 아이가?"

"내가 데려간 게 아니야."

"그러니까네 더더욱 보통사건이 아닌 기라. 그 기집아가 니한테 꿍꿍이가 있는 기 틀림이 엄따."

영운이 버스에서 자리를 양보한 데 대한 답례 이상도 이하도 아니라고 말했지만 중언은 고개를 흔들었다.

"얀마, 내 생각으로는 윤희보다 화영이대이. 갸, 참 예쁘잖아?"

"예쁘면 뭘 해? 옛말에 남자는 여자가 예쁘면 여자 곁만 돌고, 집이 좋으면 집 안에만 맴돈다고 했어."

"집이야 좋아도 되고 나빠도 되지만, 여자는 일단 예뻐야 한대이."

"…."

"갸, 얼굴도 얼굴이지만 몸매 봤제? 가슴, 허리, 다리…."

"…."

"그라고 말이다. 언제 갸 입술 한 번 자세히 보거라. 입을 닫고도 입술만으로 희로애락을 다 표현한다, 아이가? 쥑인다."

며칠 뒤, 토요일 오후였다. 영운은 학교 도서관에 들러 책을 대출해 리포트를 쓰고 나서 교문 쪽으로 나갔다. 플라타너스 숲의 돌벤치에 화영이 다른 여학생과 나란히 앉아 있었다. 눈이 마주치자 영운은 살짝 고개를 숙였다. 영운이 정거장에서 버스를 기다리는데 어느새 화영이 다가와 곁에 섰다.

"영운 씨. 왜 빚 안 갚아요?"

"빚이라니요?"

"커피 사기로 했잖아요?"

영운이 커피를 사겠다고 한 적이 없었다. 명동에서 화영이 영운에게 다음에 커피를 사라고 했을 따름이었다. 그러나 사실을 가리거나 따질 겨를이 없었다. 화영이 버스에 오르며 타라고 했다. 영운도 버스에 올랐다.

화영은 영운을 남산의 드라마센터로 데려갔다. 실험극장의 연극 '사할린스크의 하늘과 땅'이 공연 중이었다. 사할린으로 강제 징용 간 형제에 관한 이야기를 서정적으로 풀어가는 연극이었다. 화영이 표를 사서 건네며 찡긋 눈짓을 했다.

"최영운 씨라고 이름 석 자를 다 부르기는 그렇고…. 그냥 운이라고 부를까?"

화두를 던져놓고 화영이 물었다.

"고향 사람들은 이성 친구를 뭐라고 불러?"

"자기라고도 하고 거기라고도 하고…, 더러는 이녁이라고도 해요."

"자기, 거기…."

"사투리 발음으로는 자그, 거그."

화영이 활짝 웃었다.

"재밌다. 자그보다는 거그가 좋다. 이제 영운 씨를 거그라고 부를래."

영운이 따졌다.

"그런데 왜 반말이에요?"

"난 반말할 테니까 거그는 알아서 하고…."

화영이 입을 삐죽 내밀고는 말을 이었다.

"표는 내가 샀으니까 거그는 이따 커피 사."

언젠가 중언은 데이트 에티켓에 대해 영운에게 장광설을 푼 적이 있었다. 여자와 시내 다방에서 만날 때는 첫 한 달은 반드시 앞자리에 마주 보고 앉아야 한다. 두 달째가 되면 옆자리로 가서 나란히 앉아야 한다. 석 달이 되면 분위기 봐서 살짝 손을 잡아야 한다. 그 무렵에 말을 트는 게 좋다. 그 밖에도 중언은 여러 가지를 덧붙였다. 그러나 화영과 만나는데 중언의 조언은 의미가 없었다. 화영이 이끄는 대로 따라가기만 하면 될 것 같았다.

그날 화영과는 연극과 커피에서 끝난 것이 아니었다. 화영은 배가 고프다며 영운을 명동의 중식당으로 끌고 갔다. 영운은 호주머니가 달랑달랑했다. 낌새를 챘는지 화영이 말했다.

"내가 살게. 뭘 먹고 싶어?"

"탕수육."

영운이 아는 가장 비싼 음식이 그것이었다. 화영이 종업원에게 탕수육 2인분을 시켰다. 영운이 돌아서는 종업원을 돌려세웠다.

"배갈도 한 도쿠리 주세요."

영운과 화영은 배갈 한 병을 다 비웠다. 영운은 술을 마시면 혀가 꼬부라진다는 걸 처음 겪었다. 여학생하고 둘이서 마주 보고 술 마시는 게 처음이야, 하고자 했으나 '야학생하구'로 발음이 꼬였다. 화영도 술이 오른 것 같았다. 화영이 작심한 듯이 공격을 시작했다.

"나, 거그한테 할 말 있어."

"무슨 말?"

"아직 10월도 아닌데 왜 벌써 교복이야?"

영운은 안경을 추켜올렸다. 옷차림에 관한 한 할 말이 없었다. 그에게는 옷에 투자할 여력이 없었다. 가정교사 알바를 해서 생활비를 벌지만 독서실 이용료와 식대, 결핵 약값 등을 제하고 나면 비타민을 사기도 빠듯했다. 그런 사정을 알 턱이 없는 화영이 공격을 이었다.

"늦여름부터 초가을까지는 군 작업복 물들인 거 입고, 조금 날씨가 서늘해지면 그때부터 늦봄까지는 줄창 교복을 입고…."

"…."

"이제 그 인민복 같은 교복은 버리고 신사복 사 입어."

"…."

"야심 감추고 궁기 떨지 말고, 궁기 감추고 야심 떨어. 알았어?"

내가 궁기窮氣를 떨었나? 그건 아니야. 원래 궁하니까 궁기가 배어 나왔을 거야. 화영은 그쯤에서 공격을 마무리짓고 결론을 내렸다. 듣고 보니 핵심은 궁기가 아니라 야심에 있었다.

"지난 학기에 내가 왜 대중문화론 들은지 알아? 파리에 유학 가서 문화이론 공부를 하는 데 도움이 될 것 같아서야. 그런데 나 파리 가는 거 접을 수 있어. 언론학은 미국이 최고라며? 거그, 미국 유학을 가. 그럼 나도 미국으로 갈게."

영운은 다시 안경을 치켜올렸다. 이건 예삿말이 아니었다. 말을 마친 화영이 자리에서 일어섰다.

둘은 밖으로 나갔다. 네온사인이 번쩍거렸다. 불빛 밝은 가게들이 늘어선 거리로 사람들이 삼삼오오 오갔다. 처음 본 명동의 밤거리는 영운에게 동화 나라 그 자체였다. 영운의 입에서 절로 감탄사가 튀어나왔다.

"야, 참 아름답다."

"뭐가?"

"이 밤거리."

"밤거리만?"

화영이 두 손을 옆구리에 얹고 한껏 폼을 잡으며 물었다.

"난 어때?"

예뻐. 아까 연극에 나온 어느 여배우도 화영만큼 예쁘지 않았어. 그러나 영운은 그 말 대신에 엉뚱한 말을 했다.

"내가 술을 마셨잖아."

"무슨 소리야?"

"남자는 술을 마시면, 모든 여자가 다 예뻐 보여."

화영이 힝, 하고 콧방귀를 뀌고는 돌아섰다. 앞만 보고 걸으며 화영이 손을 들어 흔들었다. 불러세워야 하나, 아니면 따라가야 하나? 영운은 불러세우지도 따라가지도 않았다. 화영의 뒷모습을 물끄러미 바라보고만 있었다.

아까 화영이 한 말이 생각났다. 나 파리 가는 거 포기할 수 있어. 언론학은 미국이 최고라며? 거그는 미국 유학을 가. 나도 미국으로 갈게. 영운은 윤희에게 중국여행을 함께 하자는 말로 사랑한다는 말을 풀어갈 생각이었다. 그럼 화영은 나에게 미국 유학을 가라는 말로 내심을 비친 걸까?

며칠 뒤였다. 영운이 수업이 끝나 버스정거장으로 가는데 화영이 또 뒤따랐다.

"거그. 나 좀 봐."

영운이 돌아보자 화영이 화사하게 웃었다.

"거그라는 호칭, 생각할수록 맘에 들어. 재밌어. 혼자 있다가도 낄낄 웃곤 해."

"…."

"그건 그렇고…, 내가 따질 게 있어. 아냐. 따진다기보다, 가르칠 게 있어."

화영이 버스에 올랐다. 영운도 뒤따를 수밖에 없었다. 빈 의자가 많았다. 화영이 맨 뒤로 가 앉자, 영운이 그 곁에 앉았다.

"우리 지난번에 명동에서 헤어졌지? 거그가 내 집 앞까지 나를 바래다줬어야 해. 그게 신사도야.”

“….”

“왜 대답이 없어?”

“알았어.”

“궁기에…, 촌티에….”

화영은 영화를 보러가자며 영운을 중앙극장으로 이끌었다. 오드리 헵번이 주연으로 나온 ‘My Fair Lady’라는 영화를 상영하고 있었다. 극장을 증축하고 재개관 기념작으로 고른 것이 그 영화였다. 길거리에서 꽃을 파는 하층민 아가씨 헵번을 언어학 교수가 우아하고 세련된 숙녀로 탈바꿈시켜 연인으로 만든다는 이야기였다.

화영이 표 두 장을 샀다. 시간이 남아 둘은 명동으로 들어가 짜장면을 먹고, 커피를 마시고, 한동안 거리를 걷다가 영화관으로 갔다. 영운이 좌석에 앉으려는데 화영이 누군가에게 손을 흔들었다. 몇 줄 뒤에 윤희가 광호와 나란히 앉아 있었다.

“쟤들은 우리한테 들키고, 우린 쟤들한테 들켰어.”

영화가 시작되자 화영이 영운의 팔을 꼈다. 뒤에서 윤희가 볼 텐데…. 팔을 치우라고 할까? 그럴 수는 없었다. 헵번은 낯선 환경에 잘도 적응해갔지만, 영운은 시종 좌불안석이었다. 영화가 끝나자 화영이 속삭였다.

"My Fair Boy. 내가 길들여줄게. 앞으로 내 말 잘 들어."

My Fair Boy? 그건 둘의 관계에서 화영이 주체가 되겠다는 의지를 드러낸 말이었다. 화영이 영운의 팔을 꼬집었다.

"내 말 안 들으면 죽어."

영운은 자리에서 일어섰다. 뒤를 돌아보았다. 윤희도 광호도 보이지 않았다. 극장을 나오자 화영이 다시 영운의 팔을 꼈다.

"오늘부터 거그가 날 바래다줘야 해. 알았지?"

어디선가 윤희가 지켜보고 있을 것만 같았다. 영운은 고개를 저었다.

"아냐. 오늘까지는 촌티 벗지 않을래."

영운은 전에 화영이 명동에서 그랬듯이 싹 돌아섰다. 하기야 가정교사 알바를 가야 할 시간이기도 했다. 그는 걸음을 재촉했다.

그 명동, 이 명동

4학년 1학기에 들어 영운은 미 문화원 도서실에 발길을 끊었다. 거기서 취업 공부를 할 수는 없었다. 영운은 보문시장 독서실에 틀어박혀 언론사 입사시험 준비에 들어갔다.

다행스러운 일은 그 즈음 결핵균이 슬그머니 폐에서 빠져나간 것이었다. 의사는 앞으로도 조심해야 한다며, 그렇지 않으면 기흉이 생길 수 있다고 엄포를 놓았지만, 영운은 날 듯이 가벼운 걸음으로 병원을 나왔다. 그렇다고 골칫거리가 다 사라진 것은 아니었다. 화영이 자꾸 진로에 대해 딴죽을 걸었다. 진로뿐만이 아니었다. 생활방식 자체를 통째로 뜯어고치려 들었다.

어느 날 영운은 수업이 끝나 후문으로 나가다가 화영에게 붙들려 명동으로 갔다. 화영은 국립극장 건너편에 새로 들어선 고층빌딩으로 영운을 이끌었다. 거기에 근사한 중식당이 있다고 했다. 둘은 엘리베이터를 타고 식당으로 올라갔다. 화영은 류산슬을 시켰다. 음식이 나오기 전에 화영이 시비를 시작했다.

"거그는 왜 기자에 집착해? 유학을 가라니까."

"난 유학 안 가. 기자 하다가 소설 쓸 거야."

"거근 세상을 너무 몰라. 누가 기자를 알아줘?"

"소설을 쓸 거라니까…."

"소설가? 배고파. 그것도 접어."

"…."

"교수 해. 신설 학과여서 교수 자리가 텅 비어 있잖아?"

영운은 적당히 얼버무릴 일이 아니라고 느꼈다.

"교수? 난 관심없어."

다른 주제로 옮겨 반격에 나섰다.

"난 오늘 처음으로 이런 고층 건물에 들어왔어. 엘리베이터를 타본 것도 처음이야. 우동 짜장 볶음밥 탕수육 정도는 알지만 류산슬이라는 음식은 먹어본 적이 없어. 화영에게는 다 익숙한 모양이지만 나에게는 그렇지 않아."

화영이 고개를 저었다.

"이제 거그도 도회적인 것, 고급스러운 것에 익숙해져야 해."

영운은 정색을 했다.

"나에게는 삶의 지표 세 가지가 있어. 첫째, 가난하게 산다. 둘째, 가난한 사람들과 어울려 산다. 셋째, 가난한 사람들을 위해 산다. 그런 내 지표를 존중해줘야 해."

화영이 더럭 짜증을 냈다.

"어휴. 궁기 떨지 말라고 했잖아? 궁기 떨지 말고 야심 떨라니깐."

영운은 말문이 막혔다. 아랑곳하지 않고 화영이 내질렀다.

"난 노랑나비야. 언제든 향기 좋은 꽃으로 날아갈 거야. 날 놓치고 싶지 않으면 내 말 들어."

이튿날 중언을 만나 영운이 말했다.

"화영이 말인데…, 나하고는 생각하는 게 너무 달라. 나는 가난해. 앞으로도 가난하게 살 거야. 그런데 걘…."

마치 화영이 영운의 말을 무질렀듯이 중언도 그랬다.

"껵정 말거라. 길들이면 된다, 아이가."

"걔가 날 길들이려고 해."

"그라면 방법이 딱 하나 있다. 갸, 어디 어두컴컴한 데로 데려가서 덮어뿌라. 그다음부터는 달라질 끼다."

덮어버리라는 말이 재미있어, 영운은 크게 웃었다. 물론 영운은 그럴 생각이 전혀 없었다. 그건 하지하책下之下策이었다. 영운은 화영의 문제를 중언과 논하는 것이 부질없는 일이라고 느꼈다. 그래. 그 문제는 내가 시간을 두고 풀어야 해. 내가 기자가 되면 화영이 나더러 그런 거 하지 말라고 생떼를 부리지는 않을 거야. 그 이후에 서로 차이를 좁히면 돼.

그때만 해도 영운은 그에게 먹구름이 밀려오고 있다는 것을 모르고 있었다. 먹구름이 아니라 그건 태풍이었다. 여당이 대통령 3선을 허용하는 헌법 개정을 기도한 것이 그것이었다. 바로 말하자면, 그건 여당의 기도라기보다 대통령 박정희의 기도였다. 그에게는 조국 근대화라는 꿈이 있었다. 문제는 그 꿈을 자기만이 이룰 수 있다고 믿는 그의 아집이었다.

5월 7일에 공화당 윤치영 당의장서리가 박 대통령의 3선 출마를 가능하게 할 개헌을 추진하겠다고 밝혔다. 경제개발계획을 계속 밀고가기 위해 박 대통령의 영도력이 필요하다는 것이었다. 총선에서 공화당이 절대다수 의석을 확보한 때부터 예상된 수순이었다.

대학생들이 좌시할 리 없었다. 6월 12일, S대 법대생들이 '자유의 종' 앞에서 헌정 수호를 위한 학생 총회를 열고, 어떠한 개헌 음모도 분쇄하겠다고 결의했다. 개헌 반대의 신호탄은 S대가 쏘았지만, 대규모 집회로 잇는 것은 K대의 몫이었다.

19일에 K대 법대생들이 3선 개헌 반대 성토대회를 열었다. 학교당국은 집회를 주도한 법대 학생회장을 정학시켰다. 기다렸다는 듯이 법대생 4백여 명이 2차 성토대회를 열었다. 그날 오후에 동세가 독서실로 영운을 찾아왔다.

"박정희는 딱 한 번만 더 하고 그만둘 사람이 아냐. 권력욕에 끝이 없는 사람이야. 3선을 터주면 결국 총통제로 가. 이제 우리가 한판 붙어야 해."

영운은 반론을 제기할 수 없었다. 그러나 언론사 입사시험 준비를 접는 것도 내키지 않았다. 그런 뜻을 솔직히 말하자 동세는 고개를 끄덕이며, 깊이 생각해봐, 하고 돌아섰다.

그날 밤, 중언이 영운을 독서실 밖으로 끌어냈다. 둘은 안암천 천변으로 갔다.

"얀마, 침묵할 때가 따로 있다, 아이가? 지금은 아닌기라. 이런 때 침묵하고 뒤에 정론직필이고 뭐고 그런 거 떠들면 자기기만 아이겠나? 기자 하다가 소설 쓰고 싶댔제? 무슨 소설 쓸 끼고? 통속소설 써서 돈 벌 끼가? 사회소설을 쓸 끼 아이가? 이런 상황에서 침묵한 놈이 그런 거 쓰겠나?"

중언은 하는 말을 또 하고, 또 했다. 영운은 참다못해 핀잔을 주었다.

"이름값 하려는 거야? 중언부언 그만해."

다음 날 오전에는 총학생회 학술부장을 맡고 있는 원호가 찾아왔다.

"난 몸을 던지기로 했어. 니한테 이래라저래라 말 못 하겠다. 양심껏 처신해라."

원호는 양심에 힘을 주었다. 동조하지 않으면 대번에 양심 없는 사람이 되고 말 것이었다. 결단을 내리기 위해 깊이 생각하고 말고 할 일은 아니었다.

"내가 할 일이 뭐야?"

결국 영운은 3선 개헌 반대 선언문을 썼다. 영운은 이튿날 오후에 학생회실에 들러 원호에게 선언문 원고를 건넨 뒤, 서클실로 갔다. 거리로 들고 나갈 플래카드는 원호가 써놓았다고 했다. 영운은 붓에 페인트를 찍어 학교 곳곳에 붙일 격문과 구호를 수십 장 썼다.

금요일인 27일 영운은 아침 일찍 학교로 갔다. 교내 곳곳에 영운이 써둔 격문과 구호가 나붙어 있었다. 오전 11시 30분에 드디어 대운동장에서 집회가 열렸다. 모인 학생 2천여 명을 앞에 두고, 총학생회장인 충수가 선언문을 읽었다. 곧 충수와 원호가 대열을 이끌고 교내를 돌았다.

그렇게 예열한 뒤 오후 2시부터 거리로 나갔다. 종전의 지도부는 가두시위에 몸을 사렸지만 충수와 원호는 달랐다. 시위대 맨 앞에 서서 힘차게 주먹을 휘두르며 시위대를 이끌었다. 그들 뒤를 3학년인 상수와 준하, 관영 등이 받쳤다.

그들이 현장에 있었다면, 마치 뒷산 높은 데서 현장을 내려다보듯 하는 학생이 있었다. 동세였다. 그는 현장에서 놓치는 것을 먼 데서 보고 알렸다. 모두가 나대지 않고 팀플레이를 펼치며 톱니바퀴처럼 맞물려 돌았다.

29일 일요일이었다. 주동자들은 검거당하지 않기 위해 밤에도 교내 서클실이나 학생회실에 머물고 있었다. 누군가가 그날 밤에 대대적인 수색이 벌어진다는 정보가 있다고 했다. 한밤에 교직원들이 구내를 샅샅이 뒤졌다. 그러나 주동자들은 하나도 잡히지 않았다. 핵심 주동자 10여 명이 운동장을 둘러싸고 있는 측백나무 아래다 신문지를 깔고 자고 있다는 사실이 새지 않은 것이었다.

월요일인 30일 학교당국은 자진 휴교조치를 내렸다. 학교당국은 7월 1일로 예정된 기말고사를 15일로 연기한다는 방을 붙이고는 정문은 물론 동문도 후문도 모두 걸어잠갔다. 아침에 등교한 학생들은 교문이 닫혀 있었지만 돌아가지 않았다. 10시쯤에는 정문 일대에 모인 학생이 1천여 명에 이르렀다. 경찰이 학생들을 해산하기 위해 압박했다. 문이 닫혀 퇴로가 막힌 학생들은 완강하게 저항했다. 학생들이 다칠 것을 우려해 학교당국은 결국 정문을 열었다.

학생들은 정문에서 가까운 소운동장에 집결했다. 학생들은 교내 공사장에서 손수레로 돌을 실어왔다. 열기가 달아오른 학생들은 거리로 나가 치열하게 투석전을 벌였다.

점심시간이 되어 데모가 소강상태로 들어가자 영운은 주동자들이 모여 있는 강당으로 갔다. 몇 분이 채 지나지 않아 같은 학과 후배가 영운을 찾아왔다. 학과 원로인 A 교수가 찾는다는 것이었다. 연구실에서 A 교수가 영운에게 물었다.

"자넨 기자를 하고 나서 소설을 쓰겠다고 했지?"

"예."

면접시험 때도 그렇게 대답했고, 그 뒤에도 한두 번 같은 대답을 했었다.

"학문을 할 생각은 없나?"

"그쪽으로는 생각해보지 않았는데요."

"어느 한쪽에 집착하지 말고 기자시험도 보고 대학원 시험도 보도록 하게. 진로는 그 뒤에 결정해도 되지 않겠어?"

"…."

"곧 대학원 시험이 있네. 데모는 그 정도에서 그치고 시험을 준비하게."

바로 이 말을 하려고 나를 불렀나? 영운은 묵묵부답으로 앉아 있다가 강당으로 돌아갔다.

주동자들은 오후 3시쯤에 작전회의를 열었다. 학생들의 열기에 고무된 그들은 휴교조치에도 불구하고 학생들이 학교에 나오도록 유도하기 위해 강당에서 철야 단식농성을 벌이기로 했다. 1백여 명 가까운 학생이 농성에 참여했다. 영운은 알바를 마치기 바쁘게 강당으로 가 농성에 합류했다.

어둠이 내린 뒤였다. 영운에게 후배 하나가 다가와, 밖에 찾아온 사람이 있다고 했다. 나가 보니 화영이 서 있었다.

"이쯤에서 그만둬. 거그 걱정이 돼서 그래."

영운은 잠자코 서 있다가 말없이 돌아섰다.

밤이 되자 학생들이 눈을 붙이기 시작했다. 거의가 의자에 앉아 책상에 팔베개를 하고 잠을 청했지만, 일부는 강단 마루에, 더러는 강당 시멘트 바닥에 누웠다. 영운이 의자에 앉아 있는데 동세가 다가왔다.

"나 좀 봐."

동세는 강당 옆에 있는 텅 빈 교실로 영운을 이끌었다.

"약은 먹었어?"

"무슨 약?"

"먹는 약이 있잖아?"

전에 영운의 책가방에 결핵약 병이 들어 있는 걸 봤다고 했다.

"다 나았어. 이제 약 안 먹어."

동세가 고개를 끄덕거리더니 영운의 소매를 끌고 몇 걸음 더 들어갔다. 의자 위에 무언가가 놓여 있었다.

"설렁탕이야. 나은 건 다행인데…, 그래도 먹어둬."

동세는 영운의 등을 툭 치고는 교실을 나갔다.

데모는 7월 1일에도 계속되었다. 대학이 자진 휴교를 한 상태였지만 매일 소운동장에는 6백여 명이 넘게 모였다. 이날 데모에서 한 학생이 경봉에 맞아 전치 4주 이상의 부상을 당했다. 6·8 부정선거를 규탄하는 데모를 하다 영운이 경봉에 머리를 맞아 경상을 입었을 때는 여러 신문이 중상을 입었다고 과장보도했는데, 이번에는 진짜 중상자가 나왔는데도 어느 신문도 보도하지 않았다. 이튿날 영운은 언론에 보내는 메시지를 써서 시위대 앞에서 읽은 뒤, 출입기자들에게 뿌렸다.

이튿날도 데모가 격했지만 언론의 보도 태도는 여전히 소극적이었다. 원호가 영운에게 물었다.

"기자들이 취재를 하는데도 왜 신문에 기사가 안 나지?"

"기사를 써내봐야 부장이 곧바로 쓰레기통에 버린다는 거야."

4일에는 모인 학생이 2천여 명에 이르렀다. 학생들은 수시로 교문 밖으로 나가 경찰과 투석전을 벌였다. 이날 처음으로 페퍼포그라는 신종 무기가 등장했다. 페퍼포그 차가 뿜는 최루가스가 강당이나 교실 안까지 퍼졌다. 경찰이 손으로 최루탄을 던질 때는 잠시 피했다가 다시 모였지만, 차에서 페퍼포그를 뿜어대자 많은 학생들이 견디지 못하고 집으로 돌아갔다.

충수와 원호는 언론의 보도 태도가 미온적인 데다 경찰의 데모 저지 수단이 획기적으로 달라져, 작전 변화가 불가피하다고 주장했다. 결국 그들은 개헌 반대의 뜻을 국민에게 직접 알리기 위해, 도심 서너 군데서 2, 3백 명씩 날마다 게릴라 시위를 벌이는 것으로 방향을 틀었다. 그러다 보면 학생데모가 군중데모를 촉발할 수도 있었다.

그날 오후 7시쯤이었다. 영운이 강당에서 도심시위 때 뿌릴 선언문을 쓰고 있는데, 화영이 또 영운을 찾아왔다. 화영이 책상에 놓인 원고를 집어들었다.

"뭘 봐?"

"어차피 여러 사람이 볼 건데, 내가 좀 미리 보면 안 돼?"

화영은 원고를 읽다 말고 역정을 냈다.

"이 따위 그만둬. 공부나 해."

"그렇잖아도 내일이면 끝나."

"내일?"

"그래. 내일부터 시내로 나가."

"시내로?"

"서너 군데서 도심시위를 하는데, 난 명동으로 갈 거야."

"언제?"

"오후 2시."

"가지 마."

"내일이 끝이야. 도심시위는 계속하지만, 모레부터는 2, 3학년 이 맡을 거야."

"가지 말란 말야. 무서워. 우리 만나는 데가 그 명동인데…, 이 명동은 그 명동이 아니잖아?"

노랑나비

영운의 임무는 선언문을 쓰는 것이었다. 시내투쟁에 참여하지 않아도 눈총을 받을 처지는 아니었다. 그러나 그는 5일 토요일에 명동에 가기로 마음을 굳혔다. 도심의 높은 건물 곳곳에서 학생들이 영운이 쓴 선언문의 뭉치를 던지면 선언문이 바람에 나부끼며 거리로 흩어져내리고, '독재는 망한다. 민중이 반드시 망하게 한다.'는 마지막 문장이 선언문을 집어든 사람들의 마음을 흔들 것이었다. 영운은 그 현장을 직접 눈으로 확인하고 싶었다.

영운은 이른 점심을 먹고 후문으로 나가 버스를 탔다. 명동에 도착해서 시계를 보았다. 낮 12시 20분쯤이었다. 일본 서적을 파는 골목서점이 생각났다. 잠깐 들러 책 구경을 해도 될 것 같았다. 골목

입구에 들어서는데 누군가가 그의 팔을 붙들었다. 화영이었다.

"여긴 웬일이야?"

화영은 대답 대신에 물음을 던졌다.

"일본 책방에 갈 거지?"

"응."

"그럴 줄 알았어. 가면 안 돼. 그 근방에서 학교 출입하는 형사를 봤어."

"화영이가 어떻게 알아?"

"'기러기'라는 형사 있잖아? 그 형사가 거기 있었어."

K대를 출입하는 성북서 형사의 별명이 '기러기'였다. 화영이 지나가는 택시를 세웠다. 화영이 택시 문을 열고 영운을 밀어넣었다. 영운은 얼결에 택시 안으로 들어갔다. 화영이 기사에게 말했다.

"신설동 시외버스터미널로 가주세요."

화영이 영운의 팔을 꼬집었다.

"왜 말을 안 들어. 명동 오지 말랬잖아."

"와야 한다고 했잖아."

"제발 내 말 들어. 앞으로 말 안 들으면 진짜 끝이야."

터미널에서 화영은 둔내 가는 표를 사왔다. 영운이 물었다.

"둔내가 어디야?"

"나도 몰라. 제일 빠른 걸 달랬더니 이걸 줬어. 얼른 서울을 빠져나가야 해."

"각자 집으로 가면 되지, 멀리 갈 필요가 어딨어?"

"거근 집도 없잖아?"

"…."

"독서실로 그냥 들어갈 사람도 아니고…, 들어가도 곧 꾼들이 찾을 거고…."

"꾼들이라니?"

"친구들이 다 데모꾼들이잖아?"

둘은 버스에 올랐다. 좌석이 많이 비어 있었다. 둘은 뒷자리로 가 앉았다. 차가 서울을 벗어나자 화영이 영운의 손을 잡았다. 손을 맡긴 채 영운은 창밖을 내다보며 상념에 잠겼다. 내가 쓴 선언문이 명동 거리에 흩날리는 걸 보지 못하는 것은 아쉬운 일이야. 그러나 내가 붙잡히거나 처벌받을 것을 염려해 화영이 명동까지 나온 것은 고마운 일이지. 나를 사랑한다는 증거야.

그는 자신에게 물었다. 그럼 나는 화영을 사랑하는가? 사랑이 그리움이라면, 화영을 애태워 그리워하는가? 그건 아니었다. 사랑이 담는 것이라면, 그가 곁에 없을지라도 그를 넘쳐흐르도록 가슴에 담고 있는가? 그것도 아니었다. 따져 보면 윤희보다 화영이 못 할 게 없었다. 얼굴이야 화영이 빼어났다. 그럼에도 화영을 진하게 그리워하는 것도, 마음에 깊이 담고 있는 것도 아니었다.

이유가 무얼까? 영운이 내린 결론은, 윤희와 화영에 대한 감정의 차이가 선택의 주체성 여부와 관련이 있다는 것이었다. 윤희의 경우 영운이 주체로서 윤희를 선택했기 때문에 능동적이었지만, 화영의 경우 영운은 하나의 객체로서 화영의 선택을 받은 것이어서 수동적이게 마련이었다.

영운은 화영의 손에서 제 손을 빼냈다. 창밖을 보고 있던 화영이 영운을 바라보았다. 영운은 마음속으로 다짐했다. 이제 내가 주체가 되자. 제 발로 내 곁에 와준 화영에게 고마워하자. 순수하게, 진실하게, 마음을 다 해 화영을 사랑하자. 영운은 화영의 손을 잡아 꼭 쥐었다. 영문도 모르면서 화영이 방긋 미소지었다.

차가 둔내에 도착한 것은 오후 5시가 지나서였다. 차부에 물었더니 서울로 돌아갈 차가 없다고 했다. 둘은 서울을 떠나는 것만 생각했지 돌아갈 일을 헤아리지 않은 것이었다. 길 건너에 구멍가게 하나가 보였다. 영운이 가게 아저씨에게 물었다.

"근방에 식당이나 여관이 없나요?"

"여긴 시골이어서 그런 거 없어."

영운이 화영을 돌아보며 혼잣말하듯 말했다.

"보통 일이 아니네. 잠은 어디서 자지?"

아저씨가 끼어들었다.

"우체국에 가면 배달부 자는 방이 있고, 여자 교환원 자는 방이 따로 있어. 나뉘어 자면 될 게야."

영운은 건너편에 있는 우체국으로 갔다. 마당에서 젊은 여자가 그를 흘깃 바라보았다.

"숙직실이 어디죠?"

여자가 턱으로 바로 앞을 가리켰다. 영운은 숙직실 문을 두드렸다. 30대 후반의 남자가 문을 열었다.

"버스로 오긴 왔는데…, 잘 곳이 없어서…."

남자는 영운의 뒤에 화영이 서 있는 것을 보고는 벌떡 자리에서 일어섰다.

"이 숙직실을 둘이 써요. 나는 마을 사람 집에 가면 되니까…."

남자는 뒤도 돌아보지 않고 우체국을 나갔다.

숙직실 안으로 들어가기에는 일렀다. 영운은 화영을 이끌고 마을 옆구리에 있는 개울가로 갔다. 물에 들어가 발이나 씻자고 했다. 화영은 고개를 저었다. 표정이 굳었다. 영운은 바지를 걷어올리고 물에 들어가 세수도 하고 발도 씻었다. 돌아보니 화영은 등을 돌린 채 나무 그늘에 앉아 있었다. 영운은 물에서 나갔다. 화영의 곁에 앉으려는데 화영이 고개를 저었다.

"나한테서 10m 이상 떨어져."

왜 심통이 났나? 영운은 아예 50m쯤 떨어진 곳으로 가서 소나무 그늘에 앉았다. 그렇게 두 시간 가까이 앉아 있는데, 화영이 자리에서 일어섰다. 이미 해가 산등을 넘어간 뒤였다. 화영은 영운에게 눈짓도 보내지 않고 마을 쪽으로 걸었다. 영운은 화영을 따라잡지 않고, 20m쯤 거리를 두고 화영의 걸음 속도에 맞추어 뒤따랐다. 가게 앞까지 가서야 화영이 걸음을 멈추었다. 영운이 그를 지나쳤다.

"먹을 게 뭐가 있나 볼게."

영운은 가게에서 빵 네 개와 우유 두 병, 칫솔 두 개와 치약을 샀다. 영운이 앞장서 우체국으로 가, 숙직실 문을 열었다. 윗목에 캐시밀론 이불과 베개 두 개가 놓여 있었다. 영운이 안으로 들어가 앉았다. 미적거리다가 화영도 들어와 앉았다. 여자들 목소리가 들려왔다.

"옆방에 누가 왔나 봐."

"대학생 둘이야. 남학생하고 여학생."

남자 숙직실과 여자 교환원 숙직실 사이의 벽에 구멍이 뚫려 있고, 거기에 긴 형광등 하나가 매달려 있었다. 불은 아직 켜지 않은 상태였다. 교환원 숙직실에서 여자가 큰소리로 말했다.

"학생들. 방 옆에 부엌이 있어요. 씻어요."

영운이 큰소리로 답했다.

"예. 고맙습니다."

둘은 우선 빵과 우유로 저녁을 때웠다. 화영이 말을 하지 않았기 때문에 영운도 말을 걸지 않았다. 우유를 다 마시고 나서야 영운이 말했다.

"나는 아까 개울에서 씻었어. 세수라도 해."

영운이 일어서자 화영도 일어섰다. 둘은 화장실에 들렀다가, 함께 부엌으로 갔다. 바닥에 큰 대야 두 개와 플라스틱 바가지, 비눗갑이 놓여 있었다. 숙직실 문이 반쯤 열렸다. 마당에서 본 여자가 수건을 내밀었다.

"이 수건 써요."

"고맙습니다."

둘은 먼저 이를 닦았다. 바가지에 물을 받아 건네자 화영이 입을 헹궜다. 남은 물로 영운도 입을 헹궜다. 영운이 벽에 붙은 수도꼭지를 틀어 대야에 물을 받아 화영 앞에 놓았다. 화영이 세수를 했다. 영운은 다른 대야에 물을 받아 화영 앞에 디밀었다. 화영이 새 물에 얼굴을 헹궜다. 영운은 여자한테 받은 수건을 화영에게 건넸다.

화영이 수건으로 얼굴을 닦는 사이에 영운은 대야에 물을 받아 화영의 발 앞에 놓았다. 화영이 왼발을 대야에 넣었다. 영운이 발을 씻겼다. 화영이 발을 바꾸었다. 영운이 오른발을 씻겼다.

둘은 다시 방으로 들어갔다. 교환원 숙직실과 함께 쓰는 형광

등에 불이 켜져 있었다. 화영이 방바닥에 무릎을 꿇고 앉더니 맞은편을 가리켰다.

"운인 저쪽 벽에 기대앉아."

이번에는 거그가 아니라 운이였다. 왠지 거리감이 느껴졌다. 영운은 방 한가운데에 털썩 주저앉았다.

"화영이도 편히 앉아."

화영은 무릎을 꿇은 채 낮은 소리로 말했다.

"내 인생이 마구 흐트러지는 것 같아."

"…."

"수업도 같이 들었고…, 학교 신문이나 교지에 쓴 글도 읽어 보았고…, 물건이 될 것 같다 싶어 내가 운이한테 자존심도 팽개치고 접근했어. 그런데 이게 뭐야?"

"…."

"나는 모험 좋아하지 않아. 난 안전하고 주도면밀한 걸 좋아해. 운이가 나의 그런 면을 존중해줘야 했어."

화영이 빤히 영운을 바라보다가 물었다.

"내가 운이 좋아하는 거 알지?"

"…."

"알아, 몰라?"

"알아."

"그럼, 운인?"

"…."

"왜 대답을 안 해?"

"나도 화영일 좋아해."

"좋아하는 거야, 사랑하는 거야?"

"…."

"어느 쪽이야?"

"사랑해."

"그럼, 사랑한다고 정식으로 고백부터 해."

머뭇거리자 화영이 다그쳤다.

"싫어?"

"아냐. 할게."

"무릎 꿇고 해."

그래. 진지하게, 사랑한다고 말하자. 한 가닥 거짓없이 고백하자. 영운은 무릎을 꿇었다. 교환원 숙직실에서 아무 소리도 나지 않았다. 귀를 쫑긋 세워 엿듣고 있을 것이었다. 개의할 일이 아니었다. 영운은 허리를 세우고 고개를 쳐든 채 눈을 감았다.

"나 최영운은 고백합니다. 조화영을 사랑합니다. 나의 삶이 화영의 삶을 규정하고, 화영의 삶이 나의 삶을 규정할 것입니다. 앞으로 화영의 뜻을 존중할 것을 화영에게 약속합니다."

영운은 눈을 떴다. 화영의 표정이 묘했다. 긴장, 진지, 비감 등이 그의 얼굴 위에서 교차하고 있었다. 고혹적이었다. 아직까지 내가 이렇게 예쁜 여자 얼굴을 본 적이 있는가? 문득 중언의 말이 생각났다. 갸, 어디 어두컴컴한 데로 데려가서 덮어뿌라.

영운은 가슴이 쿵쿵 뛰었다. 심호흡을 하고는 앉은걸음으로 화영 앞으로 다가갔다. 화영이 손을 저었다.

"다가오지 마."

어조가 단호했다. 화영이 자리에서 벌떡 일어섰다. 벽 가까이로 가더니 벽에 기대앉았다.

"아까 개울가에서 내가 왜 심통을 부렸는지 알아? 이럴 것 같아서였어. 이런 일을 예상치 않고 여기까지 온 것은 내 잘못이야. 그러나 잘못은 그걸로 족해."

"…."

"운이가 미국 명문대학 입학허가서를 받고, 장학금도 얻고, 비자도 나왔다. 그러면 또 몰라. 지금 운인 뭐야? 골고다 언덕 앞에 서 있잖아?"

화영이 야무지게 매듭지었다.

"운인 맞은편 벽에 기대앉아. 서로 마주 보고 이야기나 해."

버스를 타고 오면서 다짐한 일이 생각났다. 객체가 아니라, 주체가 되자고 하지 않았던가? 그러나 영운은 화영 앞에서 여전히 주체가 아니라 객체였다.

　다음 날 영운은 화영과 함께 서울로 돌아와 보문동 독서실로 갔다.

　"약속해. 앞으로 독서실에 틀어박혀서 공부만 하는 거야."

　"알았어."

　바깥을 내다보고 있던 순댓국집 아주머니가 그들에게 다가왔다. 사방을 두리번거리더니 아주 작은 소리로 말했다.

　"학생, 어여 도망쳐. 형사가 여기 왔었어. 학생 보면 신고하랬어."

　다시 말했다.

　"나한테만 그런 부탁했겠어? 빨리 피해."

　화영의 표정이 돌같이 굳어졌다. 영운은 두 손으로 화영의 두 손을 모아 잡았다. 화영이 곧 손을 뿌리쳤다.

　"우리 가끔 만나야 하잖아? 내가 전화로 안부를 묻고 끊을게. 그럼 그다음 날 만나. 시간은 오후 2시, 장소는 무조건 신설동로터리에 있는 돌다방이야."

　영운은 돌다방을 지정해놓고 쓴웃음을 지었다. 그 다방은 윤희와 만나기로 해놓고 가지 않은 곳이 아닌가? 그렇다고 내뱉은 말을 주워 담을 수는 없었다.

　영운은 돌아서서 빠른 걸음으로 걸었다. 굳은 얼굴로 아무 대꾸도 하지 않은 화영의 표정이 눈에 밟혔다. 손을 뿌리칠 때는 섬뜩한 생각이 들 만큼 표정이 싸늘했다. 돌아가 화영을 안심시킬까? 영운은 고개를 저었다. 영운은 보문동을 벗어나 돈암동시장으로 들어갔다. 중언에게 전화를 걸었더니 뜻밖의 사실을 알렸다.

"경찰서 출입기자 하는 선배한테 알아봤다, 아이가? 수배자 명단에 니가 끼어 있다 카더라."

그렇다면 당분간 숨어지내야 했다. 어디로 가지? 언젠가 동세가 한 말이 생각났다. 데모가 끝나면 일단 잠수해야 해. 난 한 일이 없는데, 하고 머뭇거리다가 잡히면 다른 사람 죄까지 뒤집어써. 잠수할 때 지켜야 할 게 있어. 고향 집으로 가선 안 돼. 가까운 친척 집도 마찬가지야. 최근에 만났거나 통화를 한 친구나 친지집도 피하는 것이 좋아. 공직자 집은 절대로 안 돼. 누구하고든 며칠 전에 미리 약속을 하고 만나서도 안 돼.

문득 주대운의 얼굴이 떠올랐다. 목포의 실업계 고등학교 학생들의 문학서클인 '밀물'에서 함께 활동하면서 가까이 지낸 친구였다. 두어 달 전에 서울역으로 가는 버스를 탔다가 우연히 그를 만난 적이 있었다.

영운은 그에게 들은 바를 되살려가며 남대문시장 끝자락에 있는 꽃가게를 찾았다. 대운이 얼굴을 활짝 펴고 반겼다. 사정을 이야기하자 가게 뒤에 붙은 쪽방을 가리켰다.

"자네가 여그 있는지는 쥐도 새도 모를 것이여. 맘 푹 놓고, 여그서 책이나 보소."

이튿날이었다. 아무리 생각해도 수배를 당할 만한 죄를 지은 것 같지는 않았다. 선언문을 몇 개 썼지만 법에 걸릴 법한 내용은 피했다. 겁을 주려는 것뿐인데 내가 과민하게 반응하는지 몰라. 영운은 보문시장에서 화영과 헤어질 때 제대로 인사도 나누지 못한 것이 마음에 걸렸다. 그까짓 일로 허겁지겁 도망을 치다니 스스로가 좀스럽게 느껴지기까지 했다. 그래. 화영을 만나 걱정하지 말라고 차분하게 안심을 시켜야겠어.

영운은 대운의 가게를 나와 골목 어귀에 있는 공중전화 부스로 가서 화영의 집으로 전화를 걸었다. 번호는 알고 있었지만 정작 전화를 한 건 처음이었다. 젊은 여자가 전화를 받았다. 목소리가 비슷하지만 화영은 아니었다. 연년생 동생 화정이었다. 언니가 집에 없다고 했다.

"언니 남자친군데, 언니한테 내가 만나잔다고 전해줘요."

"언제 어디서요?"

"그건 언니가 알아요."

이튿날 영운은 오후 2시에 돌다방으로 갔다. 다방 안에서 장식용 물레방아가 돌고 있었다. 60년대 중반까지만 하더라도 다방은 사무실 대용이었다. 사무실을 따로 마련하지 못한 사장님들이 온

종일 다방에 죽치고 앉아 사람들을 만났다. 그런 다방이 60년대 후반에 들어 차츰 데이트 장소로 바뀌기 시작했는데, 다방 안이 어둡고, 물레방아를 설치한 것으로 보아 돌다방도 시류에 맞게 고친 모양이었다.

자리에 앉자 레지가 다가왔다. 그에게 영운이 먼저 말했다.

"한 사람이 더 올 거예요."

한 시간이 지나도 화영은 오지 않았다. 집으로 전화를 할까? 그러나 영운은 자리에서 일어나지 않았다. 다시 레지가 왔다. 영운은 커피 한 잔을 시켰다. 커피를 마시고 다시 한 시간가량이 지났지만 화영은 오지 않았다. 보문시장에서 갑자기 싸늘하게 굳어지던 화영의 표정이 눈에 선했다. 그래. 화영이 오지 않는 것은, 화영이 계산을 마쳤다는 뜻이야. 나의 가능성에 투자했다가 가능성이 사라졌다고 보고 투자를 회수한 거야. 문득 전에 화영이 한 말이 떠올랐다. 난 노랑나비야. 언제든 향기 좋은 꽃으로 날아갈 거야.

허무한 마음

이튿날 영운은 중언을 꽃집으로 불렀다. 일이 어떻게 돌아가는지 궁금했다.

"학교에 방이 붙어 직접 봤다, 아이가. 넌 6개월 정학이다."

영운은 귀를 의심했다. 전에는 데모를 해도 대개 한두 명만 처벌했기 때문에 영운은 자신이 처벌을 당할 것이라고는 예상하지 않았다. 그러나 학교에서는 의표를 찔러 열여섯 명이나 처벌했다. 그 가운데 넷은 견책으로 가벼웠지만, 열둘은 6개월 정학 이상의 중징계였다. 6개월 정학이라지만 정학기간이 4학년 2학기까지 걸치기 때문에 졸업이 1년 늦어지는 셈이었다.

"난 열여섯 안에도 끼지 몬하고…. 내 자신이 부끄럽다."

중언은 초기에 시위에 적극 가담했다. 그러나 충수와 원호가, 1년에 한 번 나오는 교지의 편집장을 맡고 있는 중언에게 뒤로 빠지라고 했다는 걸 영운은 알고 있었다.

"넌 교지 잘 만들면 돼."

중언이 영운을 보며 말했다.

"넌 우에야 되노? 데모해서 징계당하면…, 취직이 어렵다 카더라."

결핵이 낫지 않았는데도 영운이 대학에 가기로 한 것은 우연한 계기 때문이었다. 고등학교를 졸업한 그해 11월이었다. 영운은 유현목 감독의 새 영화 '잉여인간'을 보기 위해 광주로 갔다. J대 토목과에 다니는 고교 동기 진섭을 학교로 찾아갔다.

"야, 영화 보러 가자. 좋은 영화야."

진섭은 고개를 저었다. 기말시험을 쳐야 한다는 것이었다. 진섭은 도서관에서 책을 읽고 있으라고 했다. 영운은 러시아 작가 아르치바셰프의 소설 『싸닌』을 빌려오라고 했다. 영운이 신문에서 신간 광고를 본 뒤, 읍에 있는 서점에 갔지만 구하지 못한 소설 『싸닌』을 진섭은 10분도 되지 않아 대출해왔다. 아, 대학이란 이런 곳이로구나. 도서관에 있는 수많은 책을 마음대로 볼 수 있다는 건 상상만으로도 가슴 설레는 일이었다.

한 시간쯤 지났을까? 도서관 직원이 열람실에 들어오더니,

학생증 검사를 하겠다며 재수생은 나가라고 했다. 재수생이 자리를 차지하고 있어 학생들의 불만이 많은 모양이었다. 난 대학에 진학할 생각이 없어. 그러니까 난 재수생이 아니야. 영운은 그냥 자리에 앉아 있었다. 영운에게 다가온 직원이 '찡'을 내라고 했다.

"찡이라니요?"

"학생증 말이야."

"없는데요."

"재수생이지?"

"아닌데요."

사정을 말했으나 막무가내였다. 무조건 나가라고 했다. 영운은 오기가 났다. 날씨도 찬데 어디로 나가라는 거냐고 버텼다. 직원은 덩치가 컸다. 우악스럽게 영운의 멱살을 틀어쥐고는 밖으로 끌어냈다. 거기서 그친 것이 아니었다. 녹다 만 눈이 질컥거리는데, 직원은 영운을 업어치기로 마당에 메쳤다.

영운은 허리가 뻐근했다. 고무신을 신고 갔는데 한 짝이 보이지 않았다. 질컥거리는 눈 위에서 까치발을 하고 두리번거렸다. 신짝은 언덕의 풀숲에 떨어져 있었다. 영운은 끅끅 울며 대학을 나왔다.

광주에서 집으로 돌아가며 영운은 버스가 산에서 굴러버렸으면 좋겠다고 생각했다. 밤 늦게 집에 들어간 영운은 일기장에다 '어머님 전 상서'를 썼다. 어머니, 이쯤에서 인생의 버스에서 내리고 싶어요. 더 이상 살아야 할 이유도, 살 용기도 없어요. 그런데 어머니가 마음에 걸려요. 영운은 일기장 덮는 걸 잊고 잠들었다.

이튿날 아침, 어머니가 방에 들어왔다가 영운의 일기를 읽었다. 오메. 내 자석이 디질 생각을 하다니…. 어머니는 영운을 흔들어 깨웠다. 이 자석아. 이 에미를 두고 디질 생각을 하다니…. 어머니는 영운의 가슴을 마구 쥐어박았다.

"엄니, 나 대학에 가고 싶어요. 의사가 공부하면 죽는다고 했지만, 마냥 이렇게 지낼 순 없잖아요? 까짓것, 누워죽으나 앉아죽으나…. 대학 가서 도서관에 앉아 실컷 책이나 읽다가 죽을래요."

어머니가 고개를 저었다.

"너 안 죽어. 절대로 안 죽어. 하고 싶은 대로 해부러라."

뒤에 알았지만, 어머니는 그 말을 해놓고 그날 밤 혼자서 대밭에 들어가 입을 틀어막고 울었다고 했다. 아들이 죽는 길로 들어서는 게 아닌가 해서였다.

며칠 뒤에 어머니 표정이 조금은 밝아졌다. 영운이 툇마루에 앉아 있는데 외출하고 돌아온 어머니가 말했다.

"걱정 말그라. 너 증상스럽게 오래 산다드라. 일흔여섯 살까정 살 것이라 하드라. 맘 놓고 대학 가부러라."

부용산에 있는 암자로 보살을 찾아가 점을 본 것이었다. 그 보살이 길흉은 몰라도 생사만은 귀신같이 맞힌다고 했다.

영운은 며칠 뒤에 고등학교 3학년 때의 담임 선생님을 찾아갔다. 대학에 가야겠다고 하자 선생님이 물었다.

"무슨 학과 갈래?"

"그건 생각해보지 않았어요."

"그래? 넌 한문 많이 알고 글 잘 쓰니까 국문과야."

맞는 말 같았다. 영운은 고개를 끄덕였다. 그러나 조금 뒤에 선생님이 조언을 고쳤다.

"국문과 나오면 중등학교 교사가 되는데, 잡무가 많고 애들 상대만 하니까 세상 물정을 몰라. 글이 나올 수가 없지."

"…."

"너 신방과 가거라. 거기 나와서 기자 하다가 네 글을 써라. 기자 하면 세상을 잘 알게 될 거 아니냐?"

말을 듣는 순간 감이 잡혔다. 선생님의 그 말은 영운에게 등대요 나침반이었다. 그래 신방과를 가자, 기자가 되자. 그다음에 소설을 쓰자. 영운이 처음으로, 그것도 아주 구체적인 '장래 희망'을 갖게 된 순간이었다.

영운은 며칠 뒤에 서울로 올라갔다. 신설동로터리에 있는 사설 독서실에 자리 하나를 샀다. 실업계 고등학교를 나온 데다 대학 진학은 포기하고 지냈기 때문에 입시 공부를 하는 게 쉽지 않았다. 달포가량 고입 문제집을 훑고 나서야, 대입 문제집에 손을 댈 수 있었다.

영운은 1년 동안 하루에 서너 시간 이상 잠을 자지 않았다. 피로가 쌓여 늦가을부터는 사흘이 멀다 하고 코피가 났다. 결핵 앞에서 까불지 마. 얕잡아 봤다가는 네가 죽어. 의사의 그런 공갈이 늘 귓가에 맴돌았다. 그러나 영운은 이를 악물었다. 까짓것, 병상에 누워죽으나 책상에 앉아죽으나 죽는 건 마찬가지야. 그런 배수진이 그를 버티게 했다.

영운은 그렇게 해서 신방과에, 그것도 뜻밖에도 수석으로 붙었다. 모택동의 인민복과 비슷한 교복을 처음 입을 때는 콧날이 시큰해졌다. 어떻게 혼자 힘으로 대학을 다닐지 걱정이 태산이었지만 어느덧 4학년에 이르렀다. 그러나 3선 개헌이라는 돌발 변수는 인생의 판을 뒤엎었다.

중언이 며칠 뒤에 다시 영운을 찾아왔다. 경찰서 출입하는 기자에게 들었다며, 영운이 박정희 대통령 화형식의 주동자로 찍혔다고 했다. 선언문을 쓴 것보다는 대통령 화형식을 주동한 혐의가 그에게 수배령을 내린 근거라고 했다. 어처구니없는 일이었다.

학생들이 개헌 규탄집회를 하며, 군복을 입힌 허수아비를 불태운 적이 있었다. 모자에는 소장 계급장을, 군복에는 '박정희'라는 종이 이름표를 단 허수아비였다. D 신문의 K 기자가 옆에 서 있는 영운을 툭 쳤다.

"이름표와 계급장을 떼는 게 좋을 거야."

계급장과 이름표를 떼면 군부독재 종식을 요구한 것이 되지만, 계급장과 이름표를 붙인 채 태우면 국가원수 화형식이 되어, 형사처벌을 하지 않을 수가 없다는 것이었다.

사회자가 확성기를 통해 화형식을 시작한다고 했다. 서둘러야 했다. 영운이 빠른 걸음으로 허수아비 앞으로 가 이름표를 뗐다. 그 순간 누군가가 허수아비 뒤에서 시너를 뿌렸다. 허수아비는 삽시에 불길에 휩싸였다. 영운은 기자 말을 듣고 이름표를 뗐을 뿐이었다. 그런데 국가원수 화형식을 주도했다는 혐의를 두다니, 기가 찰 노릇이었다.

"지금 니가 나서서 그거 안 했다고 해봐야 몽둥이로 두들겨 패서 허위자백 하게 할 끼 아이가? 그러니까네 무조건 서울을 떠나거래이. 누가 했는지 드러난 뒤에 올라오면 될 끼 아이가?"

영운은 중언의 말을 따르기로 했다. 그러나 그 전에 할 일이 있었다. 보문시장 독서실에 있는 짐을 남이 누나 집으로 옮겨야 하고, 가정교사 알바를 하는 집에도 사정을 알려야 했다. 중언이 짜증을 냈다.

"그런 건 다 내가 처리할 테니까네, 니는 퍼떡 잠수해라."

중언이 돌아가자 대운이 근심 어린 눈빛으로 영운의 표정을 살피고는 뜻밖의 제안을 했다.

"자네, 군산으로 내려가소. 내 사촌 형이 거그서 학원을 하는디, 안 그래도 영어나 수학 가르칠 대학생을 구하고 있네."

그날 오후 영운은 군산행 기차를 탔다.

영운이 서울을 비운 동안에도 역사의 시침은 어김없이 돌았다. 9월 14일 새벽, 태평로 국회의사당 제3별관에서 3선 개헌안이 통과되었다. 야당 의원들은 개헌을 막는다며 본회의장에서 철야농성을 하고 있었다. 반도호텔에 모여 있던 공화당과 친여 의원 1백 22명은 본회의장이 아닌 국회 별관으로 갔다. 뒷문을 통해 의원들이 들어오자 이효상 의장이 개회를 선언했다. 곧 의안이 상정되고 투표가 시작되었다. 1백22명 전원이 찬성표를 던졌다. 이 의장은 가결을 선포하려 했지만 의사봉이 보이지 않았다. 의장은 물주전자 뚜껑을 벗겨 탕 탕 탕, 세 번 내려쳤다.

11월 중순 어느 날, 중언이 몇 가지 소식을 들고 군산으로 왔다. 첫째 소식은 학교에서 충수를 제외한 열다섯 명의 징계를 해제했다는 것이었다. 징계를 내린 봄 학기의 성적도 모두 인정하기로 한 모양이었다. 졸업이 늦어지긴 하지만 한 학기만 등록하면 되기 때문에 반가운 조치였다.

둘째 소식은 영운의 수배령에 관한 것이었다.

"'기러기'가 그러는데, 박정희 허수아비 태운 놈을 잡았다 카더라."

그건 영운에 대한 수배령의 근거가 소멸한 것을 의미했다. 억지자백을 받기 위해 두들겨 팰까 봐 겁이 났는데, 그럴 개연성이 사라진 셈이었다.

"진범이 잡히기 전에, 니가 그거 주동하지 않았다는 걸 D신문 K 기자가 '기러기'한테 강력하게 말했다 카더라."

물끄러미 영운을 바라보다가 중언이 물었다.

"화영이하고는 우찌 됐노?"

그렇잖아도 언젠가는 사실대로 말해야 할 일이었다.

"다방에서 만나자고 해놓고 두 시간을 기다렸지만 오지 않았어."

"그래? 앞으로 우얄끼고?"

"그것으로 끝이야."

머뭇거리다가 중언이 말했다.

"소문인데, 화영이가 약혼을 한 것 같다, 아이가."

"…."

"상대가 대단한 부잣집 아들이라 카더라."

중언이 보탰다.

"어디 어두컴컴한 데로 데려가서 덮어뿌라니깐."

영운은 피식 웃었다. 영운이 화영과 함께 어두컴컴한 데로 간 것은 사실이었다. 그러나 그는 데려간 것이 아니라 따라갔다. 덮어뿐 것이 아니라 화영의 두 발을 씻겨주는 것으로 끝났다.

영운은 중언과 부둣가로 갔다. 둘은 막걸리집에서 늦게까지 술을 마셨다. 중언은 꿀컥꿀컥, 영운은 찔끔찔끔 마셨다. 통금시간이 임박하자 주인이 나가달라고 했다. 둘은 밖으로 나갔다. 술집 주인들이 화덕의 불을 바꾸기 위해 다 탄 구공탄을 골목에 내다 버렸다.

버린 구공탄 위에 중언이 오줌을 갈겼다. 오줌이 떨어지자 푸 하는 소리와 함께 요란하게 수증기가 피어올랐다. 영운도 다 탄 구공탄에 오줌을 쌌다. 여러 취객이 따랐다. 여기저기서 푸푸 오줌 수증기가 피어올랐다. 영운이 큰소리로 내뱉었다.

"아, 허무하다."

그 말에 공감한 걸까? 누군가가 저만치서 가수 정원이 부른 유행가 '허무한 마음'을 부르기 시작했다. 마른 잎이 한 잎 두 잎 떨어지던 지난 가을 나알. 노래 솜씨가 제법이었다. 사무치는 그리움만 남겨 놓고 가버린 사아람. 중언이 따라 불렀다. 다시 또 썰써리 낙엽언 지이꼬 찬 써리 끼이러기 울며 나년데에. 그의 사투리 발음은 말할 때보다 노래할 때 더 도드라졌다. 분위기가 썰렁해졌다. 다른 사람이 나섰다. 바리톤이었다. 목소리가 크고, 바이브

레이션도 뛰어났다. 돌아온단 그 사람은 소식 없어 허무한 마아
음. 한 소절만으로 골목 무대를 평정한 바리톤 취객은 혼자서 한
껏 감정을 넣어 '허무한 마음' 후렴을 부르며 멀어져갔다.

4

불화

빙원 氷原

군산을 다녀간 지 보름쯤 지나 중언이 전화를 했다.

"나 A신문 시험 붙었다, 아이가."

"야, 축하해. 오늘 발표 난 거야?"

"발표는… 군산 내려가기 전에 났다."

"그래? 그땐 왜 아무 말도 하지 않았어?"

"얀마, 니 처지 아는데…."

영운은 쓴웃음을 지었다. 중언이 말머리를 돌렸다.

"할 얘기 또 있다."

"…."

"니가 쓴 선언문 말이다. 일본 좌파 잡지 '세카이世界'가 그걸 번역해 실었다 카더라."

그건 뜻밖이었다. K 기자가 떠올랐다. 그가 외신기자들과 자주 어울린다는 말을 했었다. 그가 다리를 놨을 것이었다.

"그런 거 다 알고도 니에 대한 수배를 해제한 건지, 그게 아닌지 알아볼 테니까네 서울 올라오는 거 서둘지 말거래이."

다 끝났나 싶었는데 그런 문제가 남았다니 짜증이 났다. 쓴 선언문이 여러 개인데, '세카이'가 실었다면 어느 것일까? 뒤로 갈수록 선언문이 거칠어졌지만 이념적 급진성은 피했기 때문에 내용 자체에 별 문제는 없을 것 같았다. 며칠 뒤에 중언이 다시 전화를 했다. 경찰에서 선언문을 문제삼지 않을 것 같다는 것이었다.

학원 원장은 1월에도 고입 예비생을 대상으로 하는 단기 강좌를 맡아달라고 했다. 영운은 그렇게 하겠다고 했으나 원장은 이틀 뒤에 그 청을 거두었다. 경찰이 영운에 대해 꼬치꼬치 캐묻고 갔다는 것이었다. 원장은 강사료에 격려금을 얹은 봉투를 영운에게 건넸다.

군산을 떠나기로 작정하자, 위통을 앓는 아버지 얼굴이 떠올랐다. 고향으로 가서 부모에게 전후 사정을 말하고 안심시켜드려야 하는 것이 아닐까? 영운은 고개를 저었다. 현 단계에서는 부모를 안심시킨다는 것 자체가 속임수에 지나지 않아. 내 미래의 불확실성이나 그에 따른 불안은 나도 아버지도 그냥 가슴에 담고 살아가야 해.

영운은 이튿날 짐을 챙겨 서울행 기차를 탔다. 연말이 코앞인데도 날씨가 푹했다. 영운은 삼선동 남이 누나 집으로 갔다. 누나가 빨래를 널다, 쪽문을 열고 들어오는 영운을 보고 놀라, 들고 있던 흰 와이셔츠를 땅에 떨어트렸다. 그 와이셔츠에는 눈길도 주지 않고 누나가 쏘아붙였다.

"오메. 저 웬수."

영운은 건넌방으로 들어갔다. 보문동 독서실에 놓아둔 책 몇 권과, 옷가지를 담은 트렁크가 구석에 놓여 있었다. 장을 열었다. 그가 쓰던 이부자리가 들어 있었다. 독서실에 있던 것을 모두 중언이 갖다놓았을 것이었다. 다정하고 속 깊은 내 친구, 고맙다. 중언의 우정을 곱씹으며 우두커니 서 있는데, 남이 누나가 커피 한 잔을 들고 방으로 들어왔다. 방에 앉으며 손짓으로 앉으라고 했다. 영운은 누나 앞에 앉았다. 누나 표정이 굳었다.

"커피 마셔."

누나가 잔소리를 할 낌새였다. 영운은 일부러 천천히 커피를 마셨다. 누나는 물끄러미 영운을 바라보다가, 영운이 커피를 다 마시고 나자 다짐을 받았다.

"내가 묻는 말에 정직하게 대답해, 잉."

"예."

"너, 빨갱이 맞어?"

"무슨 말이에요?"

"형사가 그러드라. 니가 빨갱이라고."

영운은 자신에게 물었다. 내가 빨갱이인가? 가난이 대물림되어서는 안 된다고 생각해왔다. 평등한 사회가 와야 한다고 말하곤 했다. 사회주의 서적도 여러 권 읽었다. 마르크스의『공산당선언』은 정독했다. 그럼 나는 빨갱이인가?

영운은 고개를 저었다. 난 계급혁명을 꿈꾸는 혁명가가 아니야. 가난한 사람들이 이 사회에서 어떻게 소외되는지를 기사나 소설로 쓰고 싶을 뿐이야. 더구나, 나는 개인의 자유나 존엄이 무엇보다 소중하다고 믿어. 그럼 나는 뭔가? 누나가 버럭 소리를 질렀다.

"대답을 안 하는 것이여, 못 하는 것이여?"

"누나, 나 빨갱이 아니에요."

"참말이지? 거짓말 아니지?"

"경찰이 수배를 해제했어요. 내가 빨갱이라면 어림없죠."

누나는 후우 긴 숨을 내쉬었다. 누나가 윗몸을 잔뜩 앞으로 내밀고 물었다.

"너 정학을 맞은 건 맞지?"

"그것도 이제 끝났어요."

"그래도 졸업이 늦어지잖어?"

"그건 그래요."

"앞으로 취직하기 힘들 것이라든디, 맞어?"

"그건…. 아마 그럴지 몰라요."

"오메, 이것이 뭔 일이여?"

누나 얼굴이 일그러졌다.

"너, 날마다 재를 넘어 중학교까지 30리 산길을 걸어댕겼지?"

"예."

"다른 학생들은 다 교복 사 입는데, 너는 어머니가 베틀로 짜준 쑥떡색 바지 입고 댕겼지?"

"예."

"독학해서 신방과 1등으로 들어갔지?"

"…."

"한 학기 남겨뒀지?"

"…."

"그런데…."

"…."

"개고생을 하고는…, 막판에 밥상을 지 발로 탁 차부러?"

남이 누나가 다그쳤다.

"왜 대답이 없어? 대답 좀 해봐."

"누나, 죄송해요."

누나가 돌아앉았다.

"니 팔자도 팔자지만…."

"…."

"아이고, 불쌍한 우리 인천 아짐."

영운 어머니의 택호가 인천댁이었다. 누나는 이제 영운의 어머니인 인천 아짐을 상대로 훌쩍거리며 넋두리를 늘어놓았다.

"이른 아침에 들에 나갔다가 해가 져야 돌아오던 우리 인천 아짐. 남들이 다 뉴똥치마 사 입어도 손수 짠 무명베 옷만 걸치고 산 우리 인천 아짐. 그래도 말년에 자식 덕 보고 보람되게 살 줄 알았는디, 오메, 불쌍한 우리 인천 아짐."

남이 누나 눈에서 굵은 눈물 한 방울이 방바닥으로 뚝 떨어졌다. 누나가 치맛자락으로 떨어진 눈물을 훔쳤다.

"누나, 어머니 이야기는 하지 말아요."

말을 마치기 전에 눈물이 핑 돌았다. 영운은 훅 콧물을 들이마시고는 조용히 일어섰다. 어디로 나가려는 게 아니었다. 어머니 이야기를 더 듣고 싶지 않았을 뿐이었다. 누나가 내질렀다.

"앉어 있어. 밥도 아직 못 처먹었을 거 아니어?"

영운은 올라오는 기차 안에서 김밥을 사 먹었다. 그러나 입이 열리지 않았다.

"미역국 끓여줄게. 미역국 먹고 새로 태어나란 말이여."

30분쯤 지났을까? 남이 누나가 불렀다. 영운은 주방으로 갔다. 식탁 위에 밥과 미역국, 밑반찬 세 가지가 놓여 있었다. 누나가 식탁 맞은편에 앉았다.

"어렸을 적에 내가 너 꾀벗겨놓고 우리 집 샘가에서 등물해준 것 기억 나?"

"어디 한두 번인가요?"

"3학년 여름이었을 것이어. 너 공부 징하게 잘하는디 장래 뭣이 될래, 하고 물으니까. 훌륭한 사람이 되겠다고 했어."

"…."

"가정교사니 뭣이니, 아무것도 하지 말어. 졸업할 때까지 우리 집에서 지내. 공부만 죽어라고 해."

"…."

"하늘이 무너져도 솟아날 구멍이 있단디…, 꼭 훌륭한 사람이 돼란 말이어."

영운에게는 할 일이 남아 있었다. 가정교사를 하다 수배를 받는 바람에 전후 사정도 이야기하지 못하고 가정교사 알바를 중단했는데, 그 집에 찾아가 사과를 해야 했다. 멀지 않은 곳에 그 집이 있었으나 영운은 먼저 종로로 갔다. 가르치던 여학생 인주는 시를 좋아했다. 인주에게 시집이나 한 권 사주고 싶었다.

영운은 종로서적으로 가 시집을 샀다. 서점을 나와 공중전화 부스에 들어가 인주네 집으로 전화를 걸었다. 인주 어머니가 받았다. 영운은 먼저 죄송하다고 말하고, 인주가 집에 있는지 물었다.

"있으면 뭐하게?"

"시집을 한 권 샀어요. 인주 주려고요."

"그럴 필요 없어. 인주가 가끔 삐딱한 소릴 해서 왜 그런가 했는데, 다 학생한테 물든 거야. 이제 인주 주변에 얼씬도 말아."

인주 어머니가 뚝 전화를 끊었다. 영운은 한동안 전화기를 귀에 댄 채 우두커니 서 있었다. 그래. 이건 예고편이야. 나는 이제 앞으로 따돌림당하고 무시당하면서 세상을 살아가야 할지 몰라. 도피생활을 하면서는 긴장되어 느끼지 못했는데, 내가 앞으로 대면할 현실을 인주 어머니가 실감나게 알려준 거야.

영운은 전화 부스 밖으로 나갔다. 캐럴송이 흐르고, 춤추듯 진눈깨비가 흩날렸다. 삼선동 가는 버스를 기다렸다. 곧 버스가 왔지만, 영운은 버스에 오르지 않았다. 차 안에서 아는 사람을 만날 것만 같아서였다. 아는 이를 만나 위로나 동정을 받는 것도, 아니면 공치사를 듣는 것도 싫었다.

영운은 거리를 걸었다. 한참을 걷다가 둘러보니 신설동로터리였다. 삼선동으로 가려면 종로5가에서 혜화동 쪽으로 가야 하는

데, 동대문을 지나 신설동까지 곧장 간 것이다. 꽤 걸은 셈인데 피곤하지 않았다. 중학교 3년을 산길을 걸어 통학했는데, 그 덕에 내가 걷는 데는 도가 텄어. 영운은 로터리를 돌아 D고등학교로 들어가 벤치에 앉았다.

귓가를 스치는 바람이 찼다. 두 손으로 두 귀를 감싸고 고개를 숙였다. 크리스마스 캐럴송이 들렸다. 영운은 두 검지로 양쪽 귓구멍을 막았다. 자신을 세상과 차단하고 싶었다. 가늘긴 하지만 여전히 캐럴송이 들렸다. 영운은 막았던 귀를 텄다. 차단하고 싶다고 차단이 되는 건 아니지. 나에게 생명이 붙어 있는 한, 나는 저 캐럴송, 그 밖의 소음, 그리고 무엇보다도 온갖 모멸을 견디며 한 시대를 살아가야 해.

교정에 스멀스멀 어둠이 스몄다. 멀리서 교회 종소리가 울려왔다. 영운은 눈을 감았다. 종소리 여운이 길었다. 다시 종소리가 울렸다. 역시 여운이 길었다. 그 여운이 영운을 빙원으로 이끌었다. 알래스카일까, 남극일까, 아니면 북극일까. 보이는 것이라고는 하얀 얼음뿐이었다. 영운은 끝없이 펼쳐진 빙원에 내버려진 외톨이였다.

영운의 눈에서 주르르 눈물이 흘러내렸다. 아니, 이런 일도 있나? 울지도 않는데 웬 눈물이지? 영운은 손으로 눈물을 훔쳤다. 다시 눈물이 흘렀다.

슈베르트 유곡

이튿날이었다. 아침을 먹고 방에 돌아왔는데 남이 누나가 들어왔다. 중언이 보문동 독서실에서 챙겨온 짐 속에 들어 있었다며, 옥양목 손수건 두 장을 내밀었다. 전에 윤희가 준 것이었다. 버린 줄 알았는데 어딘가에 처박혀 있던 것을 중언이 짐에 넣은 모양이었다. 누나가 빨아 다림질까지 한 손수건을 받아든 순간, 영운은 마치 윤희가 새 옷으로 갈아입고 그 앞에 나타난 것 같은 착각에 빠졌다.

오후에는 중언에게서 전화가 왔다.

"언제 올라왔노?"

"어제."

"잘 왔다. 저녁이나 같이 묵자."

중언은 오후 6시까지 신설동 추어탕집으로 오라고 했다.

"웬 추어탕이야?"

"술 묵고 배탈이 났다, 아이가? 뻗었다가 조금 전에 일났다."

영운은 시간을 맞추어 중언이 말한 식당으로 갔다. 중언이 기다리고 있었다.

"니 주량에 탈이 나다니…. 도대체 누구하고 얼마나 마신 거야?"

"니한테 이야기하기는… 좀 그렇다."

중언이 이내 말을 고쳤다.

"이야기 몬할끼 뭐 있노? 복학생 동기들 모임에 갔다, 아이가. 졸업 앞두고 마지막 모임이라캐서 갔는데, 취직한 놈들이 서로 술을 산다는 기라. 이놈 술 먹고, 저놈 술 먹고…."

"너도 샀겠네?"

"난 안 샀다. 기자 월급 적은 거 다 안다꼬, 사지 말라 카더라."

중언은 모임에서 들었다며 윤희 이야기를 했다.

"갸가 광호하고 끝난 모양이대이."

광호도 중언의 입학 동기였다. 광호가 모임에 나오지는 않았지만 광호 이야기가 돌더라고 했다. 영운은 전에 누군가에게 광호가 술만 마시면 주사가 심하다는 말을 들은 적이 있었다. 깔끔한 윤희와는 오래가지 않을 것 같다는 생각을 했는데, 결국 그렇게 된 모양이었다. 중언이 말을 이었다.

"윤희 말이다. 갸가 그동안 늑막염인가 복막염인가로 고생했다 카더라. 행시도 그만뒀고…, 요즘은 교회에 열심히 다닌다는데…."

영운이 고개를 저었다.

"윤희 이야기, 나 관심 없어."

중언이 버럭 화를 냈다.

"관심이 있건 없건…, 그렇게 말을 끊는 기 어딨노?"

하기야 영운 스스로도 말을 해놓고 놀랐다. 윤희에 대한 관심이 없다고? 그건 아니었다. 윤희 이야기를 다른 사람에게 들어야 하는 자신의 처지가 마뜩잖아 역정을 낸 것이었다.

중언은 곧 기자 수습에 들어간다며 이튿날 고향인 창녕에 내려가겠다고 했다. 중언의 아버지가 6·25 때 횡사하는 바람에 어머니가 네 남매를 길렀다고 했다. 중언은 그중 막내였다. 이제 고향에 가서 편모에게 그동안 기르고 가르쳐주셔서 고맙다고 인사드리고, 형제들과 술도 한 잔 나누고…. 중언은 그런 통과의례를 거칠 것이었다.

"넌 효도했다."

"효도는 무슨…."

"한자에 열친悅親이라는 말이 있다. 부모를 기쁘게 해드린 건데…, 그 이상의 효도가 어디 있겠나?"

그날 저녁에 중언과 영운은 술은 물론 커피 한 잔도 나누지 않고 헤어졌다. 중언이 속이 안 좋다고 했다. 영운도 속이 좋지 않았다. 중언의 속은 위였고, 영운의 속은 마음이었다.

해가 바뀌었다. 1970년 1월 초의 어느 날 저녁이었다. 이번에는 동세가 남이 누나 집으로 전화를 걸어왔다.

"서울에 올라왔다는 소식은 들었지. 요즘 뭐해?"

"빈둥빈둥…."

"난 요즘 중앙도서관에 가서 이 책 저 책 보고 있어. 내일 오전에 도서관으로 와. 얼굴이나 보게 말야."

동세는 도서관 이용에 대해 나름대로 주견을 가지고 있었다. 도서관은 책을 대출하는 곳이지, 영어 참고서나 입사시험 문제집 같은 것을 보는 곳이 아니라는 것이었다. 그런 그가 졸업을 코앞에 두고 도서관에서 책을 읽는다니, 호기심이 일었다. 도대체 무슨 책을 읽을까? 짚이는 게 있었다.

영운은 이튿날 아침 10시께에 학교 도서관에 들어갔다가 움찔 놀랐다. 도서관 안쪽의 창가 가장자리 의자에 윤희가 꼿꼿이 앉아 있었다. 윤희의 뒷모습을 본 순간 소름이 돋았다. 웬 소름이지? 그래. 윤희가 나에게 여전히 특별한 존재라는 증거야. 내 내면 깊은 곳에 윤희가 자리 잡고 있는 건 엄연한 사실이지. 영운은 대출창구에 가서 책을 빌린 뒤, 윤희와는 먼 곳의 구석자리로 가서 윤희 쪽과는 등을 지고 앉았다.

30분쯤 지나자 동세가 들어와 영운의 맞은편에 자리를 잡았다. 그가 고개를 빼고 영운에게 물었다.

"무슨 책이야?"

영운은 책 표지를 동세에게 보였다.

"A Free and Responsible Press. 자유롭고 책임 있는 언론?"

"맞아."

동세가 가방에서 책을 꺼내 책상 위에 놓았다. 영운이 손을 뻗쳐 책을 집었다. 모리스 돕이 쓴 『Studies in the Development of Capitalism』이라는 영어 원서였다. 그 무렵에는 번역된 전문서적이 거의 없어 꼭 읽어야 할 책은 원서를 구해 읽어야 했다.

12시가 조금 지나 둘은 자리에서 일어섰다. 영운은 힐끗 뒤편을 살폈다. 점심시간이어서 학생들이 나가 자리가 많이 비었는데, 윤희는 여전히 등을 보인 채 자리를 지키고 있었다.

영운과 동세는 학교 앞의 콩나물빵집으로 갔다. 빵 몇 개만 사도 콩나물을 듬뿍 넣은 국을 주기 때문에 학생들은 하숙집에서 가져온 도시락을 그 집에서 먹곤 했다. 동세가 찐빵과 만두 몇 개를 샀다. 동세가 자리에 앉자 영운이 물었다.

"언제부터 자본주의 역사에 관심을 가졌어?"

"무슨 말이야?"

"읽고 있는 원서가 『자본주의 발전 연구』잖아?"

"아, 맞아. 돕이 쓴 건데 거기에 '노동계급의 성장'이라는 장이 있어."

"…"

"자본주의가 발전하면서 서구에서 노동계급이 어떻게 성장했는지 알아보고 있어."

영운이 고개를 끄덕였다.

"난데없이 도서관에 다닌다고 했잖아? 취업 준비는 아닐 거다. 그럼 뭘까? 진로 모색이다. 어디에 인생을 걸 것인지 고민을 하고 있구나, 그런 생각을 했지."

"점쟁이가 다 됐구먼."

동세가 싱긋 웃고는 영운에게 반문했다.

"넌 전에 레닌이 아니라 모택동한테서 배워야 한다고 했지?"

"그랬던가?"

"농경시대라면 그 말이 맞아. 그러나 우리나라가 산업사회로 이행하면 농촌은 곧 해체되고 말아."

"…"

"난 고등학교 졸업하고 2년 동안 충청도 대덕 시골에서 4H운동을 했어. 청년이 주체가 되어 새 농촌을 건설하자는 취지의 단체인데, 지켜봤더니 그야말로 모래 바닥 위에다 집 짓자는 운동이야. 젊은 놈들이 공장으로 공장으로 빠져나가는데 새 농촌은 무슨 새 농촌이야? 그래서 다 집어치우고 대입 준비를 했지."

"…."

"그런데 말야. 공장 노동자로 간 사람들을 보니까 거기도 문제투성이야. 우리나라에서 노동계급이 새로 성장하고 있는데 그 노동자들 형편이 말이 아냐. 자본가와 노동자가 상생相生해야 하는데…, 지금 우리 노동자들은 노예나 마찬가지야. 저임금에, 초과 노동에, 산재에…."

동세가 다시 씩 웃고는 말을 이었다.

"학생운동은 유치원 학예회야. 본게임은 노동운동이 아니겠어?"

영운이 물었다.

"그럼 노동자들 모아서 혁명할 거야?"

동세가 정색을 했다.

"혁명이 가능하다면 혁명을 해야겠지. 그러나 난 그렇게 생각하지 않아. 제도권에 들어가서, 그것도 법의 테두리 안에서 할 수 있는 일을 찾아야 해. 현실을 무시하는 건 모험주의야."

영운이『자유롭고 책임 있는 언론』이라는 원서를 대출한 것은 동세를 의식해서였다. 영운은 동세가 급진적이거나 과격한 주장을 펴면, 현대사회에서 미디어에 문제가 없는 것이 아니지만 개방사회의 기본 틀 안에서 미디어의 사회적 책임을 요구해야 한다는 논리를 끌어들여, 논전을 펼 생각이었다. 그러나 동세의 말을 듣고 영운은 그런 논의 자체가 부질없는 것이라고 결론을 내렸다.

점심을 먹은 뒤, 영운은 동세와 함께 다시 도서관으로 갔다. 오전과는 달리 학생들이 많았다. 동세와 함께 앉으려면 나란히 붙은 빈자리 둘이 필요한데, 그런 자리를 찾기가 쉬울 것 같지 않았다. 영운은 출입구 가까운 곳에 있는 빈자리로 가며 동세에게 말했다.

"난 여기 앉을래. 빈자리 찾아가 앉아."

동세는 안쪽으로 들어가더니 영운에게 그쪽으로 오라고 손짓했다. 하필이면 윤희 맞은편이었다. 가지 않겠다고 손사래를 했지만, 동세가 손짓을 멈추지 않았다. 하는 수 없었다.

영운은 윤희의 맞은편 자리에 앉았다. 눈이 마주치면 목례라도 할 생각이었지만 윤희는 책에서 눈을 떼지 않았다. 영운이 낮은 소리로 말을 건넸다.

"오랜만이에요."

윤희는 말없이 조금 고개를 숙였다. 영운은 바지 뒷주머니에서 옥양목 손수건을 꺼내 눈자위를 닦고는 책상 위에 놓았다. 전에 윤희가 준 것이었다. 윤희는 책을 계속해서 읽는가 했으나 이

내 주섬주섬 책과 필기구를 챙겼다. 윤희 앞에 놓인 책 이름에 눈길이 갔다. 종교에 관한 것이었다. 중언이 한 말이 생각났다. 윤희 말이다. 갸가 그동안 늑막염인가 복막염인가로 고생했다 카더라. 행시도 그만뒀고…, 요즘은 교회에 열심히 다닌다는데….

윤희가 자리에서 일어섰다. 영운이 고개를 쳐들고 있는데도 윤희는 영운에게 시선 한 번 주지 않고 도서관을 나갔다.

윤희가 행시를 그만뒀다는 건 인생을 다시 설계해야 할 처지에 놓였다는 걸 의미했다. 몸에 탈이 나서 포기했겠지. 따라나가 위로의 말 한 마디라도 건네야 하는 건 아닐까? 영운은 고개를 저었다. 아직은 아냐. 나한테나 윤희한테나 시간이 필요해. 영운은 손수건을 뒷주머니에 집어넣었다. 그날 도서관을 나오면서 중언에게 말했다.

"학교 도서관이 나에겐 낯설어. 내일부터 난 다시 미 문화원 도서실로 갈래."

이튿날 영운은 미 문화원으로 갔다. 책을 폈지만 몰입이 되지 않았다. 영운은 책을 덮고 거리로 나갔다. 발길 가는 대로 걷다가 고개를 들었다. 음악다방 르네상스의 간판이 눈에 들어왔다. 특히 슈베르트 유작인 피아노곡 19번, 20번, 21번은 기가 막혀요. 윤희가 천마산 계곡에서 한 말이었다.

영운은 르네상스로 들어갔다. 세 곡을 이어서 들려달라고 신청

하고 빈자리에 앉았다. 영운은 눈을 감았다. 윤희 뒷모습이 떠올랐다. 도서관에서 시선 한 번 주지 않고 돌아서던 바로 그 모습이었다.

슈베르트 피아노곡이 흐르기 시작했다. 선율이 영운을 칭칭 휘감았다. 문득 숙명이라는 말이 머리를 스쳤다. 영운은 고개를 끄덕였다. 그래. 윤희하고 나하고는 숙명적으로 다시 만나게 되어 있어. 언젠가는 꼭 윤희와 슈베르트의 세 유곡을 함께 들을 날이 있을 거야.

세 곡이 다 끝날 무렵이었다. 영운의 감은 눈 안에서 윤희가 조용히 돌아섰다. 은빛 아랫니를 드러내며 상긋 웃고는 속삭였다. 아까 내가 준 손수건을 책상에 놓는 걸 봤어. 무슨 의미인지 내가 알아. 우린 꼭 슈베르트 유곡을 함께 들을 거야. 그건 숙명이야. 영운은 눈을 떴다. 물론 윤희는 없었다. 어떤 녀석이 맨 앞줄 의자에 앉아 두 팔을 휘두르며 열심히 지휘자 흉내를 내고 있었다.

울화와 불화

1

중당中唐의 시를 읽다가 영운은 책을 덮고, 데크로 나갔다. 마을 앞
바다에 조그만 섬 네 개가 있는데, 맨 가에 있는 갓섬 위에 조각달
이 떠 있었다. 유종원의 시 '강설江雪'의 노인이 생각났다.

千山鳥飛絶 萬徑人蹤滅 孤舟簑笠翁 獨釣寒江雪

온 산에 새 한 마리 날지 않고

만 길에 사람 자취 끊겼는데

도롱이 걸치고 삿갓 쓴 노인 조각배에 앉아

홀로 추운 강에서 눈을 낚네

이 시의 첫 구와 둘째 구의 첫 글자와 끝 글자를 모으면 천만절멸千萬絶滅이 되고, 셋째 구와 넷째 구의 첫 글자와 끝 글자를 모으면 고독옹설孤獨翁雪이 남는다. 천 가지 만 가지가 다 사라지고, 눈 속에 늙은이만 외로이 남은 고독한 세상. 시인 유종원은 그런 세상을 스스로 택했다. 강태공은 낚시를 하며 때를 기다렸다지만, 유종원은 아예 기다리는 것이 없었다.

영운은 고개를 끄덕였다. 그래. 내 외로움도 내가 택한 거잖아? 이열치열이라는 말이 있듯이, 내가 외롭고 쓸쓸하고 초라하게 느껴지는 병은 스스로 외로움 쓸쓸함 초라함을 즐김으로써 비로소 이길 수 있어.

핸드폰이 울렸다. 수민이었다. 외로워서 그럴까? 수민이 마치 친딸처럼 가깝게 느껴졌다.

"예전에 아저씨도 음악다방 다녔어요?"

뜬금없는 물음이었다.

"가끔."

"어느 음악다방?"

"르네상스."

"거기 말고 다른 데는?"

"간 적 없어."

"엄마는…, 가끔 광교에 있는 아폴로라는 델 갔다던데…."

"그런 데가 있다는 건 알고 있었지만, 가본 적은 없어."

"오늘 엄마 고등학교 친구들이 커피숍에 왔어요. 엄마가 대학 졸업한 날 함께 어울려 아폴로에서 늦게까지 음악을 들었대요."

"…."

"아저씨. 나 울적해요."

"…."

"엄마 친구들은 다 건강한데 엄마만…. 화가 났어요, 그래서 그분들 가신 뒤에 혼자서… 좀 마셨어요."

수민의 목소리에 배어 있는 것은 술일까 눈물일까? 그에게 무슨 말을 해줄까? 울적함도 스스로 울적함을 즐김으로써 이길 수 있다고 말할까? 그렇잖아도 울적했는데 수민은 제 울적함까지 얹어놓고 전화를 끊었다. 졸업식이 있던 날의 몇 가지 장면이 주마등처럼 머리를 스쳤다.

2

이른 아침부터 진눈깨비가 흩날렸다. 1970년 2월 25일, 입학 동기들이 대학을 졸업하는 날이었다. 물론 윤희도 졸업생의 한 사람으로 식에 참석할 것이었다.

그날 영운은 학교로 가지 않고 미 문화원 도서실로 갔다. 영운은 마르쿠제의 명저 『One Dimensional Man』을 빌렸다. 벼르고 벼른 책이었다. 그러나 책이 도무지 눈에 들어오지 않았다. 오전 10시 30분쯤 도서실에 갔는데 정오까지도 두 페이지를 넘기지 못했다. 책이 읽히지 않는 것은 오후에도 마찬가지였다.

영운은 자신에게 물었다. 왜 책이 읽히지 않는가? 제때에 졸업하지 못하기 때문일까? 그것도 자의가 아니라 타의에 의해 그렇게 되었기 때문일까? 장래에 대한 불확실성 때문일까? 물론 그런 게 주된 이유일 것이었다.

그러나 또 있었다. 자꾸 윤희 생각이 났다. 자신만만하던 윤희가 우여곡절을 겪어왔는데, 내 탓이 커. 내가 첫 단추를 어긋나게 끼웠어. 어쩜 그게 저주가 되어, 윤희도 일이 꼬인 건지 몰라. 끝모를 자책감이 영운을 옥죄었다.

오후 3시 30분이 조금 지나서였다. 영운은 책을 덮었다. 도서실이 문을 닫기까지는 30분가량 남아 있었다. 우두커니 앉아 있는데 서클 후배 상윤이 도서실로 들어왔다. 눈이 마주치자 상윤은 영운에게 밖으로 나오라고 손짓하고 돌아섰다. 밖에 나가자 상윤이 말했다.

"형을 6시까지 붙들고 있는 게 내 일이야."

"무슨 얘기야?"

"형하고 원호 형이 오늘 졸업을 못했잖아? 동세 형이 두 형한테

위로 술을 산대. 광교 H반점에서 6시에 보재."

"누구누구?"

"몰라. 형이 4시면 도서실을 나올 거니까 나더러 빨리 가서 다른 데 못 가게 붙들고 있으랬어."

상윤이 영운에게 물었다.

"그런데, 두 시간 이상 남았는데 뭐하지?"

"글쎄."

"형, 당구 칠 줄 알아?"

"몰라."

"그럼…, 음악 들을까? 광교에 아폴로라는 음악실이 있어. H반점에서 멀지 않아."

상윤은 여자친구를 따라 거길 몇 번 가본 적이 있다고 했다. 영운은 고개를 끄덕였다. 그렇잖아도 가보고 싶던 곳이었다.

영운과 상윤이 의견을 모아 몇 발짝 걸음을 뗐는데, 헐레벌떡 원호가 달려왔다. 그가 영운을 보며 말했다.

"4시 안에 여기 오려고 서둘렀어. 아슬아슬하게 만났구먼."

원호는 할 말이 있어 보였다. 그러나 상윤이 가로챘다.

"시간이 남잖아? 영운 형하고는 음악실에 가서 시간을 때우기로 했어. 형도 같이 가."

원호가 반사적으로 상을 찌푸렸다.

"뭐? 음악실?"

"응. 아폴로."

원호가 영운을 보며 다그쳤다.

"니가 거기 가자고 한 거지?"

대답할 틈도 주지 않고 원호가 몰아붙였다.

"너, 클래식 음악 듣는 것, 커피 좋아하는 것, 거기에다 미 문화원 들락거리는 것, 그런 것 모두 내 눈에 껄끄러워."

영운이 반문했다.

"무슨 말이야?"

"미 문화원은 이야기가 길어지니까 접기로 하고…."

"…."

"기호嗜好의 제국주의라는 거 있잖아? 커피 마시고, 케이크 먹고, 카드 치고, 클래식 듣고…. 그런 거 다 서양 거잖아? 그런 것 좋아하다 보면 자연스레 서양 제국주의적 의식에 함몰되게 마련이야."

영운이 대꾸하려는데 상윤이 나섰다.

"형, 영운 형한테 음악실 가자고 한 건 나야."

원호는 물러서지 않았다.

"누가 가자고 했느냐가 문제가 아냐. 영운이한테 그런 문제가 있어. 그렇잖아도 한번 짚어주려고 했어."

상윤이 원호에게 대들었다.

"그럼 어디서 뭘 하며 시간을 보내?"

"바둑을 둔다든지….."

상윤이 어깃장을 놓았다.

"바둑은 중국 거잖아? 또 그거야말로 진짜 유한계급 먹물 취향이야. 땅 따먹는 게임이니까 제국주의적이기도 하고….."

영운이 상윤을 제쳤다. 원호를 째려보며 따졌다.

"난 카드놀이나 케이크 같은 건 몰라. 그러나 커피 마시고, 서양 음악 듣고. 미 문화원 도서실에서 책 읽어. 그러니까…, 그런 걸로 나를 규정하겠다는 거야?"

뜻밖에도 원호가 쭉 물러났다.

"아냐, 아냐. 내가 엉뚱한 말을 했어. 그게 아닌데….."

"뭐가 그게 아니라는 거야?"

"미안해. 정말 미안해."

원호가 영운에게 손을 내밀었다.

"내가 괜한 말을 했어. 악수하자."

내키지 않았지만 영운은 원호에게 손을 맡겼다. 손을 쥐고 흔들며 원호가 말을 이었다.

"오늘 동기들 졸업하잖아? 난 괜찮아. 그러나 넌 견디기 어려워할 것 같았어. 넌 취업 준비를 하고 있었는데 내가 '양심'을 들먹이며

압박했잖아? 독재에 맞서 싸우자고 말야. 결국 제때에 졸업도 못 하
게 됐고…. 정말 미안해."

원호의 말을 들으며 영운은 쓴웃음을 지었다. 내가 윤희에 대
해 자책감을 느끼듯이, 이 친구도 나에 대해 그런 생각을 하고 있
구먼. 영운은 원호의 손을 쥐었다.

"그건 니가 나한테 미안해 할 일이 아냐."

"어쨌든 여러 사람 있는 데가 아니고, 너하고 단둘이 있는 데서
미안하다는 말을 하고 싶었어. 그래서 달려온 거야."

원호가 말을 이었다.

"그래서 왔는데 시비를 걸다니…. 곱빼기로 미안해. 근데, 사실
은 오늘 아침부터 자꾸 심술이 났어. 아무하고나 대판 싸우고 싶
고…."

영운은 그 말을 듣고 피식 웃었다.

"그래? 나도 오늘 줄곧 울화가 치밀었어."

"울화? 그래, 맞아. 심술이라기보다 울화야. 울화."

아침에 눈을 뜬 뒤부터 줄곧 영운의 마음속에서 꿈틀거리는 게
있었다. 바로 울화였다. 누구든 조금만 건드려도 울화가 화산 터
지듯이 솟구칠 것만 같았다. 원호도 그랬던 모양이었다.

원호가 오른손을 높이 치켜들었다. 영운은 원호와 힘껏 손바닥
을 마주쳤다. 그것으로 화해가 이루어진 셈이었다. 그러나 누군

가와 대판 싸움이라도 붙고 싶은 마음 자체는 사위지 않았다. 마음속에서 여전히 울화가 꿈틀대고 있었다. 그들의 울화는 쉽게 풀릴 성질의 것이 아니었다. 울화가 시대와의 불화에 맞닿아 있기 때문이었다. 더구나 그들은 시대와의 불화가 바로 사회정의이자 시대정신이라고 믿고 있었다.

셋은 남는 시간을 음악실도 기원도 아닌 당구장에서 때웠다. 당구를 칠 줄 모르는 영운은 긴 소파에 우두커니 앉아 있었다. 혼자서 아폴로에나 가볼까? 그러나 원호와 상윤을 두고 혼자 음악실로 갈 수는 없었다. 수민의 말대로라면, 바로 그 시간에 윤희는 고등학교 친구들과 아폴로에서 음악을 듣고 있었다. 어쩜 그 역시 또 다른 울화를 억누르며.

5

창랑
滄浪의

물

선전포고
황학
쌍나팔
부르나라 프로나라

선전포고

3월이 되었지만 영운은 등록을 하지 않았다. 가을학기에 복학해 이듬해 2월에 졸업할 작정이었다. 휴학 중에는 특별한 일이 없는 한 학교에는 가지 않고, 미 문화원 도서실로 갔다. 여름방학 이전에는 취업이고 뭐고 다 제쳐두고 여론에 관한 고전 원서 세 권을 정독하기로 했다. 먼저 월터 리프먼의 『여론』, 다음에 에리히 프롬의 『자유로부터의 도피』, 마지막으로 데이비드 리스만의 『고독한 군중』으로 순서도 정해놓았다.

5월 초 어느 날 정오 무렵이었다. 공중전화 부스에 가서 전화를 한 뒤 도서실에 들어와 앉았는데, 키가 크고 마른 청년이 영운의 어깨를 가볍게 쳤다. 눈이 마주치자 청년이 씩 웃었다. 1학년을 마치고 K대를 그만둔 윤지형이었다.

"뒷모습이 최 형 같아서 뒤따라 들어왔지요."

둘은 밖으로 나갔다. 지형이 신학대학으로 전학했다는 말을 들은 기억이 났다.

"신학대학은 졸업한 거요?"

"지난 2월에 마쳤지요."

"그럼 목사님?"

"맞지요."

지형이 말을 이었다.

"최 형이 정학처벌을 받았고, 지금은 휴학 중이란 것도 알지요."

"…."

"오랜만인데 우리 점심이나 같이 하지요."

"좋아요. 이 부근에 설렁탕 잘 끓이는 집이 있어요."

지형이 고개를 저었다.

"오늘은 내가 안내하지요."

지형이 앞장섰다. 둘은 버스를 탔다. 한두 정거장이 아니었다. 신설동에 가서야 내렸다. 지형은 버스에서 내려 청계천 하류 쪽으로 걸었다. 이 친구가 어디로 가는 거지? 이렇게 먼 데로 올 줄은 몰랐잖아? 그러나 지형은 아랑곳하지 않았다.

"내가 대학 1년을 마치고 신학대학으로 전학했는데, 그런 결정에 가장 영향을 끼친 게 누군지 알아요?"

"글쎄요."

"최 형이지요."

"나? 우린 둘이 만나 이야기 한 번 나눈 적이 없잖아요?"

"암시. 말보다 암시가 더 중요하지요."

지형은 영운을 천변으로 이끌었다. 처음 가보는 곳이었다. 청계천 양쪽에 판잣집이 다닥다닥 붙어 있었다. 영운은 지형의 말버릇을 곱씹었다. 점심이나 같이 하지요, 안내하지요, 최 형이지요, 중요하지요…. 아, 이 친구는 '지요'를 입에 달고 사는구나. 지형은 종결어미에 '지요'를 붙여 말을 이었다.

"난 여기 청계천에서 나고 자랐지요. 아버지 얼굴은 본 적이 없지요. 어머니가 길거리에 앉아 인절미를 팔아서 나를 길렀지요. 팔다 남은 인절미로 끼니를 때울 때가 많았지요."

"…"

"어머니는 늘 배가 아프다고 했지요. 집에 들어오면 화롯불에 달군 기와 조각을 수건에 싸서 배 위에 얹고 살았지요. 궤양이었는지, 암이었는지…. 아무튼, 어머니는 내가 중학교 2학년 때, 겨울방학 직전에, 저 세상으로 갔지요. 그 뒤로 난 신문 배달, 우유 배달, 인절미 팔이, 김밥 팔이, 아이스케이크 팔이…."

"…"

"여기 청계천에 빌붙어 살다가…, 배가 고파서 자원입대를 했지요. 다들 군대생활이 힘들다고 하는데, 나는 군대 3년이 내 인생에서 가장 편안한 시절이었지요. 밥걱정 없고, 옷 걱정 없고, 잠자리 걱정 없고…. 중졸 고졸 검정시험에다 대학 입시까지 군바리 때 다 끝냈지요."

중고교 과정을 검정으로, 그것도 군대생활을 하며 이수했다는 말을 듣고 영운은 할 말을 잃었다. 무림의 숨은 고수를 만난 느낌이었다. 지형이 건너편을 가리키며 물었다.

"저 누런 줄이 뭔지 알지요?"

판잣집이 다닥다닥 붙어 있는데 군데군데서 청계천으로 똥물이 흘러내렸다.

"드럼통에 널빤지 두 개를 걸쳐 놓으면 변소가 되지요. 시에서 자주 똥을 퍼줘야 하는데, 다들 무허가 건물이어서 청계천에 똥은 존재하지만 시청 사람들한테는 존재하지 않는 거지요."

"….."

"청계천을 상류부터 복개하고 있지요. 위쪽을 개발하면, 갈 데 없는 존재들이 아래로 아래로 밀려내려오지요."

철학 맛을 봤다고 존재론을 펴는 것인가? 영운은 존재가 아니라 사람들에 관심이 갔다. 말하자면 청계천사회학이랄까? 천변에 난 길바닥이 마치 팥죽을 엎질러 놓은 듯 질컥거리는데, 그 길바닥을 닮은 꾀죄죄한 때깔의 군상들이 서로 어깨를 스치며 오가고 있었다. 사람이 밟으면 길바닥의 진창이 이리 밀리고 저리 밀리듯이, 길바닥을 오가는 사람들도 무언가에 이리저리 밀리는 것만 같았다.

화장을 짙게 한 젊은 여성들이 판잣집 안에서 무표정한 얼굴로 바깥을 내다보았다. 사람들이 거리에서 소리를 지르기도 하고, 욕을 내뱉기도 하고, 깔깔거리기도 했다. 지형이 걸음을 멈추고 영운에게 물었다.

"만약 하나님이 재림하신다면 어디에 오실 것 같아요?"

"….".

"바로 여기 청계천이지요. 이 시궁창 같은 청계천."

지형은 다시 앞장서 더 하류 쪽으로 걷다가 어느 판잣집 앞에서 걸음을 멈추었다. 그 부근에서는 드문 2층 건물이었다. 1층에 만화방과 푸줏간이 있었다. 다른 데서는 만화방이 후져 보였는데 그 부근에서는 그래도 고급스러운 축에 끼일 만했다.

지형은 나무 계단을 걸어 2층으로 올라갔다. 계단이 삐걱거렸다. 계단을 다 오른 지형이 문틀에 걸린 십자가를 가리켰다.

"여기가 내 교회지요."

지형이 문을 열고 안으로 들어갔다. 영운도 뒤따랐다. 열댓 평 남짓 될 것 같았다. 방 구석에 탁자가 있고 그 위에 전화기가 놓여 있었다. 서울에 전화 있는 집이 매우 드문데, 판잣집 골방 같은 곳에 전화가 있다니 낯설었다. 내색을 눈치채고 지형이 말했다.

"청계천에 들어간다니까 여기저기서 도움을 줬지요."

갑자기 밖에서 덜커덩 덜커덩 기차 가는 소리가 났다.

"기동차 가는 소리지요. 동대문에서 왕십리로 가는…."

지형이 수화기를 들고 찍찍 번호를 돌렸다.

"아저씨. 나야. 지렁이."

지형이 영운에게 물었다.

"짜장 할래요, 우동 할래요? 아님 짬뽕?"

"윤 목사 드실 걸로 둘 시켜요."

지형은 짜장 둘을 시켰다.

"청계천에서 내 어렸을 적 별명이 지렁이였지요."

지형은 전화기를 바닥에 내려놓은 뒤 탁자를 들어 방 한가운데 놓았다. 영운은 탁자를 사이에 두고 지형과 마주 앉았다.

"신자도 있어요?"

교회에 신자가 있느냐고 묻다니 우문이었다. 지형은 활짝 웃었다.

"많지요. 교회를 연 지 한 달이 조금 지났는데 신자가 벌써 30명이 넘지요."

지형은 손가락을 꼽아가며 말했다.

"행상이 많지요. 건어물 행상 아주머니가 둘, 야채 행상 아주머니도 둘, 좀약 행상, 쥐약 행상, 머리카락 사러 다니는 사람, 또…
캐시밀론 이불 계주 아주머니."

"캐시밀론 이불 계주?"

"캐시밀론 이불이 4천 원이지요. 열 명이 한 달에 7백 원 안팎
을 계주한테 내고 달마다 한 사람씩 이불을 마련하지요. 순서는
제비를 뽑지요. 계주는 열 달 동안 계를 꾸려가고 3만 원을 버는
거지요. 그 대신에 계가 깨지면 계주가 책임을 지지요."

더 이상 듣지 않아도 되는데 지형이 손가락 꼽기를 그치지 않
았다.

"또 우리 교회 나오는 사람이 누가 있나? 동동구리무 파는 사람
도 있고, 아, 나처럼 인절미 파는 소년도 있지요. 지게꾼, 손수레
꾼, 블록벽돌 찍는 청년, 시청 똥차 운전수, 식당 종업원, 호객꾼,
아, 술집 작부도 있고 창녀도 있고…."

"…."

"교회 오는 사람 중에 염쟁이도 있지요. 사람 죽으면 오는 염쟁
이가 아니라 사람 죽이러 다니는 염쟁이."

"사람을 죽이러 다니다니?"

"말쑥하게 차려입고 서울역으로 출근하지요. 시골에서 대책 없
이 무작정 상경하는 처녀를 취직시켜준다며 청계천으로 끌고 오
지요. 대낮에 강간부터 해서 이전 세상과 인연을 끊어놓고, 다른

세상인 사창가에 내다 팔지요."

지형이 영운을 찬찬히 바라보다가 말머리를 돌렸다.

"오늘은 신고식이지요. 최 형이 가라는 데로 왔음을 알리는 신고식."

"…"

"독서토론회에서 최 형은, 비록 간접화법이지만, 나에게 많은 이야기를 했지요."

"…"

"그래요. 최 형이 일관되게 한 이야기의 핵심은, 문학이나 인간은 사회와 따로 떼어 생각해서는 안 된다는 거였지요. 청계천을 탈출하고 싶어 대학에 갔는데, 최 형 말을 들으며, 나는 내가 청계천을 떠나서는 안 된다는 걸 깨달았지요. 청계천으로 돌아가자. 혼자 가지 말고 하나님과 함께 가자. 그래서 신학대학으로 전학한 거지요."

나무 계단 삐걱거리는 소리가 들려왔다. 스무 살이 될까 말까 한 청년이 교회로 들어왔다. 배달통에서 짜장면 두 그릇을 꺼냈다. 지형이 물었다.

"이름이… 동표?"

"맞어유. 지동표. 여기 사람들은 똥표라고도 하고, 쥐똥표라고도 해유."

지형과 동표는 마주 보며 유쾌하게 웃었다. 동표가 짜장면을 탁자에 놓고 방을 나갔다.

"전에 소매치기 했던 친구지요. 저 친구를 청계천이 어엿한 사회인으로 키워야 할 텐데…."

"…."

"나도 청계천이 키웠지요. 나는 나를 키워준 청계천의 것이다. 그 빚을 갚아가며 살아야 한다. 최 형이 그걸 깨닫게 한 거지요."

"나를 과대포장하셨네요."

영운이 먼저 나무젓가락을 쪼갰다. 둘은 말없이 짜장면을 먹었다. 영운이 짜장면 그릇을 비우자 지형이 물컵에 보리차를 따르며 불쑥 물었다.

"최 형도 재수하고 대학에 들어간 것으로 아는데, 몇 년생이오?"

영운이 시치미를 뗐다.

"난 재수한 적이 없어요."

지형이 눈을 동그랗게 떴다.

"재수한 것이 아니라…, 가난치레 병치레 하느라 4년 늦었어요."

지형이 아하하하, 크게 웃었다.

"가난치레 병치레 4년이라? 나도 따지자면 4년 늦은 셈이지요."

지형이 불쑥 제의했다.

"그럼 우리…, 서로 말 트지요."

그가 덧붙였다.

"최 형은 내 마음의 친구지. 최 형은 늘 나와 함께 있었지."

영운은 지형의 말투를 흉내 냈다.

"좋지. 서로 말 트기로 하지."

지형이 다시 아하하하, 목청껏 웃고는 단서를 달았다.

"그런데 호칭은… 최 형, 윤 형이지."

"좋아. 윤 목사라고 부르지."

지형이 손을 내밀었다. 영운도 손을 내밀었다. 지형이 영운의 손을 쥐고 흔들었다. 어디에 그런 악력이 숨어 있었을까? 영운은 손뼈가 으스러지는 것 같았다.

지형은 일어서더니 영운을 벽 앞으로 이끌었다. 마리아상을 그려놓고 그 위에 영어로 Merry Christmas라고 쓴 빛바랜 카드 넉 장이 벽에 붙어 있었다. 세 마리아는 한복을 입었는데 맨 오른쪽에 붙은 한 장은 투피스 차림의 소녀였다. 지형이 목소리를 착 깔고 이야기를 시작했다.

"난 어렸을 적에 그림을 썩 잘 그렸지. 특히 인물화는 놀랍다고들 했지."

"…"

"크리스마스 무렵이면 마리아상을 그린 카드를 그려 날 도와준 사람들에게 주었지. 그런데, 복자 누나에게 줄 마리아 카드를 그리다가 문득 복자 누나야말로 진짜 마리아라는 생각이 들었지."

지형이 왼쪽 첫 번째 카드를 손으로 가리켰다.

"이 마리아가 바로 복자 누나 마리아지. 창녀였는데…, 내가 돌리는 신문을 3년 이상 봐줬지. 뒤에 알고 보니 제 이름 석 자를 겨우 쓸 수 있는, 사실상의 문맹이었지. 내가 안쓰럽다며 신문을 봐준 거지. 난 복자 누나 얼굴에 한복을 입힌 마리아상을 그렸지. 그 카드를 누나에게 주었더니 누나가 울음을 터트렸지."

지형이 말을 이었다.

"복자 누나만 착한 게 아니었지. 그래서 니나놋집 작부 막순이 누나 얼굴, 피복공장 미싱사 숙자 누나 얼굴로 마리아 카드를 그려서 그 누나들한테 줬지. 그런데, 니나놋집 사장이 막순이 누나 마리아 카드를 보고는 그 누나 얼굴로 마리아 카드를 그려서 거리에서 팔아보라는 거였지."

"…."

"복자 누나, 막순이 누나, 숙자 누나 얼굴 세 가지로 마리아 카드를 그려 헌 책상 위에 진열해놓고 팔았지."

영운이 마지막 카드를 가리키며 물었다.

"얜 누구야?"

"바순이지."

"이름이 바순이라고?"

"진짜 이름은 몰라. 바이올린을 켰으니까 바순이지. 파출소에서 처음 만났지."

지형이 그린 마리아 카드는 예상외로 잘 팔렸다. 하루에 열 장, 열댓 장씩 팔리더니 뒤에는 스무 장이 넘게 팔렸다. 값도 점차 올려받았다. 지형은 밤새 마리아 카드를 그렸지만 피곤하지가 않았다.

그러나 문제가 생겼다. 경찰이 잡상 단속을 했다. 지형은 파출소로 끌려갔다. 소녀 하나가 고개를 푹 숙인 채 쪼그리고 앉아 있었다. 그때 지형의 나이가 열일곱이었는데 소녀는 두어 살은 더 어려 보였다. 길거리에서 바이올린을 켜며 구걸 연주를 하다 붙들린 것이었다.

다행히도 통장 아저씨가 나타났다. 지형이 돌리는 신문의 독자였다. 통장이 경찰더러 당신은 피도 눈물도 없느냐며, 둘을 내보내라고 윽박질렀다. 경찰은 지형과 바순이를 풀어주고 파출소 앞에서 벌이를 하게 했다.

이튿날부터 지형은 파출소 앞에 탁자를 놓고 마리아 카드를 팔았고, 바순이는 바로 그 옆에서 바이올린을 켰다. 사람들은 둘을 남매로 아는 것 같았다. 지형의 카드를 사고 지형의 바구니에 돈을 넣는데, 바순이 바이올린 연주를 듣고도 바순이 바구니에는 돈을 넣지 않았다. 지형은 바순이한테 아예 바구니를 치우라고 했다. 그 대신 그날그날 번 돈의 반을 바순이에게 주었다.

"이제 날 오빠라고 불러."

바순은 고개를 끄덕였지만, 오빠라고 부른 적은 한 번도 없었다. 눈을 감고 바이올린만 켤 뿐, 그는 도무지 입을 열지 않았다.

"두 해 연말을 그렇게 보냈는데 어느 날 바순이가 발길을 뚝 끊었지."

"…."

"바순이가 어디론지 사라진 뒤에, 문득 나는 바순이야말로 누구보다 예쁘고 착한 마리아라는 걸 깨달았지. 그래서 바순이 얼굴의 마리아 카드를 그렸지."

"…."

"걔를 찾아 이 카드를 줘야 하지."

영운은 지형의 눈에 눈물이 도는 걸 놓치지 않았다. 지형이 콧물을 훅 들이마시고는 씩 웃었다.

"바순이 생각만 하면 눈물이 나지."

"…."

"다른 일로 나는 눈물은 눈구석에서 나는데, 바순이 생각을 하면 목구멍에서 눈물이 올라오지."

지형은 두 손으로 눈을 꾹꾹 눌러 눈물을 짜냈다.

"작년 말까지가 바순이를 찾는 시한이었지. 걔 엄마가 음악 선생을 하다가 속병에 걸려 죽었다는데, 그 이상은 도무지 알 수가 없지."

영운은 복자와 막순이, 숙자의 마리아 카드를 벽에서 떼어냈다. 지형이 깜짝 놀라 소리쳤다.

"아니, 뭐 하는 거지?"

지형은 세 카드를 지형에게 넘겼다.

"바순이는 윤 목사한테 특별한 의미가 있는 사람이야. 복자나 막순이, 숙자와는 급이 달라."

"그건 그렇지."

"복자 막순이 숙자 누나가 버티고 있는데, 바순이가 나타나고 싶겠어?"

"…."

"이제 바순이 카드만 붙여봐. 두고 봐. 머잖아 바순이가 윤 목사 앞에 나타날 거야."

바순이 사연을 더 듣고 싶었지만 영운은 자리에서 일어섰다. 도서실에 가방을 두고 나왔기 때문에 돌아가야 했다.

"윤 목사, 오늘 오랜만에 만나서 반가웠고…."

"그래. 나도 반가웠지."

"교회로 초대해서 짜장면도 사주고…. 고마워."

지형이 앉은 채 영운의 팔을 붙들었다.

"한 마디만 더 듣고 가지."

"…."

"바순이를 찾으면, 난 걔하고 살 거고…."

지형이 영운을 쳐다보며 말을 이었다.

"바순이를 못 찾으면…, 서윤희를 찾을까 하지."

영운은 안경을 추켜올렸다. 윤희를 찾겠다고? 그럼 이 친구가 이 선전포고를 하러 나를 여기까지 끌고 왔나? 지형이 씨익 웃었다.

"사실은 지난 2월 졸업식 하던 날 K대에 갔지. 최 형은 보이지 않고, 서윤희가 가족들하고 사진을 찍고 있었지. 그러니까 이미 서윤희는 찾은 셈이지."

"…."

"끝내 바순이를 찾지 못하면…, 숨 고르기를 하고 나서 서윤희를 향해 출정할까 하지."

황학

1

안개가 짙었다. 황학 한 마리가 두 날개로 노를 저으며 힘겹게 안
개바다를 헤치고 있었다. 황학이 아니라 기러기였다. 성당盛唐의
시인 최호崔顥의 시 '황학루黃鶴樓'를 읽고 나와선지, 잠깐이지만
기러기가 황학으로 보인 것이다. '황학루'는 이백도 감탄했다는
시다. 전부 여덟 구지만, 첫 구와 마지막 구만으로도 훌륭한 시가
되었다.

昔人已乘 黃鶴去 … 烟波江上 使人愁
옛사람 이미 황학 타고 떠났는데 … 안개 낀 강물이 시름에 잠

기게 하네

황학루의 고사가 그럴싸했다.

옛날에 신 씨辛氏라는 술장수가 있었다. 어느 날 행색이 초라한 선비가 와서 술을 달라고 했다. 신 씨는 큰 잔에 술을 따라 건넸다. 그 선비가 술값 대신에 벽에 귤껍질로 학을 그렸다. 그림이 황학이 되었다. 사람들이 손뼉을 치며 노래하면, 황학이 가락에 맞추어 춤을 추었다. 사람들이 그림을 보려고 술집으로 몰려오는 바람에 신 씨는 큰 부자가 되었다. 뒤에 선비가 다시 찾아왔다. 선비가 피리를 불자 벽에서 황학이 내려왔다. 선비는 황학을 타고 멀리 날아갔다. 신 씨는 그 자리에 누각을 세워 황학루라고 이름 붙였다.

장강長江과 한수漢水를 한눈에 굽어보며 언덕 위에 우뚝 서 있는 황학루가 눈에 선했다. 선비는 황학을 타고 어디로 갔을까? 시성詩聖 두보는 아마 선비가 이상향으로 갔다고 믿을지 모른다. 이상향은 공동선과 도道가 지배하는 유토피아다. 그러나 시선詩仙 이백은 선비가 선善도 도도 초월한 선계, 곧 파라다이스로 갔다고 믿을 것이다.

그렇다면 이상향이 나을까, 선계가 나을까? 영운은 그에게 답을 고를 자유가 없다는 것을 알고 있었다. 그의 집이 있는 마을이 신선이 번창한다는 뜻의 선창리仙昌里이기 때문에, 그에게 선계는 선택이 아니라 필수였다. 그렇다면 어떻게 사는 것이 선계에 어울리는 삶일까?

영운은 더 이상 그 부질없는 물음에 매달려 있을 수 없었다. 오랜만에 수민이 핸드폰으로 전화를 걸어왔기 때문이었다.

"물론 전에도 슈베르트를 좋아했지만, 저는 요즘 슈베르트에 목을 매고 살아요."

"…"

"엄마가 예전에 슈베르트를 무척 좋아했거든요."

그건 영운도 아는 사실이었다.

"엄마 상태가 부쩍 나빠졌어요. 가끔은 나를 못 알아보기도 하고…, 말도 심하게 떠듬거리고…, 자꾸 엄마가 미워지려 해요. 근데, 슈베르트를 듣고 있으면, 슈베르트를 듣던 엄마 예전 얼굴이 내 머리에서 되살아나요."

"…"

"아저씨도 마찬가지 존재예요. 아저씨 생각을 하면 내가 보지 못한 엄마 대학 때 얼굴이 그려지곤 해요. 저에게는 아저씨의 존재 자체가 무척 고마워요."

"…."

"원고 쓰시느라 바쁘실 텐데…, 죄송해요."

영운이 괜찮다고 말하려는데, 수민이 전화를 끊었다.

영운의 눈앞에 최호의 황학이 나타났다. 황학이 윤희로 바뀌었다. 윤희가 말했다. 이렇게 마냥 벽에 그림으로 붙어 있을 수는 없잖아요? 하늘로 멀리 훨훨 날아가고 싶어요. 그러나 나는 스스로 날 수가 없어요. 누군가 다가와 피리를 불어줘야 해요.

영운이 물었다. 내가 피리를 부는 선비가 될까요? 순간, 윤희가 표정을 거두었다. 윤희가 황학으로 돌아갔다. 황학이 초점 잃은 눈으로 다시 벽에 붙었다. 황학은 그저 빛바랜 그림에 지나지 않았다. 그래. 비록 잠깐이지만 윤희는 한때 내 피리소리에 춤을 추었어. 그러나 그 뒤로는…, 그게 아니었어.

2

6월 어느 날이었다. 점심을 먹고 나서 미 문화원 도서실 쪽으로 가는데 등 뒤에서 누군가가 영운을 불렀다. 화영과 늘 붙어다니던 불문과 경희였다. 그가 다가와 대뜸 물었다.

"화영이 소식 알아요?"

대답할 틈도 주지 않고 그가 말했다.

"며칠 전에 파리 유학 떠났어요."

뜻밖이었다.

"약혼했다고 들었는데…."

"약혼했다가 한 달도 안 돼 파혼했어요. 제 이름이 없이 부잣집 며느리로 사느니, 제 이름 달고 독립적인 삶을 살기로 했대요."

전에 화영이 한 말이 생각났다. 지난 학기에 내가 왜 대중문화론 들은지 알아? 파리에 유학 가서 문화이론 공부를 하는 데 도움이 될 것 같아서야. 그런데 나 파리 가는 거 접을 수 있어. 언론학은 미국이 최고라며? 거그, 미국 유학을 가. 그럼 나도 미국으로 갈게.

화영이 파리로 갔다는 건 부잣집 며느리 자리를 팽개친 것이기도 하지만, 영운의 옆자리를 포기한 것이기도 했다. 영운은 조용히 고개를 끄덕였다. 경희는 다음 학기부터 시내 여자중학교에서 불어를 가르칠 거라면서 커피를 사겠다고 했지만, 영운은 약속이 있다고 거짓 핑계를 대고 미 문화원 도서실로 돌아갔다.

그 이튿날이었다. 승찬이 미 문화원으로 영운을 찾아왔다. 신참 은행원답게 옷차림이 말쑥했다. 곧 입대한다고 했다. 12시가 가까웠기 때문에 영운은 승찬을 이끌고 무교동의 설렁탕집으로 갔다. 자리에 앉자 승찬이 불쑥 말했다.

"오늘이 숙영이하고 끝내는 날이야."

"아니, 왜?"

"은행원이라고 했더니, 부모가 고개를 내젓더래."

"은행원이 어때서?"

"아빠가 의사거든…. 의사가 아니면 판검사쯤 돼야 결혼을 허락할 거래."

"…."

"제대한 뒤에 내가 은행노조 활동을 할 거라고 숙영이한테 말했는데…, 그 말을 부모에게 했을 거고…. 부모들이 펄쩍 뛰었을 거고…."

"…."

"우리 정경대 99명하고 숙대 기숙사생 99명이 미팅을 했어. 번호표 함에서 아무거나 꺼내 펴봤더니 77번이야. 그런데, 강당에 숙대생들이 들어서는데 눈에 확 띄는 애가 있었어. 저 애는 어떤 녀석의 짝이 될까? 사회가 1번부터 번호를 불렀어. 1번은 우리 과 대의원 상현이었어, 걔는 빼빼잖아? 숙대 1번은 뚱보였어. 2번은 정외과 키다리 태석이었는데 저쪽은 꼬맹이었고…. 76번까지 차례차례 짝을 맞춰 가는데 내 눈길 사로잡은 걔는 아직 남아 있었어. 사회가 77번을 부르기에 내가 일어섰지. 그런데 숙대 77번을 외치니까 바로 걔가 일어나는 거야."

"…."

"번호가 쌍칠번이지, 상대가 첫눈에 들어온 애지…. 하늘이 내린 짝이다. 이제 윤희는 접고 얘한테 충성하자. 미팅행사 중간에 걜 데리고 강당을 나와 시내로 갔지. 그렇게 해서 2년이나 만났는데…."

승찬의 얼굴이 일그러졌다. 한동안 입을 앙다물고 있다가 말을 이었다.

"걔하고 결혼하기 어려울 것 같아서 아무한테도 이름조차 밝히지 않았어. 숙대 영문과 학생이어서 니들한테 숙영이라고 한 거잖아."

"…."

"내 처지에 무슨 연애냐. 놓아주자…."

"…."

"오늘이 매듭짓는 날이야. 정확하게 말하자면, 내가 숙영이를 매듭짓는 것이 아니라, 내가 나를 매듭짓는 날이야."

승찬이 고개를 들어 먼 데를 바라보고 나서 화두를 바꾸었다.

"난 한참 뒤에야 너하고 윤희의 관계를 내가 훼방 놓은 걸 알았어. 두 번째 여자를 보내자고 생각하니까 윤희 생각이 나고…, 또 네 생각이 났어. 예전 일이지만…, 너한테 미안해."

"다 지난 일이야."

설렁탕을 먹고 나서 둘은 식당을 나왔다. 승찬이 시계를 보며 말했다.

"2시에 신설동 돌다방에서 숙영이하고 만나기로 했어."

너도 돌다방이야? 그러나 영운은 입을 열지 않았다.

영운은 미 문화원 도서실로 돌아갔지만 책이 눈에 들어오지 않았다. 지형의 선전포고가 생각났다. 사실은 지난 2월 졸업식 하던 날 K대에 갔지. 최 형은 보이지 않고, 서윤희가 가족들하고 사진을 찍고 있었지. 그러니까 이미 서윤희는 찾은 셈이지. 끝내 바순이를 찾지 못하면…, 숨 고르기를 하고 나서 서윤희를 향해 출정할까 하지.

지형의 생각이 그렇다고 해서, 영운이 말없이 물러날 일은 아니었다. 승찬이 윤희 이야기를 꺼냈을 때 영운은 다 지난 일이라고 했다. 물론 그게 아니었다. 이미 영운의 마음 깊은 곳에서 윤희가 무럭무럭 키를 키우고 있었다. 그래. 윤희를 만나야겠어. 영운은 자신에게 물었다. 왜 윤희인가? 구태여 따질 일이 아니었다. 그저, 왠지, 어쨌든 윤희를 만나야 했다.

영운은 도서실을 나와 버스를 타고 명륜동으로 갔다. 영운은 아주 쉽게 윤희를 만났다. 골목 어귀에서 서성거리는데 등 뒤에서 윤희가 그를 불렀다.

"최영운 씨."

돌아보니 윤희가 커피색 반코트를 입고 서 있었다. 청신한 이

미지에 딱 어울리는 차림이었다.

"따라오세요."

윤희가 앞장서 걸었다. 하이힐이 아니라 단화를 신고 있었다. 윤희가 제과점으로 들어가더니 빵 두 개와 우유 두 잔을 달라고 했다. 영운이 주머니에서 돈을 꺼냈다.

"내가 낼 차례예요. 예전에 윤희 씨가 무교동에서 낙지비빔밥 샀잖아요?"

영운이 돈을 내고 돌아서는데 그제야 윤희가 대꾸했다.

"그런 적이 있었나요?"

둘은 마주 보고 앉았다. 윤희가 말했다.

"빵 두 개 다 드세요. 전 우유만 마실게요."

영운은 빵을 찢어 입에 넣었다. 윤희가 밖을 바라보다가 영운이 빵 하나를 다 먹은 것을 보고 나서 영운에게 물었다.

"웬일이세요?"

"윤희 씨 만나려고요."

"… 왜요?"

이번에는 조금 머뭇거리다가 대답했다.

"그저."

"…."

"왠지."

"…."

"어쨌든."

윤희가 심호흡을 하고 나서 조용히 말했다.

"아저씨에 대한 미움이 아직 가시지 않았어요."

윤희가 영운을 쏘아보았다. 영운이 고개를 끄덕이며 말했다.

"미안해요. 아니…, 내가 잘못했어요."

영운이 말을 이으려 하자 윤희가 고개를 저었다.

"지금 우리가 입을 열면…, 서로 구차해져요."

윤희가 고개를 돌려 거리를 내다보았다. 입을 열면 구차해진다? 그럴 것 같기도 하고, 그렇지 않을 것 같기도 했다. 묵묵히 있다가 영운이 말했다.

"그럼…, 가끔 만나되 절대로 입은 열지 말고, 서로 마주 보기만 해요."

윤희가 은빛 아랫니를 반쯤 드러내고 씩 웃었다. 아, 윤희가 마음을 반쯤은 연 건가? 그러나 아니었다. 윤희가 고개를 저었다.

"인연이 닿는다면…, 내년 이맘때, 우연히 서울 어느 거리에서 만나요."

"내년 이맘때?"

"그래요."

전에는 내가 승찬에게 몇 달의 시간을 주었는데, 이제 윤희가

1년의 시간을 갖겠다는 건가? 아, 맞아. 윤희가 앞으로 1년 동안 다시 행시에 도전할 생각을 하고 있는 거야. 영운은 자기 생각이 맞는지 확인하고 싶었지만 입을 다물었다. 윤희가 자리에서 일어섰기 때문이었다.

"내 우유까지 들고 가세요."

윤희는 문을 열고 제과점을 나갔다.

쌍나팔

명륜동에서 윤희와 헤어진 뒤, 영운은 일단 윤희 생각을 밀어두었다. 윤희 말대로, 서울 어느 거리에서 1년 뒤에 윤희를 만나기로 작정했으니까, 시간을 보내고 있다기보다 시간을 채우고 있다고 하는 편이 맞았다.

70년 7월 초였다. 동세가 독서 팀에 소집령을 내렸다. 입대하는 승찬을 환송하자는 것이었다. 승찬을 비롯해 동세와 중언, 원호와 영운 등 다섯이 신설동에 있는 새로 난 중국집에 모였다. 정학을 맞은 영운과 원호는 9월 학기에 복학할 예정이었지만, 징계를 피한 동세는 이미 학교를 마치고 대학의 노동연구소에 나가고 있었다. 신문사 기자가 된 중언이 수습하고 있던 부산에서 올라와 호기를 부렸다.

"월급 타는 놈은 나 하나제? 오늘 내가 산다. 묵고 싶은 거 맘껏 퍼무라."

동세가 토를 달았다.

"나도 월급 탄다."

승찬이 동세에게 물었다.

"연구소에서 월급도 줘?"

"하숙비 정도는 받지."

학교 노동연구소에서 노동조합 관계자, 기업체나 정부의 노동 업무 담당자 등을 대상으로 3개월짜리 단기과정을 개설했는데, 그걸 관장하는 것이 동세의 일이었다. 전에 동세가 한 말이 생각 나 영운이 물었다.

"노동운동이 본 게임이라고 하지 않았나?"

동세가 고개를 끄덕였다.

"그랬지."

원호가 덤볐다.

"노동운동을 하려면 노동자가 돼서 노동현장에 들어가야 하잖아?"

"조건이 익어야지."

"조건? 어떤 조건?"

동세가 빙긋 웃으며 말했다.

"어쨌든 나는 현 단계에서는 연구소 일에 충실해야 해."

중언이 영운과 원호를 둘러보고 물었다.

"니들은 학교 마치면 뭐할 끼고?"

원호가 답했다.

"난 전에 하던 걸 다시 할까 해."

원호는 대학에 입학하기 전에 구로동의 공민학교에서 야학 강사를 했다. 노동자를 대상으로 야간에 중고등학교 검정시험 과목을 가르치는 학교였다. 야간 고등학교를 나와 칠팔 개월 동안 공장 노동자로 일하다 퇴사한 그는 공민학교에서 야학 강사를 하며 입시 준비를 해 대학에 입학했다. 그런 그가 대학을 나와 다시 공민학교 강사로 돌아가기로 한 것이다. 중언이 물었다.

"취직은 안 하는 기가?"

"대졸 학력으로 회사 들어가 관리직 같은 걸 할 생각은 없어."

원호는 전에도 자본주의 발전과정에서 착취당하거나 소외되는 노동자들 편에 서서 할 일을 찾겠다고 했다. 원호는 노동자를 세력화해야 하고, 그러기 위해서는 지식인이 노동자들 속으로 들어가 의식화 작업을 해야 한다고 했다. 그럼 원호가 집착하는 의식화와 세력화의 궁극적인 목표는 뭘까? 동세는 모험을 좋아하지 않는다고 했지만, 원호는 체질적으로 도전적이잖아? 그럼 그가 꿈꾸는 건 혁명일까? 영운은 그 의문에 더 이상 매달릴 수 없었다. 중언이 그에게 질문을 던졌다.

"넌 뭐 할끼고? 기자 하다 소설 쓴다고 했제? 변함없나?"

영운의 답은 짧았다.

"일에 순서가 있어. 9월이 되면 복학을 해야 해."

중언이 다그쳤다.

"복학해서 졸업하고…, 그 뒤의 희망이 뭐냐, 그 말이다."

그에 대한 사설은 길었다.

"난 돌아보니까 희망이 없이 살았어. 초등학교 때 장래 희망을 쓰라고 하잖아? 희망을 걸 만한 게 뭐가 있는지 알 수 없었어. '없음'이라고 썼어.

중학교 시절에는 자포재라는 재를 넘어 학교까지 30리를 걸어 다녔어. 날마다 왕복 24킬로…. 힘들었어. 여름철에는 피오줌을 누곤 했지. 중학교 졸업장만 받으면 학교는 문턱 근처에도 가지 않기로 작심했어. 장래 희망? 당연히 '없음'이었어.

중학교 나와 한문서당에 다녔어. 첫 1년은 재밌었지만, 다음 1년은 지루하고 고리타분하고…. 돈 안 내고 공짜로 다닐 수 있는 학교가 있다는 걸 알고 고등학교에 들어갔지. 선원을 양성하는 실업학교인데 장학금을 줘서 다녔을 뿐이야. 더구나 결핵에 걸렸어. 공기 좋은 데서 지내야 한다, 영양보충을 충분히 해야 한다, 절대 안정을 취해야 한다. 의사는 그 세 가지를 강조했어. 대학 진학은 꿈도 꾸지 말랬어. 결핵 앞에서 건방 떨면 죽는다나? 그런 상황에서 장래 희망? 당연히 '없음'이었지.

대학입시 준비하면서 처음으로 기자생활 한 뒤에 소설 쓴다는 희망을 가졌어. 그런데 이 꼴이 됐으니까, 이제 그것도 접어야 할 것 같아. 장래 희망? 역시 '없음'이야. 그저 그날그날 살아가는 거지…. 그것 자체가 희망이야."

중언이 쏘아붙였다.

"쌔끼, 분위기 확 깨네."

동세가 싱긋 웃었다.

"일정 기간 탐색기를 갖겠다, 그거잖아? 방향을 잡았다 하면 무섭게 밀어붙이겠지."

영운은 9월에 복학했다. 확인했더니 졸업에 필요한 학점은 이미 다 딴 상태였다. 그렇다고 아무 과목도 안 들을 수는 없었다. 전공과목은 학과 후배들하고 같이 들어야 해서 내키지 않았다.

영운은 다른 학과 개설 과목표를 살폈다. 한 과목에 시선이 꽂혔다. 국문과 과목인 한시특강漢詩特講이었다. 영운은 그 과목을 수강신청 했다.

9월 첫 주 월요일 3교시에 영운은 강의를 듣기 위해 문과대학 강의실로 갔다. 학생 열서넛이 웅기중기 앉아 있었다. H 교수가 출석을 부르고 나서 영운에게 물었다.

"자넨 신방과야?"

"예."

"수강생이 모두 문과대 학생들인데, 신방과라?"

H 교수가 분필을 들더니 칠판에 두 줄로 한시 한 율을 썼다.

風急天高 猿嘯哀

渚淸沙白 鳥飛廻

H 교수가 영운을 보며 읽어보라고 했다. 영운은 빙긋 웃었다. 회심의 미소였다.

"풍급천고 원소애. 바람은 빠르고 하늘은 높은데, 원숭이 울음 소리 처량하네. 저청사백 조비회. 맑은 물가 흰 모래톱에 새들 날아 돌아오네."

영운이 덧붙였다.

"두보의 대표 시 가운데 하나라고 할 수 있는 '등고登高'의 첫 율입니다."

H 교수가 영운을 쏘아보았다. 낯선 학생의 기를 꺾어놓으려 했는데 오히려 교수가 영운에게 한 방 얻어맞은 꼴이었다.

"자네, 전에 한문과목 수강한 적 있나?"

"없습니다."

"그럼 어디서 한문을 배웠나?"

"초등학교 들어가기 전에 서당에서 『천자문』을 뗐고, 중학교 나온 뒤에 다시 서당에 다니면서 2년간 『소학』과 『대학』을 읽었습니다."

영운은 이백과 두보의 시는 각각 열 편쯤 외우고 있다고 말하려다 말았다.

두어 주가 지나서였다. 강의를 마친 뒤 H 교수가 영운에게 따라오라고 했다. 그동안 수업 중에 영운이 묻고 H 교수가 답하거나, H 교수가 묻고 영운이 답한 경우가 여러 차례여서, 영운과 H 교수는 꽤 가까워진 상태였다. H 교수 연구실은 박물관 3층에 있었다. 3면에 놓인 책장에 한적漢籍이 가득했다. 책상 위에도 인쇄본과 필사본 문집 여러 권이 널려 있었다. 의자에 앉자마자 H 교수가 물었다.

"자네, 국문과 대학원에 오지 않겠나?"

"대학원에요?"

"한문학이나 고전문학을 전공해봐. 자네 한문 실력이면…."

그건 기자가 되었다가 소설을 쓴다는 꿈을 접으라는 말이었다. 더구나 전공을 바꾼다는 것은 생각해보지 못한 일이었다. 그렇다고 교수의 제안을 일언지하에 묵살할 수는 없었다. 영운은 진지하게 고민하겠다고 말하고 연구실을 나왔다.

두어 주가 더 지나서였다. 서관에서 강의를 듣고 나오는데, 학과 후배 여학생이 다가왔다. 학과 원로인 A 교수가 찾는다는 것이었다. 영운은 교수 연구실로 갔다.

"오랜만일세. 그런데, H 교수가 자네한테 국문과 대학원에 진학하라고 권하는 모양이지?"

"국문과 대학원은… 생각이 없습니다."

"그럼, 여전히 기자시험을 준비하고 있나?"

"요즘은…, 그냥 이 책 저 책 읽고 있습니다."

영운은 지난 몇 달 동안 여론에 관한 고전 원서 세 권을 읽었다는 말을 보탰다.

"내가 보기에는 말이야, 자넨 '기자 무끼'라기보다 '교수 무끼'야."

'무끼(向き)'라는 일어는 '깜'이나 '재목'쯤으로 이해하면 될 것이었다. A 교수가 말을 이었다.

"대학원에 들어와 언론학을 해봐."

교수는 담배에 불을 붙였다. 한 대를 다 태울 때까지 아무 말도 하지 않았다. 전에 A 교수를 따라 낚시터에 간 일이 생각났다. 밤낚시였다. 그때도 교수는 연신 담배를 피우면서 같은 조대에 우두커니 앉아 있는 영운에게 서너 시간 동안 한 마디도 말을 건네지 않았다. 교수가 재떨이에 담배를 비벼 끄며 말했다.

"앞으로 정치상황이 더 굳어질 게야. 대학원 진학을 진지하게 생각해봐."

영운은 숙고한 뒤에 찾아뵙겠다고 말하고 교수실을 나왔다.

영운은 수업이 끝난 뒤 미 문화원 도서실로 갔다. 그러나 책이 눈에 들어오지 않았다. 진로에 대해 먼저 머리를 정리해야 할 것 같았다. 누군가 의논할 사람이 필요했다.

중언은 부산에 있었다. 원호는 구로동이 아니라 청계천에서 야학을 하겠다며 밖으로 나돌았다. 승찬은 이미 입대했다. 가까이에 있는 친구가 동세였다. 그러나 영운은 동세가 노동연구소에 들어간 뒤로는 학내에서 동세와 만나는 것을 삼갔다. 노동자라는 용어 대신에 근로자라는 용어를 쓰도록 강요하던 시절에 동세가 딴 곳이 아닌 노동연구소 일을 하고 있어, 학교를 출입하는 기관원들에게 괜한 오해를 살 필요가 없었다. 그러다 보니 진로에 대해 터놓고 의논할 사람이 없었다. 그래서 남이 누나 집에서도, 미 문화원 도서실에서도 손깍지베개에 머리를 얹고 있는 시간이 길어졌다.

10월 초였다. 동세가 시내에서 저녁이나 함께 하자고 했다. 영운은 동세가 말한 음식점으로 갔다. 이미 동세와 원호가 와 있었다. 동세가 영운을 보며 말했다.

"셋이서 오랜만에 저녁이나 하려고 불렀어."

동세가 설렁탕 셋을 시켰다. 그가 말했다.

"난 이 학기가 끝나면 노동연구소를 그만두려고 해. 산별에 들어갈 거야."

영운이 물었다.

"산별이 뭐야?"

"노총 산하의 산업별 노조를 산별이라고 해. 내년부터 화학노조에서 일하게 돼 있어."

"한국노총 산하야?"

"맞아."

"그렇다면…, 이거나 그거나 다 어용 아냐?"

"맞아. 어용이야."

"그런 델 왜 가는 거야?"

"언젠가 변화가 있을 거야. 거기 가서 당분간 산업체 노조원들을 대상으로 노동교육을 열심히 할 생각이야."

원호가 영운을 보며 말했다.

"나는 청계천 부근에 사무실을 얻었어. 행정구역으로는 창신동이야. 야학을 하면서 노동자들을 만날 생각이야."

설렁탕이 나왔다. 셋은 그릇을 비우고 다방으로 갔다. 영운이 원호에게 물었다.

"왜 구로동이 아니고 청계천이야?"

"구로동은 교장이 정치할 생각이 있어. 정치바람에 휘둘리고 싫지 않아."

원호가 길게 덧붙였다.

"그 문제도 있지만, 청계천 지역이 현 단계에서 매우 절실해. 서울운동장에서 청계천 6가 사이에 평화시장이 있어. 평화시장 1동과 2동 사이에 서울대 음대가 있는데, 그쪽으로 가는 골목길 좌우에도 동화시장하고 통일상가가 있고, 그 인근에 신평화시장도 있어. 이 시장들 말고도 부근의 크고 작은 건물에 작업장들이 널려 있어. 작업장을 전부 합치면 아마 8백 개가 넘을 거야.

우리나라 기성복의 7할이 여기서 나와. 봄부터 여름까지는 바지, 남방셔츠, 홑잠바, 수영복을 만들고, 가을부터 겨울까지는 잠바, 스웨터, 코트를 만들어. 여기에 노동자 2만 명이 매달려 있어. 재단사, 미싱사, 미싱 보조, 재단 보조, 시다, 마도메, 시아게…."

영운이 말을 잘랐다.

"그 사람들 대상으로 야학을 하는 거야?"

"맞아."

"무얼 가르치는 거야?"

"노동자 대부분이 국졸이거나 중졸이야. 검정으로 중졸 고졸 졸업장을 받게 하는 거지."

"그게 다야?"

"공부도 가르치지만 이야기도 많이 나눌 생각이야. 임금은 물론이고, 작업환경이나 처우가 구로동보다 열악해. 근로기준법? 그림의 떡이야. 노동자들은 그런 게 있는지도 몰라. 야학을 하면서 노동법이라는 게 있고 근로기준법도 있다는 걸 알려줄 거야."

"거기 노동자들 임금이 어때? 구체적으로 말해봐."

"시다로 말하면, 일당이 50원이야. 시내 다방에서 파는 커피 한 잔 값이지. 하루도 빠지지 않고 일하면 한 달에 천 5백 원 받아. 물론 하숙비도 안 돼. 하루 노동시간이 대개 열너덧 시간인데 시간외수당도 없어. 점심 먹을 돈이 없어서 1원짜리 풀빵 서너 개로 끼니를 때우는 노동자도 많아. 미싱사가 되면 월급이 3천 원이야. 그때 가서야 비로소 하숙비 정도 버는 거지."

동세가 원호에게 제의했다.

"그동안 이런저런 준비를 하느라고 고생 많았을 텐데 우리가 신경을 못 썼어. 그래도, 언젠가 우리끼리 모여 조촐하게 개소식이라도 해야 하지 않겠어?"

"그렇잖아도 간판 달 때 부를 생각이었어."

"지금 날짜를 정하면 안 돼?"

"다음 달 15일이 일요일이야. 그날 간판을 달 건데, 짜장면이나 함께 먹지."

동세가 고개를 돌려 영운에게 물었다.

"넌 미 문화원 도서실에서 공부한다며?"

"자주 가긴 해."

"뭘 준비하는 거야?"

"그냥 이 책 저 책 읽고 있어."

"기자 하다가 소설 쓰겠다고 했잖아? 근데, 데모해서 처벌받은 경력 가지고 언론사 가기가 쉽겠나?"

원호가 끼어들었다.

"문제는 기자되기가 쉽고 어렵고가 아니야. 기자생활을 통해 세상을 알고 나서 소설을 쓴다는 전제 자체에 문제가 있어. 기자 해봐야 세상을 알 수 있나? 피상적일 수밖에 없지."

원호가 결론을 말했다.

"세상과 본격적으로 맞부딪쳐야 세상을 제대로 알 수 있어. 그렇다면 노동판으로 와."

영운은 안경을 추켜올렸다. 토를 달 것도 없이, 그럴싸한 말이었다. 노동판에 들어간다면, 가난하게 산다, 가난한 사람과 더불어 산다, 가난한 사람을 위해 산다는 세 가지 삶의 지표를 실천할 수 있고, 나아가 거기서 소설의 소재를 캐낼 수도 있을 것이었다. 그러나 왠지 내키지 않았다. 왜일까? 그 물음에 매달리고 싶은데, 원호가 틈을 주지 않았다.

"내가 한 마디 더 할게. 이제 기자를 할 필요성 자체가 사실상 사라졌어. 두고 봐. 언론이 모두 권력 앞잡이로 전락할 거야. 너도 앞잡이 할 테야? 앞잡이 하면서 소설 준비할 테야? 노동판에 소설거리도 많고, 사람도 필요해. 노동판으로 오는 게 답이야."

동세가 거들었다.

"나도 같은 이야기를 하고 싶었어. 노동판에 온다면 네가 할 일이 많아. 홍보매체, 교육매체도 활성화해야 하고, 언젠가 신문도 내야 하고…. 원호와 나는 넥타이하고는 인연이 멀겠지만, 홍보 쪽은 넥타이 매고 할 일도 많아."

동세가 넥타이를 들먹이는 데는 영운에 대한 그의 인식이나 배려가 깔려 있었다. 영운은 어쩔 수 없는 지식분자 성향이고, 병력病歷도 있어 넥타이를 매고 사는 것에 집착할 것이라고 본 것이다. 동세와 원호가 다시 번갈아 영운을 구석으로 몰아붙였다.

"그런 자리를 찾자면 지금도 어렵지 않아. 그쪽에서 일하면서 소설 준비를 하면 되잖아?"

"기자 하고 나서 소설 쓴다는 절차가 어렵게 된 마당에, 다른 길을 생각할 수도 있지 않나, 하는 얘기지."

영운이 반발했다.

"꼭 토끼가 된 기분이야. 둘이서 지금 토끼몰이를 하고 있잖아?"

동세와 원호가 허리를 제치고 크게 웃었다. 영운은 며칠 전에 국문과 H 교수와 신방과 A 교수가 대학원 진학을 권한 일을 털어놓았다. 동세가 웃으며 말했다.

"나하고 원호가 네 귀에 대고 쌍나팔을 불고 있는데, 교수들도 쌍나팔이로구먼."

"국문과는 전혀 생각이 없어. 그러나 신방과는…."

말을 마치기도 전에 원호가 다시 덤볐다.

"그건 소설 쓴다는 궁극적 목표를 버리는 거잖아? 기자가 길이고 소설이 목적지였는데, 니가 대학원을 간다는 건 신문방송학의 길을 계속 가고 그 대신 소설이라는 목적지는 버린다는 얘기지."

영운은 논쟁을 피하고 싶었다.

"어쨌든 나한테 시간을 줘. 고민할…."

영운은 며칠 뒤에 부산으로 내려갔다. 중언을 만나기 위해서였다. 영운은 동세와 원호를 만나 나눈 이야기를 했다. 중언이 단칼에 잘랐다.

"노동판? 웃기지 마라. 니가 무슨 노동판이고?"

"…."

"니는 좋은 의미든 나쁜 의미든 딱 인텔리 아이가? 기자 아니면 소설, 그거도 아니면 대학원인데…, 어디 보자."

"…."

"기자? 붙여주고 아니고가 문제가 아닌 기라. 나도 고민이 많대이. 앞으로 이 판이 좆도 안 서는 고자들 세상이 될 기 빤한 기라."

"…."

"소설? 야, 그것도 잊어뿌라. 니 최인훈의 『광장』 읽었제? 그거 4·19 직후 5·16 이전이라서 출판이 가능했지, 지금 같아봐라, 어림없대이. 앞으로 섹스, 폭력, 돈, 이런 이야기 말고 뭘 쓸 수 있겠노?"

"…."

"남은 기 뭐꼬? 대학원 아이가? 그기 좋다는 기 아니라 그것밖에 없잖냐, 이기야. 뭘 망설이노? 그렇잖아도 가야 할 판인데 선생이 오라카먼 퍼떡 가거래이."

다른 변수도 있었다. 드러내 말은 않지만, 사실은 결정적인 변수였다. 기자를 하고 나서 소설을 쓰거나, 노동판에 들어가 직접 부대끼며 소설 준비를 하기 위해서는, 탁류를 거스르며 격렬하게 살아야 했다. 그렇게 사는 것은 영운에게는 겁이 나는 일이었다. 그 겁은, 무심코 가래침을 뱉었다가 제 목구멍에서 석화 같은 핏덩이가 나오는 걸 본 적이 있는 사람만이 그 크기를 가늠할 수 있는, 그런 것이었다.

영운이 대학에 가겠다고 하자 그러라고 해놓고, 어머니는 아들이 죽는 길로 들어서는 게 아닌가 해서 밤에 대밭에 들어가 입을 틀어막고 울었다고 했다. 입시 준비를 위해 상경하는 날 어머니는 영운의 두 손을 붙들고 신신당부했다. 아야. 서울로 올라가 그라만은 무리하지 말고, 뭣보담도 먼저 몸 생각을 해야 쓴다, 잉. 맞는 말이었다.

결론이 났다. 항로를 바꾸는 것이었다. 굴원屈原의 어부사漁父
辭가 생각났다.

滄浪之水淸兮 可以濯吾纓 滄浪之水濁兮 可以濯吾足
창랑의 물이 맑으면 갓끈을 씻고, 창랑의 물이 흐리면 발을 씻
으리

영운은 상황이나 조건이 달라지면 유연할 필요가 있다고 자신
을 달랬다.

부르나라 프로나라

부산으로 가 중언을 만나고 서울로 돌아온 영운은 이튿날 학교로 갔다. 오전 10시 30분쯤이었다. A 교수가 연구실을 지키고 있었다.

"선생님, 대학원 진학 쪽으로 마음을 정했습니다."

교수는 얼굴을 활짝 폈다.

"그래. 잘 생각했어. 자넨 해낼 거야."

해낼 거라는 말을 듣는 순간, 영운은 교수가 그의 지적 능력을 인정하는 것으로 알아들었다. 그러나 A 교수가 하고자 한 말은 그게 아니었다. 교수는 손가락으로 당신 옆머리를 토닥이며 말했다.

"공부는 말이야, 머리로 하는 게 아니라 엉덩이로 하는 거야. 자넨 해낼 거야."

안지위상수 궤석유쌍한安知渭上叟 跪石留雙骭이라는 소동파 蘇東坡의 오언시가 떠올랐다. 어찌 알았으랴. 위수의 늙은이(강태공)가 바위에 앉아 두 정강이 자국을 남긴 것을. 영운은 바위에 정강이 자국을 남길 정도로, 의자에 엉덩이를 붙이고 앉아 공부해야 한다는 뜻으로 A 교수의 말을 새겼다.

며칠 뒤 A 교수가 영운을 불렀다. 학과에서 연구소를 개설하는 데 도우라는 것이었다. 연구소를 돕는다는 건 영운에게는 스스로를 돕는 것이었다.

"우린 신설 학과여서 대학원생이 없잖아? 그러니까 자네가 학과 조교 역할도 하고, 연구소 간사 일도 해야 해."

영운은 그때부터 간사라는 직함으로 연구소를 지켰다. 연구소 간판을 만들어오는 것이 영운의 첫 일이었다. 교실 하나를 칸을 막아 한 칸은 자료실로, 다른 한 칸은 사무실로 썼다. 영운은 그 사무실을 혼자 지켰다. 교수나 앉는 큰 테이블을 차지하고 책을 읽을 수 있었다.

물론 연구소에서 급여도 나왔다. 더 이상 남이 누나한테 신세를 지지 않아도 되고, 가정교사나 사설학원 강사를 할 필요도 없었다. 그는 학교 앞에서 하숙생활을 시작했다. 꿈만 같은 일이었다.

영운은 그의 새로운 생활을 중언에게 알렸다. 물론 독서 팀의 다른 친구들에게도 말할 생각이었다. 영운은 원호의 야학 개소식

날을 기다렸다. 자연스레 이야기를 나누는 자리가 될 것이었다. 그 일정은 애초에 잡은 것보다 앞당겨졌다.

개소식을 일주일 앞두고 창신동 D다방에서 원호를 비롯해 동세, 중언 그리고 영운이 모였다. 11월 둘째 일요일인 8일 오후 3시쯤이었다. 중언이 그다음 주 일요일인 15일에는 부산에서 올라올 수 없다며, 우선 사무실 구경이나 하자고 해서 이루어진 자리였다. 원호는 사무실이 아니라 한사코 다방으로 오라고 했다.

다 모인 것을 알고 레지가 왔다. 셋은 커피를 주문했지만 원호는 반숙을 시켰다. 기호의 제국주의를 지론으로 펴는 그는 다른 자리에서도 커피를 마시지 않았다. 그는 식전이면 계란 반숙, 식후면 율무차를 택했다.

주문한 차를 가져오기 전에, 영운은 학교 연구소에 나가고 있다고 친구들에게 말했다. 다들 이미 알고 있었다. 동세가 영운을 바라보며 웃었다.

"아쉬운 점이 있지만, 중언이가 네 말에 절대 토를 달지 말라니까 난 입 닫고 있을래."

중언이 사전공작을 해둔 것이었다. 중언이 나섰다.

"영운이는 먹물 아이가? 먹물은 문방文房에 있어야 한다, 이기야. 제발 따따부따 하지 말거라."

원호가 나서려 하자, 중언이 삿대질을 하며 일갈했다.

"너, 입 닫고 있거래이. 기호에만 제국주의가 있나? 남의 뜻 무시하는 것이 바로 제국주의 아이가?"

그 말에 모두 폭소를 터트렸다. 원호는 웃음이 끝나기를 기다렸다가 영운을 쏘아보며 기어코 한 마디 보탰다.

"니가 부르나라로 가더라도 프로나라를 잊지 말기 바란다."

부르주아 나라로 가더라도 프롤레타리아 나라를 잊지 말라는 말이었다. 결코 가벼운 이야기가 아니었다. 대학원에 진학하는 것이 부르주아 나라로 가는 것인가? 그러나 영운은 시비를 걸지 않았다. 그것으로 진로 수정에 대한 시비가 일단락되어 마음이 홀가분했다. 중언이 재빨리 원호의 문제로 화두를 돌렸다.

"니는 커피 안 마시는 놈인데, 와 우릴 다방으로 부른 기고?"

다들 궁금해 한 것이 그것이었다. 원호가 씩 웃었다.

"미리 알릴 일이 있어서 다방에서 보자고 한 거야. 사무실에 가면 여자애가 하나 있을 거야."

중언이 야릇한 표정으로 물었다.

"여자애라꼬?"

영운이 물었다.

"누군데?"

"양 이사야."

"전무, 상무, 이사, 하는 그 이사?"

"아냐. 숙대 영문과면 숙영이잖아. 얘는 이대 사회학과야. 성이 양씨니까 양 이사야."

넷은 다시 크게 웃었다. 원호가 말을 이었다.

"우리 처지에 여자 고를 땐 세 가지 조건을 따져봐야 해. 대학? 군이 필요 없어. 얼굴? 수수하면 돼. 성격? 수더분한 게 최고야. 그러나 양 이사는 그 반대야. 명문대 졸업반에, 미인이야. 그것도 아주 이지적으로 생겼어. 성격? 차디차고 깐깐해. 세 가지 조건? 올 F야."

중언이 따졌다.

"그런데, 와 갸가 니 사무실에 있노?"

"친구 누나가 그 학과에서 강의를 해. 아직 교수는 아니고 시간강사야. 맡은 과목이 한국사회론이래. 그 누나가 학부생 몇을 보낼 테니까 노동현장을 보여주고, 현실과 문제점에 대해 나더러 설명하라는 거야. 마침 사무실을 임대해 집기를 갖춘 상태여서 학생들을 사무실로 보내라고 했어. 며칠 뒤에 여섯 명이 왔어. 지난번에 동세랑 영운이랑 셋이 만났잖아? 그 직후야."

"…."

"노동청 근로감독관으로 있는 고등학교 선배하고 함께 평화시장을 돌아봤지. 한 마디로 지옥이야. 작업장은 먼지 구덩이였어. 심하게 말하면, 공기에 먼지가 섞인 게 아니라 먼지에 공기가 섞였다고나 할까? 여덟 평쯤 되는 작업실 한가운데에 재단판이 있고, 재봉틀이 열녁 대가 있었어. 거기에 시다판도 이어져 있고…. 재봉틀 하나에 미싱사와 시다가 한 명씩 붙어. 그 밖에도 재단사, 재단 보조, 마도메, 시아게…. 좁은 공간에 30여 명이 득실거려. 쉬는 시간도 없어."

동세가 말을 잘랐다.

"양 이사가 여섯 중 하나였어?"

"맞아."

"몇 학년?"

"4학년."

원호가 하던 말을 이었다.

"충격을 받았대. 부자나라만 보고 살았는데 이제 가난나라를 보고 살기로 했대."

아, 나더러 부르나라로 가더라도 프로나라를 잊지 말라고 했는데, 그럼 원호는 양 이사의 말을 끌어당겨 나에게 그렇게 말한 것인가? 영운이 원호의 말을 되새기는데, 동세가 원호에게 물었다.

"가난나라를 보고 살다니…, 가난나라로 직접 뛰어들겠다는 거야, 아니면 관찰만 하겠다는 거야?"

"야학을 하면서, 대학원에 가서 노동사회학을 공부하려나 봐."

중언이 끼어들었다.

"갸하고 결혼할 끼가?"

잠시 뜸을 들였다가 원호가 대답했다.

"사실은 개한테 첫눈에 뿅 갔어. 찬바람 쌩쌩 도는 앤데, 왜 순간적으로 뿅 갔는지는 나도 모르겠고…, 앞으로 어떻게 될지, 그것도 모르겠어."

영운 등은 원호가 이끄는 대로 다방을 나왔다. 넷은 큰길을 건너 골목으로 들어갔다. 골목은 좁은데 오가는 사람이 많아 넷은 일렬종대로 걸었다.

어느 2층 건물 앞에서 원호가 걸음을 멈추었다. 일제 강점기에 지은 일본식 목조건물이었다. 넷은 나무 계단을 올라갔다. 사무실에는 긴 책상과 걸상이 줄을 이루어, 앉을 이를 기다리고 있었다. 벽에 칠판이 걸려 있고, 책걸상 앞에 교탁이 놓여 있었다.

모두 그 사무실 분위기에 어울리는 것들인데 그렇지 않은 것도 있었다. 그 하나가 TV 수상기였다. 그것도 네 발 달린 상자에 들어 있는 최신 모델인, 19인치 프린스 코로넷 TV였다. 삼성전자가 일본 오리온전기와 총판계약을 맺고 새로 생산하기 시작한 것이 바로 그것이었다. 영운이 물었다.

"여기에 이런 최신형 고급 TV가 필요해?"

원호가 씩 웃었다.

"절대로 필요해. 토요일 저녁마다 MBC-TV에서 권투중계를 하는데, 다방이나 음식점 같은 데서 1인당 20원씩 받고 그걸 보게 해줘. 평화시장 시다 하루 일당의 40%야. 이 공간이면 30명은 너끈해. 난 한 푼도 받지 않을 뿐만 아니라, 중계가 끝나면 공짜로 밥도 줄 거야. 큰 냄비에 김치찌개 끓여서 다 함께 비벼먹는 거지. 아주 자연스럽게 주말마다 노동자들을 만날 수 있어."

중언이 물었다.

"임대료도 내야 할 끼고…, 돈이 꽤 들끼 아이가? 어떻게 감당할라카노?"

"물론 쉽지 않겠지. 어떤 학생은 공짜로 가르치기도 해야 하니까…. 그런데 구로동에서 봤지만, 공짜로 가르쳐놓은 졸업생이 몇 년 뒤에는 등록금보다 더 많은 돈을 놓고 가기도 해. 사업해서 돈을 번 졸업생이 기부금도 내고…. 한번 만나면 평생 동지가 돼."

사무실 안에 TV 수상기보다 더 안 어울리는 존재가 있었다. 바로 양 이사였다. 피부가 곱고 윤곽이 또렷한 미인이었다. 한 마디로 부자나라에 딱 맞는, 가난나라와는 도무지 연이 닿을 것 같지 않은 인상이었다. 양 이사는 큰 눈을 두리번거리며 시선 둘 데를 몰라 당황스러워하면서도, 미소를 거두지 않으려고 애썼다. 원호가 그를 소개했다.

"양 이사야."

양 이사가 빙긋 웃었다.

"여기서 영국사를 가르치기로 했어요."

양 이사와 원호가 마주 보며 웃었다. 원호가 덧붙였다.

"영국사 알지? 영어, 국어, 사회 말야. 난 수학과 과학 담당이야. 이것저것 준비해서 다음 달에 강의를 시작할 예정이야."

그가 마무리했다.

"다음 주 일요일 11시에 여기서 다시 만나지. 중언이는 올 수 없다니까 할 수 없고…, 동세, 영운이, 사회학과 강사 누나, 노동청 선배, 구로동 공민학교 교장, 이렇게만 부를 예정이야. 조촐하게 청계야학 개소식을 하고 짜장면이나 같이 해."

그러나 원호의 청계야학은 문을 열기도 전에 벽에 부딪혔다. 13일 오후 2시쯤에 국민은행 평화시장지점 앞길에서 청계피복 노동자 전태일全泰壹이 분신자살한 사건이 났기 때문이었다.

15일에도 13일처럼 잿빛 구름이 하늘을 덮었다. 원호 사무실에 원호를 비롯해 동세와 영운, 양 이사가 모였다. 약속한 대로 오전 11시께였다. 다른 이들에게는 오지 말라고 알린 모양이었다. 원호가 검은 페인트로 '청계야학'이라고 쓴 나무 간판을 들고 있다가 벽에 비스듬히 세워두고 의자에 앉았다.

동세가 물었다.

"어떻게 할 거야?"

원호가 양 이사를 살피며 말했다.

"글쎄. 판단이 안 서."

양 이사가 나섰다.

"어려운 사람들에게 중고등학교 과정 가르쳐서 검정시험 보게 하자는 건데 분신사건하고 무슨 상관이에요?"

말이 끝나기 전에 문이 열렸다. 몸집이 큰, 동대문서 형사 '멧돼지'가 들어섰다. 전에 성북서 형사로 K대를 출입하다 동대문서로 옮겼기 때문에 얼굴을 아는 사이였다.

"부근에 왔다가 자네들이 모이는 걸 봤어. 내가 분위기를 깼다면 미안해."

그가 누군지 알 턱이 없는 양 이사가 '멧돼지'를 흘겨봤다. 눈치를 챈 '멧돼지'가 양 이사를 보며 말했다.

"나? 동대문서 정보과 형사야."

'멧돼지'가 벽에 세워둔 간판을 보더니 피식 웃었다. 그가 원호를 노려보았다.

"청계야학이라. 물론 무허가겠지. 여기서 노동자를 대상으로 야학을 한다? 노동자 한 놈이 분신자살을 했는데, 바로 이 청계천에서 노동야학을 하겠다, 그거야?"

'멧돼지'가 안에 있는 사람들을 쭉 둘러보고는 다시 원호를 째려보았다.

"3선 개헌 반대투쟁의 영웅 이원호. 자중하셔. 불바다에 화약 지고 들어가겠다는 거잖아?"

"…."

"이 바닥은 상아탑이 아냐. 가차 없어."

'멧돼지'가 두 손을 앞으로 모아 수갑을 찬 모양을 해 보이고는 말을 이었다.

"자네들을 알기 때문에…, 선도 차원에서 하는 말이야."

양 이사가 '멧돼지'에게 대들었다.

"야학하는 데 허가가 필요하다면 허가받으면 될 거 아니에요?"

"그래? 그렇게 해보셔."

"그래요. 할 거예요."

그러나 청계야학은 간판도 걸어보지 못하고 그다음 날 문을 닫았다. 원호가 닫은 것이 아니었다. 건물 주인이 나가라고 했다. 경찰이 압력을 넣었을 것이었다. 원호가 주인에게 항의하자 주인이 눈을 부라리며 쏘아붙였다.

"죽고 싶으면 당신이나 죽어."

영운은 원호의 청계야학 개소가 수포로 돌아간 사실을 보며, 전에 중언이 그에게 한 말을 떠올렸다. 소설? 야, 잊어뿌라. 니 최인훈 『광장』 읽었제? 그거 4·19 직후 5·16 이전이라서 출판이 가능했지, 지금 같아봐라, 어림없대이. 앞으로 섹스, 폭력, 돈, 이런 이야기 말고 뭘 쓸 수 있겠노? 영운은 그 이야기를 중언에게서 들었지만, 원호는 비슷한 이야기를 전혀 다른 방식으로 '멧돼지'한테 들은 셈이었다.

　이듬해 3월에 영운은 대학원에 입학했다. 영운은 남대문시장에서 새로 산 검은 신사복을 입고 입학식에 참석했다. 총장의 축사가 인상적이었다.

　"나는 여러분을 처음 반기는 기쁜 이 자리에서, 19세기 독일의 대철학자 프리드리히 헤겔의 법철학 서문에 나오는 한 구절을 인용해보려 합니다. 여기가 로도스다. 여기서 뛰어라. 여기 장미가 있다. 여기서 춤추어라."

　이솝의 로도스섬 우화는 영운도 아는 바였다. 외국으로 여행을 다니던 남자가 고향에 돌아와서, 자신이 로도스섬에서 열린 뜀뛰기 대회에 나가 그 누구도 흉내를 낼 수 없는 기록을 남겼다고 허풍을 떨었다. 그는 로도스섬에 가서 물어보면 누구나 다 알 것이라고 했다. 이야기를 듣던 마을 사람이 말했다.

　"그토록 멋지게 뜀뛰기를 했다면 구태여 로도스섬까지 가서 알아볼 필요가 있겠나? 여기서 뛰어보게."

　헤겔은 이 우화를 빌려, 발을 딛고 선 바로 그 자리에서 최선을 다하라고 한 것이었다. 총장의 신입생 환영사를 들으면서 영운은 마음속으로 다짐했다. 여기가 로도스섬이야. 나는 여기서 엉덩이로 의자에 구멍을 내야 해.

대학원에 들어간 영운은 다른 종류의 새 출발도 시도했다. 3월 중순 어느 날 초저녁이었다. 영운은 명륜동으로 갔다. 윤희와도 역사를 다시 써야 했다. 지난해 6월에 명륜동에서 윤희를 만났을 때 윤희는 1년 뒤에 우연히 서울 어느 거리에서 만나자고 했다. 아직 3개월이 모자라지만 그걸 산술적으로 꼬박 채울 필요는 없었다. 영운은 골목 앞에서 전화를 걸었다.

"여보세요."

상대방 목소리가 몹시 탁했다. 영운이 물었다.

"서윤희 씨 계신가요?"

잠시 말이 없다가 상대가 말했다.

"나예요."

윤희가 심하게 기침을 했다. 만나기 어렵다는 걸 직감했다. 예상치 못한 일이었다. 머뭇거리다가 불쑥 영운이 말했다.

"우리 새로 시작해요."

윤희는 아무 대꾸도 하지 않았다. 영운이 다시 말했다.

"새로 다시 시작해요."

윤희가 잠긴 목소리로 말했다.

"대학원 진학했다고 들었어요. 감기 나으면…, 내가 학교로 전화할게요."

6

일엽편주

잔인한 달

대학원 첫 학기가 한 달이 지난 4월이었다. 영운은 새로운 생활에 제법 맛을 들이고 있었다. 엘리엇의 표현을 빌리자면, 희망이 절망으로 바뀐 죽은 땅에서 새로운 희망이 쑥쑥 자랐다. 영운은 대학원 공부에 전념했다. 같은 학과에 현직 아나운서가 입학했으나 수업에 빠질 적이 많았다. 그래서 강의도 교수와 1대1 대면상태로 받곤 했다.

영운이 학부 4학년 때 부임한 B 교수도 그에게 자별한 애정을 베풀었다. 점차 A 교수보다 B 교수와 만나는 시간이 더 많아졌다. 연구소에서 주는 것으로는 부족해 영운은 가끔 B 교수에게 돈을 빌리곤 했다. 어느 날 B 교수의 탁상 다이어리를 보니 영운에게 돈을 빌려준 날짜와 액수가 적혀 있었다. 영운은 그 종이를 찢어 버렸다.

그 뒤로 B 교수는 새로 나온 전공 원서를 우리말로 옮기는 일을 영운에게 맡겼다. 번역 원고료는 선불로 주었다. 영운이 번역한 원고를 교수가 손을 봐 출판사에 넘기겠거니 생각했다. 그에게 사비로 용돈을 주며, 영어 공부를 시키고 있다는 것을 눈치챈 것은 몇 달이 더 지나서였다.

다른 학과 대학원을 다니는 친구들은 영운을 부러워했다. 학과 두 교수가 연구소에 자리를 만들어주고 학비와 생활비까지 대니, 그들로서는 부럽지 않을 수가 없었다. 영운에게 교수 자리가 보장된 것으로 아는 학생도 더러 있었다.

B 교수는 영운에게 국내에서 석사를 마치면 미국에 건너가 박사과정을 이수해야 한다고 강조했다. 이전에 그에게 미국은 천당이나 지옥보다 먼 곳이었지만, B 교수로부터 미국 유학에 대해 자주 듣게 되자, 미국은 훌쩍 뛰기만 하면 건널 수 있는 가까운 나라로 다가왔다.

그러나 영운은 그에게 두 번째 태풍이 다가오고 있다는 걸 모르고 있었다. 4월 초 어느 날이었다. 서클 후배 유현중이 연구소로 그를 찾아왔다. 현중은 인상이 강렬했다. 키가 큰 데다, 검게 물들인 군용 점퍼를 입고 다녀 위압감마저 풍겼다. 마치 그의 뒤를 밟기라도 한 듯이 A 교수가 연구소로 들어왔다.

"자넨 누군가?"

"경제과 4학년 유현중입니다."

영운이 덧붙였다.

"서클 후배입니다."

교수가 대뜸 물었다.

"자넨 칼 마르크스인가, 아담 스미스인가?"

현중은 1초도 머뭇거리지 않았다.

"스미스입니다."

교수는 싱긋 웃고는 영운에게 학과 일 몇 가지를 지시하고 연구소를 나갔다.

"방금 그분이 누구야?"

"A 교수님."

"저분은 마르크스야, 스미스야?"

"마르크스도 스미스도 아냐. 굳이 말하자면 인도네시아의 스카르노? 근대화를 위해서는 강력한 개발체제가 필요하다고 생각하시는 것 같아."

"어쨌든, 학과 두 교수가 형을 많이 챙긴다는 소문은 들었어."

"그건 사실이야."

"묘한 분들이네. 이 시대에 운동권 출신을 키우다니….'

영운이 말머리를 틀었다.

"근데, 넌 정말 스미스니?"

"마르크스도 스미스도 잘은 몰라. 그런 상태에서는 스미스라고 하는 게 편하잖아?"

현중은 큰소리로 웃었다.

"형은 뭐야? 형은 모택동이라고 들었어."

"동세가 언젠가 레닌 이야길 하기에, 우리나라는 아직은 산업사회가 아니라 농경사회다, 따라서 현 단계에서 필요한 것은 농업혁명이다, 그렇다면 레닌이 아니라 모택동한테서 배워야 하는 것이 아니냐, 뭐, 그런 말을 한 적이 있어. 그러나 난 레닌도 모택동도 아니야. 이제 슈람이야."

"슈람이 누구야?"

"현대언론학을 체계적으로 정리한 학자."

"에이, 시시해."

현중이 불쑥 화두를 돌렸다.

"형, 돈 있어? 배가 고파."

영운은 호주머니에서 지갑을 꺼냈다.

"야, 형이 지갑을 지니고 있다니, 사람 팔자 시간문제네."

영운이 지갑을 여는데 현중이 지갑을 통째로 낚아챘다. 지갑안의 돈을 몽땅 꺼내더니 제 호주머니에 쏙 넣었다.

"야, 그거 공금이야."

"알았어. 공적인 데 쓸게."

현중은 영운에게 빈 지갑을 훅 던지고는 내빼듯이 연구소를 나갔다.

영운이 현중을 다시 본 것은 며칠 뒤였다. 연구소가 들어 있는 건물 앞의 민주광장에 학생들이 모여 있었다. 3선 개헌 반대 데모 이후 학생들은 소운동장을 민주광장으로 바꿔 불렀다. 모인 학생이 2천여 명 가까이 될 성 싶었다. 그 학기부터 교련교육을 대폭 강화했는데, 그걸 반대하는 집회였다.

학생들은 이 집회에서 투위(교련반대투쟁위원회) 결성을 박수로 의결했다. 그전까지 총학생회가 교련 반대운동을 주도했는데, 운동권이 전면에 나선 것이었다. 그 핵심이 현중이었다. 그렇잖아도 목소리가 큰데 그가 마이크까지 들고 우렁차게 선언문을 읽었다. 교련은 대학의 침묵을 강요하는 재갈이다. 대학이 침묵하면 파쇼 총통독재가 온다. 나라가 파쇼체제로 가는 건 결사적으로 막아야 한다. 내가 살고자 하면 나도 죽고 나라도 죽지만, 내가 죽고자 하면 나도 살고 나라도 산다…. 사자후獅子吼였다.

말이 교련이지, 박정희 정부와 대학생들은 천하를 건 정치투쟁을 벌이고 있었다. 4월 27일에는 대통령 선거를 치를 것이었다. 야당의 김대중 후보는 "이번 선거에서 박정희 후보가 당선되면 총통제가 실시될 것"이라고 주장했다. 이미 총통제를 연구하는 비밀조직을 가동하고 있다고도 했다.

여당의 박정희 후보는 이 선거에서 "이번이 마지막이다. 다시는 국민에게 표를 달라고 하지 않겠다."고 공언했다. 더 이상 대통령에 출마하지 않겠다는 말이지만, 일부에서는 선거 없이 대통령을 뽑는 총통제로 가겠다는 말로 비틀었다.

학생들은 박정희 후보가 당선되면 민주주의가 조종을 울릴 것이라고 믿었다. 여당은 용공분자들이 루머를 퍼트려 자유민주주의 체제의 근간을 흔들고 있다고 몰았다. 학생들은 교련 반대운동이야말로 박정희 후보의 당선을 막아 총통제를 미연에 좌절시키기 위한 것이어서 총력을 쏟았고, 정부 여당으로서는 정권 연장을 위해 학생들의 저항을 꺾어놓으려고 결연하게 대응했다.

경찰은 매우 강경했다. 전에는 학생들이 거리로 나오면 교정으로 밀어넣으면 그만이었는데 이번에는 달랐다. 교내까지 쫓아와 주동자나 적극 가담자를 붙잡았다. 그날 경찰은 학생 40여 명을 잡아갔다. 교정에서 한 여학생을 질질 끌고가기도 했다. 이 사태는 학생들의 강한 반발을 불렀다. 여학생회가 별도의 집회를 열었다. 단과대 학생회별로도 규탄집회를 열었다.

며칠 뒤에 투위 주도로 대운동장에서 열린 집회에는 학생들이 4천 명 가까이 모였다. 전교생이 거의 다 모인 셈이었다. 여학생

도 많았다. 여학생이 그렇게 대거 참여한 집회는 개교 이래 처음
이라고 했다.

학생들을 더욱 자극한 일이 벌어졌다. 헬리콥터가 캠퍼스 상공
을 빙빙 돌며 최루탄을 떨어뜨렸다. 이건 학생들 문자로 '신성한
학원을 제압하려는 무자비한 폭거'였다. 학생들은 '민주주의 최
후 보루인 대학을 지키기 위해 총궐기해야 한다.'고 각오를 다졌
다. 사태가 걷잡을 수 없는 상황으로 치달았다.

기자들이 학교로 몰려들었다. 그들 입에서 휴교령이라는 말
이 흘러나와 쫙 퍼졌다. 새로 K대를 출입하는 D신문의 L기자는,
4월 중순에 휴교령을 내리면 그 학기의 법정 수업일수를 맞출 수
없어 전교생이 유급하는 비상사태가 생길 것이라고 했다. 그렇잖
아도 정부에서 어느 대학엔가 본때를 보이려던 참인데 K대가 잘
못 걸려들었다는 것이었다.

A교수가 영운을 불렀다. 그 무렵에 A교수는 총장의 측근으로
꼽혔다.

"유현중이가 전에 연구소에 왔던 그 학생이지?"

"예. 그렇습니다."

"이제 데모 그만하라고 해. 학교가 크게 당할 것 같아."

"학생들이 현 상태에서 데모를 중단하기는 어려울 겁니다. 그러
나 전술적으로 강약이나 완급을 조절할 필요는 있을 것 같습니다."

"어쨌든…, 경찰과 학생이 이렇게 강대강으로 맞붙으면 감당할 수 없는 일이 날 수 있어. 유현중이를 만나서 잘 얘기해봐."

현중을 만나야겠다고 생각하고 있는데, 이튿날 오후에 현중이 연구소로 왔다.

"형. 오랜만이야. 형이 준 돈으로 준비모임도 하고, 플래카드나 유인물도 만들고…. 공금은 내가 공적으로 잘 쓴 거지?"

"내가 줬니? 니가 훔쳐갔지."

현중이 호쾌하게 웃었다. 영운이 말을 이었다.

"사태가 엄청 커졌잖아?"

"그렇지? 이제 어떡해야 해?"

"완급을 조절해봐. 3선 개헌 반대 데모를 할 때 충수가 그걸 잘했어."

현중이 공감했다. 영운은 그것으로 결론이 났다고 판단했다. 그러나 돌발사태가 났다. 학생 셋이 화급하게 연구소로 몰려왔다. 그중 하나가 큰소리로 말했다.

"경찰이 또 교정에 몰려들어와 학생들을 마구 잡아가고 있어. 빨리 대강당으로 가. 대책회의를 열기로 했어."

학생들은 현중을 앞세우고 연구소를 나갔다. 대강당에서 학생들이 공개적으로 대응방안을 토론하는 동안에도 경찰은 구내에서 마구잡이로 1백여 명 이상을 끌고갔다. 학생들은 좌시해서는 안 된다고 입을 모았다. 곧 격렬한 시위가 벌어졌다. 학생들이 던진 돌 때문에 학교 앞 거리에 버스가 다니기 어려울 지경이었다.

이틀이 지난 뒤 현중이 연구소로 영운을 다시 찾아왔다.

"학생들이 너무 나가는 거 아냐?"

"통제가 안 돼. 경찰이 그렇게 만들었어."

"그러나 휴교령 이야기도 나오고⋯. 심상치가 않아."

"그렇지? 이쯤에서 출구전략을 세워야겠어. 내 역할은 어차피 대통령 선거까지로 한정될 수밖에 없어."

불가피한 선택이었다. 대통령 선거가 끝나면 선거 결과에 따라 운동의 방향이 달라질 수밖에 없고, 그 뒤로는 새로운 리더십이 필요할 터였다.

학생시위는 마치 총장과 현중이 짜맞춘 것처럼 마무리되었다. 대통령 선거를 일주일 앞둔 4월 20일에 총장이 학생들의 데모 중지를 호소하고, 아울러 학원자유 보장을 촉구하는 담화문을 발표했다. 학생들은 총장이 정부와 여당에 대해서도 할 말을 한 점을 높이 샀다. 현중은 곧 방향을 틀었다. 투위는 학생들에게 투표에 참여하기 위해 고향으로 내려가라고 촉구했다. 교련 반대운동은 그렇게 하여 한 장을 접었다.

선거는 박정희 후보의 승리로 끝났다. 김대중 후보는 서울 장충단공원 유세에 1백만여 명의 청중을 모으는 등 '바람 선거'를 통해 기대 이상의 성공을 거두었다. 특히 후반의 기세가 무서웠다. 그러나 여당의 박 후보를 꺾는 데는 역부족이었다. 서울에서는 김대중 후보가 40만 표 가까이 이겼지만, 인구가 많은 영남 유권자의 압도적 지지를 바탕으로 박정희 후보가 6백34만 표를 얻어 당선했다. 김대중 후보는 5백39만 표로, 표 차는 95만 표를 조금 밑돌았다. 박정희 후보를 떨어트리고 싶었던 학생들에게는 말 그대로 잔인한 4월이었다.

쓰나미

대학원 1학기가 거의 끝난 6월 어느 토요일이었다. 영운에게는 풀어야 할 숙제가 있었다. 윤희 문제였다. 전에 윤희가 '내년 이맘때' 우연히 서울 어느 거리에서 만나자고 했는데 시간이 다 찬 셈이었다. 윤희가 전에 전화를 하겠다고 했지만 기다리고만 있을 수는 없었다. 영운은 다시 명륜동으로 가서 전화를 걸었다. 아직 들어오지 않았다고 했다. 오후 6시가 조금 지난 시각이었다.

영운은 중식당으로 가서 2층 창가에 앉았다. 골목 풍경이 한눈에 들어왔다. 짜장면을 시켜 먹은 뒤에도 한참을 거기에 앉아 있다가 밖으로 나가 부근을 거닐었다.

밤 10시가 가까워서야 윤희가 큰길에서 골목으로 접어들었다.

1년 전과 마찬가지로 커피색 반코트를 입고 있었다. 영운이 다가갔다. 고개를 숙이고 걸어오던 윤희는 영운의 바로 앞에 다가와서야 영운을 보고 걸음을 멈추었다.

"딱 1년 만에 우연히 서울 어느 거리에서 만나네요."

영운이 씩 웃었다.

"어디 가서 차나 한 잔 해요."

"전에 갔던 제과점으로 갈까요?"

제과점엔 불이 꺼져 있었다. 영업시간이 지나 문을 닫은 것이었다.

"가까운 곳에 다방이 있던데…."

윤희는 고개를 저었다.

"밤이 늦었어요. 제가 학교로 전화할게요."

영운은 그냥 물러설 수 없었다.

"전화한다는 말, 전에도 했잖아?"

반말이 튀어나왔다. 윤희가 눈을 치켜떴다. 영운이 다그쳤다.

"나하고 조금만 걸어."

윤희가 상긋 웃었다.

"엄마한테 10시까지 들어가겠다고 했어. 내가 꼭 전화할게에."

윤희는 '전화할게'에 '에'를 붙여 살짝 올렸다. 높임말을 쓸 때는 '전화할게요오'하는 식이었는데…. 윤희의 그 말에 영운은 속이 반쯤 풀렸다.

"그럼…. 기다릴게."

학기가 끝나고 여름방학이 시작되었는데도 윤희는 전화를 걸어오지 않았다. 마음속에서 슬그머니 의문 하나가 고개를 들었다. 열 번 찍어 안 넘어가는 나무 없다지만, 열 번 찍을 필요가 있는 나무는 있을까? 그래. 전화는 기다리되, 이제 더 이상은 전화를 걸지도 찾아가지도 않는 거야.

2학기가 시작되었다. 영운은 일주일에 두어 번쯤은 오후에 광화문의 미 문화원 도서실에서 학술지를 찾아 읽었다. 공부에 맛을 들이면 알지. 그 맛이 얼마나 달콤한지. 언젠가 B 교수가 한 말이었다. 그 무렵에 영운은 그 말을 실감하고 있었다.

영운은 마음이 편한 세월이 이어지는 것이 왠지 낯설게 느껴졌다. 또 무슨 좋지 않은 일이 나를 기다리고 있는 것은 아닐까? 사서 걱정을 하는 것인지 모르지만, 불현듯이 그런 생각이 들곤 했다.

10월 4일 오후 3시쯤이었다. 영운이 미 문화원 도서실에서 책을 읽다가 자리에서 일어나 허리를 젖혀 피로를 풀고 있는데, 서클 후배 상윤이 입구로 들어와 손짓했다. 현중이 강제 입영을 당한 뒤 그가 학생들 배후에서 교련 반대 데모를 지휘하고 있었다. 밖으로 나가자 상윤이 말했다.

"형 하숙집에 갔더니 형이 없어서 이리 왔어. 하숙집에서 기다
릴까 했지만 형이 딴 데로 가버릴지도 모르겠고…. 그런데, 내가
한 가지 물어도 돼?"

"뭘?"

"전에도 몇 번이나 묻고 싶었는데… 왜 여기서 공부하는 거야?"

"미국에서 나오는 언론학 학술지나 이론서를 여기만큼 갖춘 데
가 없어."

"그건 알겠지만…, 전에 원호 형도 말했잖아? 사실 난 여기가
껄끄러워. 미제 전진기지잖아."

그런 말을 하다니 너도 제법 컸구나. 그러나 영운은 그 말을 꿀
꺽 삼켰다.

"나한테는 이 도서실이 유용해."

영운은 다른 일을 따지는 것으로 말머리를 돌렸다.

"너, 며칠 전에 우리 하숙집에서 내 점심 먹고 갔지?"

"배가 고파서 형한테 갔는데 형이 없었어."

"밥이 떨어졌다고 해서, 나는 음식점에 가서 사 먹었어."

상윤이 기다렸다는 듯이 본론을 꺼냈다.

"형, 지금도 배고파. 점심도 못 먹었어. 돈 내놔."

영운은 지갑을 꺼냈다. 여남은 끼는 걱정하지 않을 정도의 돈
이 들어 있었다. 차비만 남기고 다 주었다.

"더 줘. 나 혼자가 아니야."

현중에게 지갑을 털린 뒤로는 공금을 지니지 않아 수중에 더 이상은 돈이 없었다. 텅 빈 지갑을 보여주자 상윤이 말했다.

"시계 풀어."

영운은 손목시계를 건넸다.

"형이 학교 앞 전당포에서 찾아."

영운이 상윤에게 물었다.

"데모는 계속 하는 거야?"

"해야지. 여기서 그치면 총통제로 가."

"너무 질질 끌면 학생들이 피로감을 느끼지 않겠어?"

"마당굿 같은 것도 생각하고 있어."

상윤은 씩 웃고는 버스정거장으로 갔다. 그날 상윤은 집이 아니라 학교로 돌아갔다. 교련 반대 데모를 주동하는 학생 몇이 그 며칠 전부터 학생회관 휴게실에 밤낮으로 진을 치고 있었다.

몇 시간이 지난 뒤에 해괴한 일이 벌어졌다. 5일 밤 1시 30분께 수경사(수도경비사령부) 소속 헌병 30여 명이 군 트럭 석 대와 지프차 한 대에 나눠 타고 K대로 들어갔다. 그들은 학생회관으로 가 4층 휴게실 소파에서 새우잠을 자고 있던 학생 다섯 명을 수경사로 연행했다. 상윤을 비롯해 재근 승규 승옥 강일 등 모두 서클 후배였다. 현역 군인들이 대학에 몰려가 학생을 잡아간 것은 엄연한 위법이자 전례가 없는 일이었다.

수위는 처장에게, 처장은 총장에게 보고했다. 한밤중에 총장과 처장들이 학교로 나왔다. 총장은 문교부 장관에게 전화를 걸어 항의했다. 결국 수경사에서는 오전 7시까지 학생들을 성북서에 인계하겠다고 학교에 통보했다. 학교에서는 수경사의 제의를 거부했다. 수경사는 학생들을 학교에 인계하겠다고 수정 제의했다. 학교는 난감했다. 학생들을 학교로 보낼 경우, 만약 이들이 학교를 빠져나가면 경찰이 체포할 것이고, 학교를 나가지 않으면 이들이 다시 데모현장을 이끌 것이었다. 결국 군과 학교당국은 학생들을 총장 자택으로 보내기로 합의했다.

다섯 학생을 맞은 총장은 그들에게 아침을 먹이며, 학교로 가지 말고 집으로 돌아가 푹 쉬라고 신신당부했다. 총장은 경찰이 잡아갈까 봐 학교 운전사더러 학생들을 차에 태워 큰길까지 가서 내려주게 했다. 다섯 학생은 뿔뿔이 흩어졌다가 다시 만났다. 그들이 내린 결론은 결코 덮어둘 일이 아니라는 것이었다.

그들은 이튿날 학교로 들어가 대자보를 써 붙였다. 대강당에 학생들이 가득 모였다. 군인들에게 붙들려간 다섯 학생 가운데 매를 가장 많이 맞은 재근이 강단에 올라가 뒤돌아서서 바지를 내렸다. 학생들이 일시에 우, 하고 비명을 질렀다. 군인들에게 두들겨 맞아 엉덩이와 허벅지, 종아리가 피멍투성이였다.

학교는 벌집을 쑤셔놓은 꼴이 되었다. 교련 반대운동이 오래 지속되어 학생들의 피로감이 높아지자 주동자들은 마당극을 준비하고 있었는데, 결과적으로 수경사 군인들이 그걸 대신해준 꼴이었다.

7일에 학생들은 대강당에 모여 비상총회를 열었다. 총회는 격렬한 가두시위로 이어졌다. 군인들의 대학 난입을 규탄하고 교련을 거부하는 집회와 시위가 다시 전국의 대학가로 번졌다.

며칠이 더 지났을 때였다. 윤희가 영운에게 전화를 걸어왔다. 정확하게 말하자면, 금요일인 15일 낮 12시 40분께였다.

"아저씨, 나야."

목소리가 맑았다. 영운의 마음 안에서 윤희에 대한 불만이 자라고 있었는데, 윤희의 맑은 반말 한 마디에 모든 불만이 안개처럼 걷혔다. 윤희가 마음을 열었다고 느낀 그 순간에, 영운의 마음도 활짝 열린 것이다. 영운은 다짜고짜 제의했다.

"우리, 만나."

"좋아."

"내일 어때?"

"내일은 다른 일이 있어."

"모레는?"

"좋아."

"그럼, 모레 저녁 6시에 만나."

"좋아."

"모레 17일 일요일이야."

"알았어."

"그런데…, 어디서 만나지?"

"아저씨가 정해."

"단성사 어때? 요즘 거기서 영화 괜찮은 거 해."

"좋아."

그때 그 극장에서는 더스틴 호프만이 주연으로 나온 '작은 거인'이라는 영화를 상영하고 있었다. 백인이면서도 인디언 샤이엔족의 일원으로 자란 잭 크랩Jack Crabb이 캠프를 습격한 기병대에 의해 백인세계로 가지만, 우여곡절 끝에 자신을 키워준 샤이엔족과 재회하여 진정한 인디언으로 살아간다는 이야기였다. 영운은 잭의 원래 자리가 어디인지 모르지만, 어쨌든 돌아간다는 메시지가 의미 있을 것이라고 생각했다. 영운이 물었다.

"그 근처에 아는 다방 있어?"

"없어. 그냥 극장 매표구 앞에서 만나."

영운이 정리했다.

"모레 17일 일요일 저녁 6시, 단성사 매표구 앞이야."

윤희가 영운의 말투를 흉내내 복창했다.

"모레 17일 일요일 저녁 6시, 단성사 매표구 앞이야."

둘은 함께 크게 웃었다. 예전에 윤희가 신년 계획을 말했을 때 영운이 똑같이 되풀이한 것이 생각나서였다. 전화를 끊었지만 윤희의 맑고 밝은 웃음소리가 귀에 생생했다.

영운은 윤희와 영화를 보는 데서 그칠 생각이 아니었다. 어정쩡한 관계가 아니라 확실한 관계로 바꿔둘 필요가 있었다. 물론 그때까지만 하더라도 영운은 그에게 태풍이 밀려오고 있다는 것을 알지 못했다. 그건 태풍이라기보다 쓰나미였다.

영운은 윤희와 통화를 마치고 B 교수 연구실로 갔다. 오후 1시부터 강의가 있었다. 수강생이 둘이기 때문에 교수 연구실에서 강의를 했다. 그날은 아나운서 대학원생이 발표할 차례였다. 아직 그가 보이지 않아 불안했는지 B 교수가 영운에게 물었다.

"자네, 과제물 다 읽었지?"

"예."

"오늘도 자네가 발표를 해야 할지 모르겠네."

"대비하고 있습니다."

영운이 원서 교재를 간추린 노트를 살피고 있는데, B 교수가 벌떡 일어섰다. 덩달아 영운도 일어섰다. 교문 안으로 군 장갑차가 떼지어 들어오고 있었다. 군인을 태운 트럭들이 장갑차의 뒤를 따랐다.

B교수와 영운이 놀라 눈을 크게 뜨고 내다보는데, 뜻밖의 사태가 벌어졌다. 학생들이 우르르 장갑차로 달려들었다. 군대에 다녀온 학생들은 장갑차라는 게 겁을 줄지언정 민간에게는 장난감총만도 못 하다는 것을 알고 있었다. 장갑차에 뛰어오른 학생들이 덮개를 열고 운전병을 마구 때렸다. 장갑차 대오가 금방 흐트러졌다. 장갑차가 축대를 들이받는가 하면 장갑차끼리 부딪치기도 했다. 구경하던 학생들이 와, 하고 소리쳤다. 개선의 환호였다.

그러나 전세는 곧 역전되었다. 트럭에서 군인들이 뛰어내렸다. 군인들은 학생들을 군봉軍棒으로 닥치는 대로 후려쳤다. 학생들이 뿔뿔이 흩어졌다. 군인들은 교정에 있는 학생들을 여학생을 빼고는 예외 없이 붙잡았다.

"오늘은 수업이 어렵겠어."

B 교수가 상기된 얼굴로 바로 옆에 있는 A 교수 연구실로 갔다. 영운은 교수 연구실을 나와 연구소로 갔다. 곧 전화벨이 울렸다. 건물의 큰수위였다. 건물 수위가 둘이었는데 학생들은 나이든 수위를 큰수위, 젊은 수위를 작은수위라고 불렀다. 목소리가 다급했다.

"영운 학생, 빨리 피해. 방금 군인 두 놈이 잡으러 올라갔어."

"아니, 왜요?"

"내가 그걸 어떻게 알아. 빨리 피해."

밖으로 나가다가는 복도에서 군인들과 마주칠 게 빤했다. 1층에서 3층 끝의 연구소까지는 거리가 있어 다행이었다. 영운은 연구소 문을 잠근 뒤, 책상 옆에 있는 보조책상을 돌려 벽에 붙이고 그 안에 숨었다. 앞과 좌우 3면을 바닥까지 베니어판으로 두른 것으로, 책상 위에는 책과 자료가 쌓여 있었다. 군화 발자국 소리가 들려왔다. 연구소 문을 열쇠로 따고 누군가가 안으로 들어왔다. 영운은 숨을 죽였다.

"아무도 없잖아요?"

작은수위 목소리였다. 군인 둘이 차례로 말했다.

"이 새끼, 어디 갔지?"

"이미 빠져나간 거 아냐?"

수위가 말했다.

"오늘 못 본 것 같다니까요."

거짓말이었다. 점심을 먹고 건물로 들어올 때 그와 눈이 마주쳐 인사를 했었다. 군인 둘이 돌아서 나가는지 군화 발자국 소리가 들리고, 문이 닫히는 소리가 났다. 군화 소리가 멀어져갔다. 영운은 숨을 크게 내쉬었다. 그런데, 왜 나를 잡으려는 거지? 며칠 전에 A 교수가 한 말이 생각났다. 학교에서는 자네가 학생들을 조종한다는 거야. 주동자들이 자네 서클 후배들이어서 오해받을 만도 해.

영운은 보조책상 밑이 좁아 힘들었지만 밖으로 나가지 않고 견뎠다. 전화벨이 울렸다. 받을까 하다가 말았다. 그 뒤로도 몇 차례 전화가 왔지만 받지 않았다.

한 시간쯤 지났을까? 영운은 이제 괜찮겠지, 하고 보조책상에서 나가 일어섰다가 기겁을 했다. 학생회관 앞 운동장에 학생들이 무릎을 꿇고 엎드려 있었다. 학생이 1천 명이 훨씬 넘을 것 같았다. 찬찬히 보니 학생들은 무릎을 꿇고 두 손을 등 뒤에 올린 채 이마를 땅에 처박고 있었다. 군봉을 든 군인들이 학생들 사이를 오가며 학생들을 군봉으로 내려치기도 하고 군화로 짓밟기도 했다. 소총을 든 군인도 많았다. 아니, 대학에서 군인들이 이럴 수가 있나? 영운은 다시 보조책상 밑으로 들어갔다.

몇 시간이 그렇게 갔다. 어둑어둑해졌다. 누군가가 또 연구소 문을 땄다. 문이 열렸다가 닫히는 소리가 났다. 똑똑 책상을 노크했다.

"영운 학생. 나야. 나와."

큰수위 목소리였다. 영운은 책상을 밀치고 밖으로 나갔다. 큰수위가 빵 두 개를 내밀었다.

"이 씨 수위가 그러는데 보조책상이 돌려져 있더라고 하더군."

"…"

"나가면 안 돼. 밖에 군인들이 텐트를 치고 있어. 수경사 5헌병대 정예부대래. 경비가 삼엄해."

"전시도 아닌데, 대학에 군대가….."

"위수령을 내렸어."

"위수령? 그게 뭐예요?"

"계엄령하고 비슷한 거래. K대를 비롯해서 여덟 개 대학에 휴교령을 내렸어."

"아까 보니 학생들이 무릎을 꿇고 있던데 어떻게 됐어요?"

"다 수경사로 실어갔어. 잡혀간 학생이 천 8백 명이 넘는 모양이야."

"…."

"나라의 내일을 짊어질 학생들인데 마구 패고 짓밟고….."

"…."

"어쨌든 영운 학생은 꼭꼭 숨어 있어."

연구실을 나가려다 말고 수위가 돌아서서 말했다.

"불을 켜면 안 돼. 전화는 걸지도 받지도 말아. 도청될 우려도 있고, 방에 사람이 있다는 걸 학교 교환원이 알게 돼. 대소변 보려면 화장실을 이용해. 그러나 절대로 물을 내리지 마. 물은 낼 아침에 내가 내릴 거야."

그날 영운은 연구소 소파에 누워 꼬박 뜬눈으로 밤을 새웠다. 나라의 내일을 짊어질 학생들인데 마구 패고 짓밟고…. 그 말을 해놓고 일그러지던 수위의 얼굴이 자꾸만 눈앞에 어른거렸다.

이튿날인 16일 이른 아침이었다. 소파에 누워 있는데 복도 쪽에서 발자국 소리가 들려왔다. 영운은 얼른 보조책상 밑으로 들어갔다. 누군가 열쇠로 문을 열더니 안으로 들어와 문을 닫았다.

"영운 학생, 나야."

큰수위였다. 영운은 책상을 밀치고 나갔다. 수위가 빵 네 개를 건넸다.

"이거라도 먹어. 오늘도 여기서 지내야 할 것 같아."

"고맙습니다."

"밤에 춥지 않았나?"

"캐비닛에 담요가 한 장 있어서 견딜 만했어요."

"다행이구먼."

수위는 고개를 끄덕거리고는 영운에게 말했다.

"영운 학생 서클 지도교수인 K 교수가 전에 우리 수위들 노조 만드는 일을 많이 도와주셨어."

수위들이 노조를 결성하려다 실패했다는 이야기를 동세한테 들은 기억이 났다. 바로 큰수위가 핵심이었다고 했다.

"이번에 영운 학생의 서클 후배들이 주목을 받는 모양이야. 군인들이 눈에 불을 켜고 지도교수인 K 교수를 찾았어. 다행히 직원들이 K 교수를 학교 대형금고에 넣어 트럭에 싣고 나가 피신시켜드렸어. 영운 학생도 잡히면 안 돼."

수위가 나간 뒤, 영운은 조금 고개를 들어 밖을 내다보았다. 여기저기 군 막사가 들어서 있고 군인들이 이리저리 오가고 있었다. 학생들은 전혀 보이지 않았다. 그날도 영운은 책상 밑과 소파를 오가며 하루를 견뎠다. 몇 차례 전화벨이 울렸지만 받지 않았다.

사흘째인 17일 새벽에 큰수위가 다시 연구소로 올라왔다. 수위는 이번에는 빵 세 개와 건빵 세 봉지를 주고 나갔다. 영운은 다시 보조책상 밑으로 들어갔다. 간밤에 제대로 자지 못해선지 잠이 쏟아졌다.

자다 깨다 하다가 정신을 차려 시계를 보니 오후 3시였다. 윤희와 6시에 만나기로 했는데 난감했다. 윤희를 꼭 만나야 하는데…. 그러나 연구소를 나가는 것은 붙잡아가라는 것 이상도 이하도 아니었다. 구내전화는 도청 된다니까, 못 간다고 윤희에게 알릴 방법도 없었다.

돌다방에서 만나기로 약속해놓고 가지 않은 일이 생각났다. 그럼 이번에 윤희는 다방도 아닌, 극장 매표구 앞에서 또 얼마나 오랫동안 나를 기다릴까? '옹이에 마디'라고 하더니, 왜 이렇게 꼬이는 걸까?

두더지와 기러기

연구소에서 숨어 지낸 지 나흘째가 되는 18일이었다. 영운은 아침 일찍 수위실로 내려갔다. 큰수위가 자리를 지키고 있었다.

"아저씨. 어떻게든 밖으로 나가야겠어요."

수위가 고개를 끄덕였다.

"내가 생각해도 연구소에서 마냥 지낼 수는 없을 것 같아. 군인들은 금방 나가는 게 아닌가 봐. 일주일이 걸릴지 한 달이 걸릴지 모른다는 거야."

"방법이 없을까요?"

"밤에 뒷산으로 나가기도 하는 모양인데 다 붙잡혀. 군데군데 군인들이 지키고 있거든. 나가려면 낮에 정문으로 나가는 수밖에 없어. 도 아니면 모야."

큰수위가 철제 캐비닛을 열더니 수위 유니폼과 모자를 꺼냈다.

"이걸로 갈아입어."

영운은 수위복으로 갈아입고 모자를 썼다.

아까부터 전기곤로에 얹은 주전자에서 물이 끓고 있었다. 큰수위가 주전자 대신 냄비를 곤로에 얹더니 끓는 물을 냄비에 붓고 라면 두 개를 쪼개 넣었다. 라면이 끓자 큰수위가 나무젓가락을 내밀었다. 둘이 쪼그리고 앉아 라면을 먹는데 군인 하나가 유리창을 쿵쿵 두드렸다. 영운은 가슴이 철렁했다.

"식사하세요?"

"…"

"맛있게 드세요."

그뿐이었다. 군인은 화장실에 가는 모양이었다. 큰수위가 말했다.

"고개 처박고 먹어. 또 지나갈 거 아냐?"

군인은 큰일을 보는지 얼른 돌아오지 않았다. 큰수위가 말했다.

"나 하라는 대로 해. 군인이 나오면 나하고 같이 여길 나가는 거야. 헌 걸렛대가 10여 개 있는데 그걸 양쪽 어깨에 나눠 메."

몇 분 뒤에 군인이 수위실 안을 흘깃 보고는 지나쳤다.

"빨리 나가자고."

큰수위가 앞장 서 수위실을 나갔다. 영운은 걸렛대 열두 개를

둘로 나누어 양 어깨에 멨다. 군인이 뒤를 돌아다보았다. 큰수위
가 말했다.

"밀걸레를 갈아야 해요."

"아침부터 수고가 많으시네요."

큰수위는 군인과 몇 마디를 더 주고받았다. 다른 군인들이 힐
끗 그들을 쳐다보았다. 그러나 수위복을 입은 영운에게 별다른
신경을 쓰지 않았다. 군인은 텐트 막사로 들어가며 큰수위에게
인사했다.

"아저씨, 수고하세요."

"군인 아저씨도 수고해요."

플라타너스 언덕의 돌벤치에 앉아 '두꺼비'가 담배를 피우고
있었다. 학교를 출입하는 중앙정보부 요원이었다. 영운은 오금이
저렸다. 그가 일어서지 않는 것으로 보아 알아채지 못한 것이 틀
림없었다.

군인 둘이 정문을 지키고 있었지만 영운을 눈여겨보지 않았다.
큰수위와 영운은 무사히 교문을 나갔다. 곧 버스가 왔다. 영운이
먼저 버스에 올랐다. 큰수위도 뒤따랐다. 큰수위가 눈짓을 보내
더니 신설동 버스정거장에서 내렸다. 영운도 뒤따라 내렸다.

"걸렛대 내려놔."

시키는 대로 했다. 큰수위가 정색을 했다.

"난 이전에 탄광 노동자였어. 막장에서 일했지. 일 잘한다고, '대짜 두더지'라는 별명도 얻었어."

"…."

"몸에 이상이 생기니까 좀 편한 데서 지내라고 봐주더니, 노조 간부가 되니까 나가라고 하더군. 난 신병 때문에 힘든 일 못 해. 수위마저 잘리면, 우리 가족 다 굶어 죽어."

수위는 밥줄을 걸고 영운을 돕고 있었다.

"염려마세요."

"집이 어디야?"

"보문동 독서실에서…."

큰수위가 턱으로 반대편을 가리켰다.

"용두동 쪽으로 가. 돌아보지 말고, 뛰지 말고, 천천히 걸어."

영운은 개천을 따라 걸었다. 걸렛대는 이제 큰수위가 메고 갈까? 그러나 영운은 돌아보지 않았다.

어디로 가지? 먼저 떠오른 곳이 남대문 꽃가게의 주대운이었다. 그러나 전에 대운에게 신세를 진 사실은 주변 친구들 사이 선 이미 비밀이 아니었다. 그래. 일단 버스정거장으로 가서 아무 버스나 타고 차분하게 생각해야겠어. 그런데, 이 상태에서 윤희를 만날 수는 없고…, 어디 안전한 곳으로 간 뒤에 윤희한테 전화를 해야겠구먼.

영운은 큰길로 나갔다. 시내가 아니라 외곽 쪽으로 가는 것이 좋을 것 같았다. 건너편에 버스정거장이 있었다. 영운은 횡단보도를 건넜다. 도봉동 가는 버스가 왔다. 경동시장 쪽으로 돌아가는 노선이어서 차 안에 K대 학생이 없을 것이었다.

영운은 버스에 올랐다. 맨 뒤쪽 긴 의자에 덩치가 큰 청년이 앉아 있었다. 중학교 동창 백철인과 닮아 보였다. 두어 달 전에 철인을 만났는데, 미아리 어딘가에서 연탄가게를 한다고 했다. 수첩을 뒤적였다. 다행히 전화번호가 적혀 있었다.

영운은 미아리 삼거리에서 버스를 내려 철인에게 전화를 걸었다. 그가 반색을 하며 가게로 오라고 했다. 가게가 있는 곳은 미아리가 아니라 송천동이었다. 긴 골목 초입에 철인의 연탄가게가 있었다. 영운이 수위복을 입고 있는 것을 보고 철인이 의아해 했다.

"아야, 니가 뭔 수위 옷을 입고 있냐?"

"너 도우려고 학교 수위한테 빌려 입고 왔다."

"오메. 참말로 고맙다야."

철인이 가슴을 쫙 폈다.

"빈손으로 올라와서 이렇게 자리 잡았은께 나도 성공해부렀지, 잉?"

"물론이지, 장하다. 그런데 넌 서울 온 지 꽤 됐을 텐데 사투리가 여전하구나."

"연탄 배달하는 놈이 서울말 쓰먼 되겠냐? 난 역부러 촌 사투리를 막 써분다. 단골들이 놀리기도 함시로 좋아도 한단 말이다."

영운과 철인은 중학교를 졸업하기 직전에 함께 유기정학 처벌을 당했다. 그때 학교에서는 고교 진학반 학생들에게만 집중학습을 시키고, 진학하지 않을 학생은 자습을 하게 했다. 둘은 진학을 포기한 상태여서 날마다 교실에서 자습을 했다.

비진학반 학생들의 자습태도가 좋을 리 없었다. 어느 날 학생들이 심하게 떠들자, 담임선생이 와서 목소리가 큰 철인을 불러내 뺨을 때렸다. 한두 차례가 아니었다. 철인의 코에서 피가 터졌다. 피를 보자 영운이 벌떡 일어서서 소리쳤다.

"그만 때리시오."

선생이 영운을 노려보았다. 아랑곳하지 않고 영운이 소리 질렀다. 소리가 저절로 배에서 치고 올라왔다.

"진학하지 않는 우리한테는, 이번 학기가 교육받는 마지막 기회 아닙니까? 그렇다면, 우리한테 사회생활을 어떻게 해야 쓸 것인지 가르쳐줘야 합니다. 그렇게는 못 할망정, 우리를 이렇게 내부러놓고, 떠든다고 패다니 말이 됩니까? 진학할 놈만 사람입니까?"

선생이 영운을 앞으로 불러냈다. 영운은 당당하게 걸어나갔다. 선생이 주먹질을 하고 발길질도 했다. 영운은 꼿꼿하게 서서 고개를 세우고 피하지 않고 맞았다. 코피가 났지만 닦지 않았다. 더 때리려 하자 철인이 가로막았다. 소리가 벽력 같았다.

"때릴라면 나를 때리시오, 잉."

선생은 주먹질 발길질을 멈췄지만 분이 풀리지 않았는지 철인과 영운에게 2주일 유기정학 처벌을 맞게 했다.

비진학반 학생들이 일제히 등교를 거부한 데다, 철인의 아버지가 교장실에 다녀가자, 학교에서는 나흘 만에 부랴부랴 징계를 풀었다. 젊을 적에 소문난 장사였던, 6척 장신에 2백 근짜리 거구인 철인의 아버지는 교장실에 들어가 중절모를 벗고 정중하게 인사를 차리고 나서, 눈을 감은 채 단 한 마디도 말하지 않고 10여 분 동안 조용히 서 있다 나왔다고 했다.

영운은 저녁 늦게까지 연탄가게에서 철인을 거들었다. 손님이 오면 맞이하고, 연탄을 날라 철인의 지게에 얹어주고, 철인이 손수레를 쓸 경우에는 손수레를 밀었다. 손은 물론 얼굴까지 연탄 범벅이 되었다.

"니가 겁나게 좋은 대학에 들어가서 사람이 달라질 줄 알았는디, 하나도 안 변해서 기분이 참 좋다야. 우리는 중학교 때 한꾼에 정학 맞은 형제 아니냐? 나도 코피 터져뿔고, 너도 코피 터져뿔고…. 피를 본 우정인디 우리가 변하면 쓰겄냐? 오늘 내가 너를 풀코스로 대접해불란다."

목욕을 하고 나서, 중국집에서 탕수육을 먹고, 술도 한 잔 하고, 마지막으로 자기 셋방에 가서 하룻밤을 함께 지내자는 것이었다.

철인의 말대로 풀코스 대접을 받은 이튿날이었다. 영운의 머리맡에 속옷은 물론 셔츠와 바지에 점퍼까지 놓여 있었다. 영운이 입고 간 수위복은 주인아주머니가 빨아 널었다고 했다. 철인이 입던 옷이라 영운에게는 컸지만 가릴 일이 아니었다.

"내가 입고 온 수위복은 버리지 말아라. 뒤에 와서 또 입어야 하니까."

"말이라도 참말로 고맙다."

"니 옷은 내가 입고 갔다가 다음에 돌려줄게."

"너한테 쪼까 크다만, 니가 쭉 입어부러도 되아야."

철인은 가게에 나가야 한다고 했다. 영운도 따라나섰다. 아예 며칠 더 철인의 집에 머물 것인지, 아니면 도피자금을 얻어 다른 데로 갈 것인지 판단이 서지 않았다.

"넌 학교에 가야 쓰지? 보낼라고 한께 겁나 서운하다야."

"나도 마찬가지야. 여기 며칠 더 있을까?"

"그랄레? 그라먼야 나는 무지무지 신이 나불제."

그때 누군가가 뒤에서 영운의 점퍼 뒷덜미를 움켜잡았다. 학교를 출입하는 성북서 형사 '기러기'였다.

"얀마. 너 제정신이냐?"

철인이 영운을 보며 끼어들었다.

"이 사람 누구냐? 내가 딱 한 방에 보내불까?"

'기러기'가 철인을 제치고 말을 이었다.

"우리한테 붙들리면 따귀 몇 대 맞고 군대 끌려가면 끝이야. 그러나 지금은 달라. 군인들이 널 잡으려고 안달이 났어. 걔들한테 붙들리면 넌 죽어. 매 맞아 골병들고, 깜방 살아."

'기러기'가 덜미를 놓았다.

"나 출근 중인데, 널 여기서 봤다고 서에 전화해서 형사들 풀 수밖에 없어. 빨리 먼 데로 튀어. 아주 먼 데로."

영운은 철인을 흘깃 보고는, 뒤도 돌아보지 않고 뛰었다. 3선 개헌 반대 데모를 할 때 '기러기'가 그에게 한 말이 생각났다. 얀마, 넌 기자 아니면 교수 할 놈이잖아? 이제 적당히 데모에서 손 떼. 데모 주동은 국회의원 비서 할 놈이나 하는 거야. 널 아끼기 때문에 하는 말이야.

국화 앞에서

영운은 큰길까지 뛰었다. 극장 옆에 있는 다방에 들어가 커피를 시키고 나서 지갑을 열었다. 백 원짜리 세종대왕 지폐 서너 장뿐이었다. 피신할 곳도 찾아야 하지만 그보다 먼저 도피자금을 구해야 했다. 돈을 얻기 위해 직접 돌아다닐 수는 없었다. 누군가 심부름을 해줄 사람이 필요했다.

가까운 곳에 누가 있을까? 서클 후배들은 자기 숨을 쥐구멍을 찾느라고 경황이 없을 터였다. 문득 며칠 전에 연구소에 들른 여학생 얼굴이 떠올랐다. 같은 학과 4학년 은진이었다. 미아리인가 수유리인가에 산다고 했다. 전화를 한 뒤 한 시간쯤 지나자 은진이 다방으로 들어섰다. 그렇잖아도 큰 눈을 크게 뜨고 그가 다가

250

왔다.

"최 선배. 수배 중이라고 들었어요."

영운은 놀라 주위를 둘러봤지만 그들을 주시하는 사람은 없었다. 수배 중이라는 걸 안다면 긴 말을 할 필요가 없었다. 영운은 삼선동 남이 누나의 집 약도를 그려주고 돈을 좀 얻어오라고 했다. 머뭇거리다가, 은진이 지갑을 열어 들어 있는 돈을 모두 꺼냈다.

"이것으로 부족한가요?"

애초에 은진을 불러낸 것이 적절치 않았다는 생각이 들었다. 은진에게 더 이상의 부담을 주어서는 안 되었다. 돈을 받아들었다.

"충분해요. 뒤에 갚을게요."

"…"

"우리가 여기서 만났다는 사실은 아무한테도 말해선 안 돼요."

"저도 그 정도는 알아요. 잡히지 마세요."

영운은 은진과 함께 다방을 나와 횡단보도 앞에 섰다. 일단 서울을 빠져나가야 해. 그래. 시외버스터미널로 가는 거야. 그러자면 길을 건너서 버스를 타야 했다. 마침 파란 신호등이 켜졌다. 영운은 은진에게 손을 들어 인사하고 횡단보도를 건넜다. 영운이 건너편 보도로 올라서는데 은진이 뛰다시피 빠른 걸음으로 횡단보도를 건너왔다.

"갈 데는 있어요?"

영운은 고개를 저었다. 은진이 무언가를 쓰더니 수첩 종이를 찢어 건넸다. 원주시로 시작되는 주소였다. 일산동 H고 정문 앞으로 가면 된다고 했다. 대안이 떠오르지 않았다.

시외버스로 원주에 간 영운은 꽤 먼 거리였지만 걸어서 H고 정문 앞까지 갔다. 주소지에는 은진의 이모가 살고 있었다.

"은진이한테 전화 받았어요. 들어와요."

방에 들어가 앉자, 이모가 물었다.

"그래…. 웬일이야?"

거짓말을 할 수는 없었다. 사실대로 털어놓고 덧붙였다.

"오해를 받고 있을 따름입니다. 당분간 피하면 됩니다."

이모의 대답은 뜻밖이었다.

"배후조종을 했건 안 했건, 정신 똑바로 박힌 젊은이 같구먼. 걱정 말고 여기서 지내요."

왜 은진이 이모의 주소를 적어주었는지 알 만했다. 그 이모는 지학순 주교가 있는 성당의 신도였다. 지 주교는 성직자의 표상으로 그 무렵에 민주화운동의 상징이었다.

이틀이 지난 뒤였다. 윤희에게 전화를 해야 했다. 영운은 초저녁에 2~3km를 걸어가 어느 골목 어귀에 있는 공중전화 부스로 들어갔다. 근자에 통화한 적이 있는 집에 전화를 삼가야 한다던 동세의 말이 생각났다. 도청을 당한다면 영운 자신이 붙잡힐 수 있지만, 그보다는 윤희가 귀찮은 일을 겪을 수도 있었다. 그러나 영운은 전화를 걸었다. 윤희 어머니가 전화를 받았다. 윤희가 집에 없다며 누구냐고 물었다. 영운은 친구라고만 말하고 전화를 끊었다.

그다음 날 밤, 영운은 며칠 전과는 다른 방향으로 3~4km를 걸어가 윤희 집에 전화를 걸었다. 윤희가 직접 받았다.

"윤희, 나야."

윤희가 아무 대꾸도 하지 않았다.

"또 약속을 지키지 못했어. 미안해."

윤희 반응은 뜻밖이었다.

"저한테… 더 이상 전화하지 마세요."

윤희가 전화를 뚝 끊었다. 목소리가 차디찼다. 아니, 이럴 수가 있나? 그러나 영운은 이내 고개를 끄덕였다. 서운하게 생각해서는 안 돼. 잘못은 또 약속을 어긴 나에게 있으니까. 서울 가면 내가 정식으로 정중하게 사과해야 해.

원주로 간 지 일주일쯤 지난 날 이른 아침이었다. 마당에 나갔더니 늙은 감나무 위에서 까치가 울어댔다. 영운의 등 뒤에서 은진의 이모가 말했다.

"까치가 노래하는 걸 보니 오늘 학생한테 귀인이 오려나 봐."

이런 처지에 놓인 나에게 귀인이 온다? 영운은 쓴웃음을 지었다. 그날 귀인 대신에 우편으로 학교 신문이 왔다. 은진이 부친 것이었다. 신문에 시가 실렸는데 빨간 볼펜으로 윤곽이 둘러져 있었다. 시인인 영문과 김종길 교수가 쓴 '국화 앞에서'라는 시였다.

한 떨기 국화꽃이여
너 앞에 지금 나는 할 말이 없다.
불붙던 쌀비아는
어느새 잿더미로 사위어가고
플라타나스도 반 넘어 잎이 졌는데
서릿발 싸늘한 이 아침을
홀로 늠름히 피어난 꽃이여
너 앞에 나는 목이 메인다
한 떨기 국화꽃이여
너를 아끼고 노래한 도잠陶潛과 두보杜甫
추사秋史와 창강滄江과 그리고
아, 우리의 지훈芝薰…
그들의 초속超俗과 우수와 영감과 기개
그들이 사랑한 시주詩酒의 의미를
의젓이 묵시하는 동양의 꽃이여
내 또한 술을 사랑하고
불의와 용렬을 미워하건만

내게는 돌아갈 전원도

유적流謫과 표박漂迫과 절규의 땅도 없어

다만 저 재로 사위어가는 쌀비아 꽃밭과

잎 지는 플라타나스의 빈 교정을

온 아침 넋 없이 바라보며

이 서릿발 속에서도 홀로 오히려 오만한

한 떨기 끼끗한 국화 앞에서

잠시 말을 잃고 목이 메일 뿐

15일부터 수경사 군인들이 학교에 주둔했는데, 김 교수는 군인들이 야영하는, 학생이 없는 텅 빈 교정에서 국화를 보며, 모든 것을 다 팽개치고 어디론가 떠나고 싶은 마음을 달래며 이 시를 썼을 것이었다.

아, 우리 시대에, 우리 학교 교수가 다시 국화 명시를 한 수 보태는구나. 영운은 만약 이 시를 읽지 않았다면 위수령 사태의 절반밖에 경험하지 못한 것이라는 생각이 들었다. 영운은 목이 메었다.

7

절대비밀

아버지

11월이 중순에 접어든 어느 날 오후였다. 영운이 피신하고 있는 원주로 은진이 전화를 걸어왔다. 그날 학교로 가 A 교수를 찾아뵈었다고 했다.

"이런저런 이야기를 나누다가, 최 선배는 어떻게 되느냐고 여쭈었어요. 학교에 나와도 되는데 어디 숨었는지 연락이 닿지 않는다고 하셨어요."

은진이 조심스레 말을 이었다.

"학과 사무실 조무원한테 들었는데요, 최 선배 고향 집에 무슨 일이 생긴 것 같대요. 어떤 분이 전화를 걸어 최 선배를 찾으면서, 빨리 고향으로 내려오도록 전해달라고 했대요."

영운은 이튿날 버스를 타고 서울로 갔다. 하숙집에 들어서자 마당에 있던 주인아주머니가 깜짝 놀라며 물었다.

"아니 학생, 이제 괜찮아?"

"예."

아주머니는 얼굴을 펴지 않았다.

"며칠 전에 학생 앞으로 전보가 왔어."

아주머니가 안방으로 들어가더니 전보를 들고 나왔다. '부친 위독. 급래 요망'이라고 적혀 있었다.

"열흘쯤 지났나? 학생 어머니가 전화를 하셨어. 학생하고 소식이 끊겼다고 했더니 당장 와야 하는디, 당장 와야 하는디, 하고 울먹이고는 전화를 끊으셨어."

우두커니 서 있는데, 하숙생들이 하나둘 밖으로 나왔다. 옆방을 쓰는 공대 복학생이 나섰다.

"군인들이 학교 쳐들어왔잖아? 그날 군인 셋이 우리 하숙집에도 왔어. 최 형을 찾는다며 워커를 신은 채 이 방 저 방 뒤지는 거야. 내가 항의를 했다가 그놈들한테 몰매를 맞았어."

영운의 마음은 전보와 전화에 꽂혀 있었다. 10리 밖의 우체국까지 가서 전보를 보내고 시외전화를 했다면 이건 보통 일이 아니었다. 사색이 되어 있는 영운에게 같은 방을 쓰는 후배 주영이 다가왔다.

"아마 경찰이 형을 찾으니까 걱정이 돼서 가짜 전보를 보냈을 거예요. 전화도 그렇고….."

진짜든 가짜든 잠자코 있을 일이 아니었다. 그러나 영운에게는 기차표를 살 돈조차 없었다. 망연하게 서 있는 영운의 호주머니에 주영이 돈을 쑤셔 넣었다. 영운은 대학원에 입학할 때 산 검정 신사복으로 갈아입고 서울역으로 가서 밤차를 탔다. 영운이 고향 집에 도착한 것은 이튿날 오후 4시가 지나서였다. 버스에서 내리자 마을 어른이 다가와 팔을 붙들었다.

"아따. 으째서 이제사 오냐? 며칠 전에 장사를 모셨는디….."

영운은 눈앞이 캄캄해졌다. 아, 가짜 전보이길 바랐는데 진짜 였구나. 영운에게 소식을 전할 길이 없어 더 이상 기다리지 못하고 칠일장으로 장례를 치른 것이었다.

영운이 마당으로 들어서자 대청 앞에 있던 어머니가 영운을 보고 달려왔다.

"니 아부지는 눈도 못 감고 죽었어야. 눈을 쓸어내려도 다시 뜨고 다시 뜨고….."

영운은 마음을 다잡았다. 울지 말자. 절대로 울지 말자. 눈물 한 방울 흘리지 말자.

남동생이 뒷마당에서 돌아 나왔다. 동생은 입을 꾹 다물고 있었지만, 금방 울음을 쏟을 것 같았다. 다른 동생 셋이 방에서 툇마루로 나오더니 한꺼번에 울음을 터트렸다. 난 울어선 안 돼. 절대로. 절대로.

곧 마을 사람 몇이 집으로 왔다. 어머니가 영운에게 노란 삼베로 지은 상복을 입혔다. 영운은 영실에 들어가 아버지 영정 앞에 두 번 절한 뒤에 꿇어앉아 눈을 감았다. 어느 늦가을의 아버지 모습이 또렷하게 떠올랐다.

초등학교 6학년 때였다. 아버지는 저녁놀을 뒤로 한 채 논두렁에 멍하니 앉아 뻐끔뻐끔 담배만 피웠다. 아부지, 집으로 가십시다. 영운이 보챘지만 아버지가 논두렁에서 일어선 것은 들녘에 어둠이 깔린 뒤였다.

그다음 날, 영운이 자리에서 일어났을 때, 아버지는 이미 집에 없었다. 아버지는 해질 무렵에야 어깨를 축 늘어트리고 돌아왔다. 영운은 아버지가 어딜 다녀왔는지, 무슨 일로 그렇게 힘이 빠져 돌아왔는지, 그날 밤에 알게 되었다. 아버지가 툇마루에 걸터앉아 동네 어른과 나눈 대화를 엿들은 것이다.

"광주에 댕겨왔는가?"

"가봤네만, 다들 한사코 말리데. 고향을 떠봐야 고생뿐이라고….."

"하긴 그 말이 맞어. 이날 이때까지 농사나 지어묵고 살었는디…. 도시에 가봤자 뾰쪽한 수가 있을 턱이 없제."

"무턱대고 고향 뜨자니 식구들 굶겨 죽일까 겁나고, 눌러 앉아 있자니 맨날 도로아미타불이고…."

아버지는 이농을 생각하고 있었던 것이다. 그런 사정을 안 뒤 영운은 덩달아 며칠이나 잠을 설쳤다. 그 바람에 영운은 아버지가 논두렁에만 그렇게 앉아 있는 것이 아니라는 걸 알았다. 들리는 것이라고는 댓잎 갈리는 소리뿐인 깊은 밤에, 아버지는 툇마루에, 장독대에, 아니면 베어낸 감나무 등걸에 걸터앉아 줄담배를 피우는 것이었다.

가을을 풍요로운 계절이라고 하지만, 아버지 같은 소농에게 가을은 오히려 참담한 좌절의 계절이었다. 가을의 풍요를 기대하며 농한기인 겨울부터 멍석이나 가마니를 짜는 등 궂은 노동을 무릅쓰지만, 이것저것 제하고 나면 추수가 끝나 봤자 그저 굶지 않을 만큼의 곡식만 남게 마련이었다. 그러니 아버지는 주렁주렁 매달린 3남 2녀의 자식 걱정에 마음 편할 날이 없었던 것이다.

아버지는 끝내 이농을 하지 못했다. 그리고 장남인 영운에게서 용돈 한 푼 받아보지 못하고, 홀연히 저세상으로 떠났다. 병상에 누워 있던 아버지는 영운이 빨갱이가 되어 경찰의 수배를 받는다는 말을 듣고 며칠 동안 물도 제대로 넘기지 못하더니 결국 숨을 거두었다고 했다.

영운은 영실을 나와 뒤뜰로 갔다. 영운은 아버지가 앉아 있던 감나무 등걸에 걸터앉았다. 바람이 댓잎을 흔들고, 댓잎 갈리는 소리가 영운을 흔들었다. 울컥 울음이 치밀었다. 영운은 입을 다물고 이를 악물어 울음을 삼켰다.

영운은 동생과 함께 선산으로 가 산소에 참배하고 돌아왔다. 마을 사람들이 찾아와 문상했다. 영운은 듣기만 할 뿐 거의 입을 열지 않았다.

초저녁에 사복을 입은 형사가 집으로 들어섰다. 경찰이 된 뒤에 읍으로 이사했지만, 전에 한 마을에 살던 초등학교 선배였다. 그가 영실에 들어와 영정을 향해 두 번 큰절을 올리고, 상주인 영운과 맞절을 한 뒤, 무릎을 꿇고 앉았다.

"자네가 상까지 당해부러서 뭔 말을 해야 쓸지 모르겠네."

"…"

"그란디…, 어야 동생. 으째야 쓰까? 문상도 문상이네만…, 아따, 내가 자네 잡으러 와부렀네."

알다가도 모를 일이었다. 은진을 만난 A 교수가 학교에 나와도 된다고 했다는데 왜 잡아가겠다는 건가?

"으짤 것인가? 우에서 시킨 일인디…. 어야 동생. 나랑 지금 가도 쓰겠는가?"

"…."

"찌뿌차는 안 보이는 데다 두고 왔네."

"…."

"내가 자네한테 수갑을 채울 수는 없고…. 찌뿌차 있는 데까지 나하고 같이 가세."

어머니가 끼어들었다.

"영운이 아부지가 전쟁 통에 자네 어른한테 한 일 모르는가?"

형사의 아버지는 일제 강점기에 순사였다. 인민군 치하에서 마을 사람들이 붙잡아 몽둥이로 팼다. 죽여야 한다고도 했다. 뚜렷한 죄가 있는 것은 아니었다. 영운의 아버지가 뜯어말렸다. 그 일로 형사의 아버지는 영운의 아버지에게 늘 고마워했다. 어머니는 그 일을 상기시킨 것이다. 부질없는 일이었다.

"돌아가신 아부지가 그 은혜 잊어서는 안 된다고 한두 번 말한 것이 아니지라우. 그래도, 그때는 그때고, 지금은… 우에서 시킨 일인디 내가 으짜겠소?"

영운이 자리에서 일어섰다.

"지금 가야 한다면 가죠."

영운은 옷을 갈아입고 형사를 따라 경찰서로 갔다. 영운은 형사의 허락을 얻어, A 교수에게 전화를 걸었다.

"선생님, 문제가 생겼습니다."

"무슨 문제?"

"고향 집에 있는데 경찰이…, 상부 지시랍니다. 서울로 압송할 모양입니다."

영운은 상을 당했다는 말은 하지 않았다. 교수가 말했다.

"알았네. 서울이라면… 염려 말게. 경찰이 하라는 대로 하게."

영운은 어느 건물 지하의 밀실에 갇혔다. 영운은 책상 앞쪽에 놓인 의자에 우두커니 앉아 있었다. 곰곰이 돌아보아도 실정법에 어긋난 일을 한 것 같지는 않았다. 오전 10시쯤이었다. 가죽점퍼를 입은 사나이가 들어왔다. 다부진 체격에 눈매가 매서웠다. 가죽점퍼가 책상 건너편에 있는 의자에 앉더니 영운에게 물었다.

"너, 여기 왜 왔어?"

"모르겠습니다."

가죽점퍼가 버럭 소리 질렀다.

"인마, 데모 배후조종했잖아?"

예상한 질문이었다. 그래. 나를 배후조종으로 몰려는 거야. 영운은 침착하게 대답했다.

"그런 적 없습니다."

가죽점퍼가 픽 웃더니 다시 물었다.

"유현중이가 네 꼬붕이지?"

그것도 예상한 질문이었다.

"꼬붕 아닙니다. 후배입니다."

"네가 유현중이한테 데모하라고 뽐뿌질 했잖아?"

"그런 적 없습니다."

"지금도 니가 댔잖아?"

이건 뜻밖의 추궁이었다. 현중이가 영운의 지갑을 낚아채 돈을 빼간 것은 둘 말고는 아무도 모르는 일이었다.

"그게 아닙니다. 현중이가….."

가죽점퍼가 무질렀다.

"데모가 한창일 때, 너 현중이를 연구소로 불러 만난 적 있지?"

"내가 부른 게 아니고….."

또 말을 잘랐다.

"데모가 시들해졌다가 널 만난 뒤로 폭력화했어. 니가 몰아붙인 거잖아?"

영운은 완급을 조절하라고 했고, 현중이 공감했다. 그러나 경찰이 구내에 들어와 학생을 무더기로 잡아가는 통에 학생시위가 과격해졌다.

"몰아붙인 적 없습니다."

"이 새끼가…. 다 아는 사실까지 잡아떼기야?"

"….."

"한상윤이도 네 꼬붕이지?"

"가깝긴 하지만…."

"네 하숙집 아주머니가 다 불었어. 늘 그놈이 네 하숙방에서 너하고 함께 자면서 밤늦도록 너한테 코치를 받았다고 말이야."

"몇 번 자고 간 적은 있지만 코치 같은 거, 한 적 없습니다."

가죽점퍼가 일어섰다. 캐비닛을 열더니 각목을 꺼내들었다.

"무조건 다 잡아떼는 거야? 이 빨갱이새끼. 너, 엎드려."

지시대로 엎드리면 죄를 자인하는 것이라는 생각이 스쳤다.

"왜 엎드립니까? 저, 죄 지은 것 없고, 빨갱이도 아닙니다."

가죽점퍼가 영운의 정강이를 사정없이 걷어찼다. 뼈가 으스러지는 것 같았다. 영운은 빙글 돌아 엉거주춤 허리를 구부려 두 손으로 정강이를 붙들었다. 가죽점퍼가 뒤에서 각목으로 영운의 엉덩이를 후려쳤다. 영운이 앞으로 고꾸라졌다. 가죽점퍼가 소리질렀다.

"엎드려!"

시키는 대로 엎드렸다.

"자세 바로."

영운은 엉덩이를 들어올렸다. 가죽점퍼가 각목으로 영운의 엉덩이를 세 번 후려쳤다. 영운은 다시 고꾸라졌다.

"자세 바로!"

영운은 다시 엉덩이를 올렸다. 가죽점퍼가 엉덩이와 허벅지를 마구 쳤다. 영운이 다시 쓰러졌다. 가죽점퍼가 구둣발로 영운의 엉덩이와 등짝을 짓밟았다.

문 열리는 소리가 났다. 누군가 뭐라고 말했지만 영운은 알아듣지 못했다. 가죽점퍼가 각목을 바닥에 내던졌다.

"이제 막 시작했는데…."

가죽점퍼가 말없이 방을 나갔다. 영운은 엎드린 채로 바닥에 몸을 맡겼다. 눈물도, 울음도 나오지 않았다. 더 매질을 당하지 않아 다행이었다. 두어 시간이 지났을까? 누군가 방으로 들어왔다.

"일어서."

영운은 몸을 일으켰다. 새로 들어온 사람은 얼굴이 곱상했다. 재킷 없이 양복조끼를 입고 있었다. 그가 의자에 앉더니 턱으로 건너편 의자를 가리켰다.

"앉아."

목소리가 낮고 굵었다. 영운은 엉덩이가 의자에 닿는 순간 살이 찢기는 듯한 통증을 느꼈다. 돌아보니 바지에 피가 엉겨 있었다.

"의자에 앉아."

영운은 조심스레 의자에 앉았다. 조끼가 영운의 얼굴을 보고 뇌까렸다.

"이 자식, 아직 코피도 안 났잖아?"

조끼가 영운의 코를 쿡 쥐어박았다. 코피가 터져 영운의 와이셔츠를 적셨다. 영운이 손수건을 꺼내들었다.

"집어넣어."

거부하기 어려운 위압감 같은 것이 목소리에 배어 있었다. 영운은 손수건을 호주머니에 넣었다. 코피가 흘러내렸지만 신경 쓰지 않았다.

"너 빨갱이지?"

"아닙니다."

"뭐가 아니야? 넌 빨갱이야!"

조끼가 노려보며 따졌다.

"교지에 실린 네 논문 두 편을 다 읽었어. 독립신문을 비판한 것은 그렇다 치고…, 다른 논문에서 언론이 이 체제를 비판하지 않는 것을 비판했는데, 그건 네가 이 체제의 레지티머시를 인정하지 않는다는 반증이야."

"저는 언론이 권력 감시에 충실할 것을 바랐을 뿐입니다. 체제의 정통성을 부정한 글을 쓴 적이 없습니다."

"학교 신문에 실린 에세이도 여러 편이더군. 다 읽었어. 한결같아. 아주 일관성 있게 이 체제의 레지티머시를 부정하고 있어. 빨갱이라는 증거야."

"동의할 수 없습니다."

조끼는 제 말만 했다.

"기자협회보에 실린 '언론인에게 보내는 메시지'도 니가 썼지?"

"…"

"학생놈이 기자들을 충동질하고…."

"…"

"대학원 들어가서는 학교 신문에 교수들 비판하는 글도 썼지? 교수가 비판적 사회 참여를 하지 않으면 학생들이 과격해진다고 말야."

조끼가 픽 웃었다. 냉소였다.

"학생이 쓴 걸로 한 면을 채운 건 그것이 처음인 모양인데…, 학생놈이 교수들까지 충동질하다니, 넌 배꼽이 배 밖으로 튀어나온 놈 아냐?"

영운은 지지 않았다.

"지금도 지식인의 사회적 책무에 대한 제 생각에는 변함이 없습니다."

조끼가 영운을 째려보더니 말을 돌렸다.

"일본 공산당계 월간지 '세카이世界'에도 글을 썼지?"

"제가 쓴 게 아니고, 그쪽에서 번역해서…."

"인마, 그게 그거 아냐?"

영운은 물러설 수 없었다. 지면 당할 것만 같았다.

"이와나미가 발행하는 '세카이'를 공산당계라고 할 수도 없고…, 어쨌든 간에, 그 선언문의 어떤 내용이 문제란 말입니까?"

조끼가 더 낮게, 그러나 더 단호한 투로 말했다.

"입 다물어."

당하지 않으려면 이겨야 할 것 같았다. 영운은 지지 않고 큰소리로 따졌다.

"구체적으로 말해보세요. 어떤 내용이 문제인지…."

조끼가 목소리를 다시 낮추었다.

"인마, 너, 지금 나하고 토론하자는 거야?"

낮은 목소리에 소름이 돋았다. 영운은 입을 다물었다. 조끼가 말을 이었다.

"여긴 들어오기는 쉬워도 나가기는 만만치 않은 곳이야."

"…."

"여기서 맞아 죽어도 아무도 몰라. 휴전선 철책에 시체 걸어놓고 월북하는 놈 쏘아 죽였다고 하면 그만이야."

조끼가 영운을 물끄러미 바라보고는 조용히 말했다.

"손수건으로 코피 닦아."

영운이 코피를 닦는 동안 조끼가 서랍을 열어 양면괘지를 꺼냈다.

"여기에 네 죄를 네가 써."

"저 죄 지은 것 없습니다."

"어쨌든 올해 1월 1일부터 여기 들어오기 전까지 네 행적을 다 써."

"…."

"아냐. 이번 9월 학기 초부터 써. 봐주는 거야. 만난 사람들 이름 빼놓지 말고 다 적어."

조끼가 일어서더니 방을 나갔다. 앉아 있자니 엉덩이가 아팠다. 엉거주춤 서서 책상에 놓인 볼펜을 집어 들었다.

기관에 잡혀오면 구체적으로 무슨 죄목을 들이대는 것이 아니라 무조건 일정 기간의 행적을 쓰라고 한다는 말을 들은 기억이 났다. 만난 사람 이름을 다 적게 한다고 했다. 이름을 적게 적을수록 매가 많아진다고도 했다. 남의 일로만 알았는데 그게 영운의 일이 된 것이다. 내가 죄를 지은 게 있나? 없었다. 사실대로 쓰기로 했다. 영운은 기억을 짜냈다.

그러나 문제가 있었다. 수위가 돌봐준 일과 '기러기'가 튀라고 한일, 은진의 이모 집에 은신한 일만은 아무한테도 말할 수 없는 절대비밀이었다. 어떻게 꾸며댈까? 수위와 '기러기' 일은 쓰지 않으면 그만이었다. 영운은 연구소에 있다가 장갑차가 학교에 들어오는 것을 보고 곧바로 후문으로 빠져나갔다고 썼다. 철인의 가게에 간 것도 '기러기'와 연관성이 있어 아예 한 자도 적지 않았다.

그러나 원주로 간 것은 둘러대기가 쉽지 않았다. 생각다 못해, 돈암시장에서 텐트와 슬리핑백을 사서 천마산과 철마산 수락산

등을 옮겨가며 야영을 했다고 썼다. 세 산은 몇 번 산행을 한 바 있어 비교적 소상하게 거짓말을 할 수 있었다. 쓰다 보니 2백 자 원고지로 치자면 50여 장은 너끈할 것 같았다.

두어 시간이 지났을까? 다시 들어온 조끼가 영운이 쓴 자술서를 찬찬히 보다가 고개를 들었다.

"이 자식, 이거 소설을 썼구먼."

엉거주춤 서 있던 영운이 의자에 앉으려 하자 조끼가 말했다.

"서 있어도 괜찮아."

문이 열리더니 20대 초반의 청년이 빵 두 개와 사이다 한 병을 책상 위에 놓고 나갔다.

"배고플 건데, 이거 먹어."

영운은 아무 반응도 하지 않았다. 조끼가 말했다.

"호의를 무시하는 거야?"

"아닙니다."

영운은 빵을 찢어 입에 넣었다. 목이 멨다. 사이다를 한 모금 마셨다. 영운이 빵을 먹고 나자, 자술서를 훑어보던 조끼가 눈을 들어 조용조용 말했다.

"너, 가정형편 어렵잖아? 공부 잘하지, 글 잘 쓰지…. 빨리 가족들 먹여 살릴 궁리를 해야지…, 왜 데모 배후조종을 해?"

"배후조종한 적 없습니다."

"아버지는 돌아가셨고…, 지금 홀로 남은 어머니 생각이 어떠실 것 같아? 자랑스러울까? 아들 잘 됐다고 말이야."

영운의 가슴 깊은 곳에서 울컥 뜨거운 것이 치솟았다.

"부모 얘기는 하지 마세요. 씨팔."

영운은 스스로 놀랐다. 아니, 내 입에서 욕설이 나오다니. 조끼가 눈을 치켜떴다.

"지금 뭐라고 했어?"

영운은 울음을 터트렸다.

"그래요. 씨팔. 3선 개헌 때도… 선언문 몇 개 썼을 뿐인데 정학을 시키고…, 대학원 들어와서는 정말로… 딱 끊었는데…. 씨팔."

욕설이 자기도 몰래 잇달아 튀어나왔다.

"한 것도 없는데 마구 패고…."

"왜 나한테 그래? 정학이야 니 학교에서 내렸고…. 난 널 팬 적 없어."

"코를 깠잖아요? 코는 왜 까요? 씨팔"

영운은 두 손으로 얼굴을 감쌌다. 설움이 북받쳤다. 영운은 목을 놓아 엉엉 울었다. 아버지 영실에서 아낀 울음까지 쏟았다. 울음보가 터졌는지 울음이 멈춰지지 않았다. 한참 울다가 고개를 들었다. 조끼가 보이지 않았다. 그 혼자였다.

몇 시간이 지나도 아무도 들어오지 않았다. 조끼가 하는 걸 보면 풀어줄 모양인데 그게 아닌가? 자술서 내용을 검토하는 걸까? 거짓이 드러나면 또 들어와 패는 건가? 조끼가 다시 들어온 것은 밤 11시가 조금 지나서였다. 그가 영운의 앞에 놓인 책상에 걸터앉았다.

"자술서는 성실하게 썼드구먼. 그런데…, 서윤희 이야기는 왜 한 줄도 없어?"

영운은 숨이 멎을 것 같았다.

"군인들이 학교에 들어간 뒤에, 걔가 연구소로 여러 차례 전화를 했어."

"영화를 보기로 했는데…."

윤희를 불러 조사한 걸까? 조끼가 말머리를 돌렸다.

"상을 당한 놈을 집어 넣을 수도 없고…."

또 아버지 이야기를 하는가 싶자, 영운은 눈을 치떠 조끼를 노려보았다. 조끼가 피식 웃더니 고개를 끄덕거렸다.

"여기서 나가면 다른 데서 또 잡아갈지 몰라. 그럴 경우, 여기서 조사받았다고 해."

머뭇거리다가 영운이 물었다.

"여기가 어딥니까?"

조끼가 피식 웃었다.

"여기? 지옥."

자정이 조금 지나서였다. 젊은 기관원이 지프차 문을 열었다. 영운은 차 밖으로 나갔다. 하숙집 골목 어귀였다.

"앞으로 사흘 동안 꼼짝 말고 하숙집에 누워 있어. 병원에도 가지 마."

나이가 엇비슷해 보이는데 반말이었다. 영운이 째려보자 그가 쏘아붙였다.

"눈깔 내려, 쌔꺄."

영운은 하숙방에 들어가 옷을 갈아입고 엎드렸다. 영운의 엉덩이를 본 주영이 놀라 병원 응급실에 가자고 했지만 손사래를 쳤다. 주영은 자정이 넘었는데 밖으로 나가더니 머큐로크롬과 연고를 사와 영운의 엉덩이와 허벅지에 발랐다. 영운은 누울 수가 없어 엎드려서 잤다.

사흘째가 되자, 아직 엉덩이가 낫지 않아 의자에 앉을 수는 없지만 걸음을 걷는 데는 불편하지 않았다. 영운은 A 교수에게 전화를 드리고 학교로 갔다. 앉기를 권했지만 영운은 선 채로 자초지종을 고했다. A 교수가 껄껄 웃었다.

"내가 전에 공부는 엉덩이로 한다고 한 말 기억하나?"

"예."

"이번에 엉덩이로 인생공부 한 거야. 하숙집에서 며칠 푹 쉬어."

영운이 교정을 나오는데 누군가가 그를 불렀다. 성북서 형사 '기러기'였다. 철인에게 갔다가 그에게 덜미를 잡힌 일이 생각났다.

"저번에 은혜를 베풀어주셔서 고마워요."

"너한테 은혜 베푼 적 없어. 딴 데 가서 그런 소리 하지 마."

'기러기'가 말머리를 돌렸다.

"얀마. A 교수가 손쓰지 않았으면 이번에 너 인생 끝장났어."

"…."

"교수도 교수지만…, 자네 아버지가 목숨을 내놓고 자넬 살린 셈이야."

영운이 버럭 역정을 냈다.

"아버지 얘긴 왜 해요?"

심문

학교에 가서 A 교수를 만나고 온 지 사흘이 지나서였다. 엉덩이나 허벅지를 만지면 여전히 통증이 느껴졌지만, 걷거나 앉는 데는 어려움이 없었다. 군인들이 학교에 들어간 날 걔가 연구소로 여러 차례 전화를 했어. 조끼의 말이 귀에 선했다. 만약 경찰이나 정보기관이 윤희를 조사했다면, 윤희나 가족이 무척 놀랐을 것이었다.

영운은 윤희를 만나 미안하다고 말하고, 이튿날 혼자서 천마산으로 야영을 떠나기로 했다. 그런 통과의례를 거쳐야 심리적 부담이나 심신의 피로를 덜 수 있을 것 같았다. 영운은 하숙집 안방으로 들어가 윤희 집에 전화를 걸었다.

"아저씨, 서울 올라왔어?"

반말이 정겨웠다.

"며칠 됐어. 오늘 오후나 저녁에 잠깐 만나고 싶어."

"왜 잠깐이야? 오래 만나면 안 돼?"

영운은 말문이 막혔다. 윤희가 덧붙였다.

"음···. 그러지 말고, 내일 아침 10시에 청량리역에서 만나. 나, 천마산 가고 싶어."

뜻밖이었다. 만나기를 꺼리면 전화로나마 미안하다고 말할 생각이었는데 대뜸 천마산에 가자니 알다가도 모를 일이었다.

"좋아. 내일 아침 10시, 청량리역이야."

"좋아. 내일 아침 10시, 청량리역이야."

둘은 함께 웃었다. 전에 영운이 전화로 말했었다. 새로 다시 시작해요. 그때는 윤희가 복창하지 않았다. 그러나 내일 아침 10시, 청량리역이야, 하고 윤희가 복창함으로써 영운은 이제 윤희가 새로 다시 시작해요, 하고 복창한 것이라고 여겼다. 속이 확 뚫리는 기분이었다.

이튿날이었다. 작은 배낭을 멜까, 큰 배낭을 멜까? 영운은 텐트는 물론 슬리핑백과 담요까지 넣어둔 큰 배낭을 메고 청량리역으로 갔다. 역에 도착해서 보니, 약속시간 20여 분 전이었다. 대합실 의자에 앉아 입구쪽에 시선을 고정했다.

"왜 이렇게 배낭이 커?"

입구가 아니라 대합실 안쪽에서 윤희가 다가와 상긋 웃었다. 얼굴이 맑고 밝았다. 옷은 두툼하게 입었지만 메거나 든 건 아무 것도 없었다.

"나보다 빨리 왔구먼."

"아저씨보다 5분 전에."

"그렇잖아도 오늘 천마산에서 야영하려고 큰 배낭을 꾸려놨는데…."

"그랬어? 전에 아저씨가 내 이름 쓴 언덕 있지? 거기 가."

둘은 서둘러 기차를 탔다. 기차 안에서 윤희는 거의 말을 하지 않았다. 평내역에서 내려 걸으면서도 마찬가지였다. 드디어 큰골로 가는 길목의 언덕에 이르렀다. 가을 잡초가 둘을 향해 손을 모아 흔들었다. 영운은 배낭을 내려놓고, 텐트를 꺼냈다.

"텐트 치려고?"

"맨땅에 앉기보다는…."

영운은 언덕에 텐트를 쳤다.

"울 오빠 텐트하고는 다르다."

"이건 군용이야. 2인용 군용 A텐트."

"그렇구나."

"오빠하고 야영한 적 있어?"

"없어. 오빠가 텐트 말린다고 마당에 쳐놓은 걸 봤을 뿐이야."

"…."

"산에서 야영하는 거, 재밌고…, 멋있을 것 같아."

"우리, 오늘 여기서 야영할까?"

윤희가 활짝 웃었다. 야영에 응하겠다는 건가, 아니면 내 욕심이 지나치다는 건가?

영운은 텐트를 다 친 뒤, 안으로 들어가 바닥에 군용 담요를 깔았다. 밖으로 나오자 윤희가 텐트 안으로 들어가 앉았다. 텐트 앞막을 양쪽 위로 활짝 걷어 고리에 걸어두고 영운도 텐트 안으로 들어가 윤희 곁에 앉았다. 고개를 숙이고, A 모양으로 트인 바깥을 바라보며 윤희가 두 손으로 삼각형을 그렸다.

"세상이 삼각형이야."

영운도 고개를 숙였다. 삼각형 밖으로 보이는 갈색의 가을 산이 예뻤다.

"혹시 '가을색'이 줄어 '갈색'이 된 게 아닐까?"

윤희다운 말이었다. 윤희가 상긋 웃으며 물었다.

"가을색과 갈색은 말 뿌리가 전혀 다르지?"

"갈색의 갈褐 자는 굵은 베란 뜻이니까…."

"남의 속은 모르면서, 한자는 참 많이도 안다."

활짝 웃고 나서 영운을 바라보며 윤희가 슬픈 표정을 지었다.

"상을 당했지?"

"아버지께서 돌아가셨어."

"아팠겠다. 가슴이."

"몹시."

다른 사람이 아버지 이야기를 하면 역정이 났는데, 윤희한테 듣고는 위안이 되었다.

"붙들려가서 매 맞았다는 소문도 들었어."

윤희 고등학교 후배라는 학교신문 기자한테 소식을 전해 들었을 것이었다.

"그래도 풀어줘서 이렇게…."

"긴 터널이 다 끝났어. 이제 아저씨 앞에는 평지만 있어. 힘내."

영운은 윤희를 만나면 무엇보다 먼저, 약속을 두 번이나 어긴 사실에 대해 용서를 구해야 한다고 생각했다. 그러나 윤희는 그 말을 할 틈을 내주지 않았다.

"대학원 진학했지? 전에는 기자 하다 소설 쓴다고 했는데…."

"내 처지에 기자 되기가 쉽지 않을 것 같고…, 사회 상황으로 보아 기자생활을 신나게 할 수 있을 것 같지도 않고…. 학과 선생님이 권하기도 해서 대학원을 택했어."

"그럼 소설은?"

"대학원에 진학한 이상, 앞으로 좋은 학자가 되고 싶어."

영운은 말을 거기서 끊고 말머리를 돌렸다.

"약속해놓고 나가지 못했어. 그것도 두 번이나…."

윤희가 입을 삐죽거렸다.

"나오지 못한 것은 두 번이 아니라 이번 한 번이야. 예전에는 못 나온 것이 아니라 안 나왔잖아?"

맞았다. 이번에는 아예 못 갔고, 전에는 돌다방 건너편까지 갔지만 다방에는 들어가지 않았다.

"미안한 게 또 있어. 연구소로 전화한 것 때문에 붙잡혀 갔지?"

"그걸 어떻게 알아?"

"기관에서 들었어."

"군인들이 학교 들어갔다는 뉴스 본 뒤에 몇 번, 그 이튿날 몇 번, 영화 보기로 한 날도 혹시나 해서 몇 번, 학교로 전화했어."

"…."

"그것뿐인데…, 단성사 앞에 갔다가 그냥 돌아온 다음 날 이른 아침에 두 사람이 우리 집에 들이닥쳐 나를 잡아갔어. 식구들이 기겁을 했어."

"그 사람들이 심하게 다뤘어?"

"아냐. 전혀."

"…."

"왜 전화를 했느냐고 물어서 영화표 두 장을 보여줬어."

윤희가 씩 웃으며 말을 이었다.

"내가 당한 수모를 기억하기 위해 표를 무르지 않았거든."

"미안해."

"최영운이 지금 어딨냐? 모른다."

"…."

"어떤 사이냐? 영화를 보려다 허탕 친 사이다."

"…."

"둘이 자주 만나 영화를 보느냐? 만난 적 없고, 같이 영화 본 적도 없다."

"…."

"만약 전화가 오면 있는 데가 어디냐고 물어보고 자기들한테 알려라. 알았다."

"…."

"아저씨 전화가 오지 않았으면 했어. 그런데 전화가 와서 내가 얼른 끊었어. 그때 내가 무례했지?"

"그랬구먼…. 어쨌든 미안해. 나 때문에 윤희가 별일을 다 겪었어."

"그 사람들 심문은 쉬웠어. 그보다는…, 다른 사람들 심문이 힘들었어."

"아니? 그럼 다른 데서 또 심문 당했어?"

"응. 보통 심문이 아니라, 매우 집요한 심문. 졸려 죽겠는데, 잠도 못 자게 하고…."

"어디로 붙들려 간 거야? 경찰?"

"아니."

"그럼?"

"우리 집. 우리 가족들 심문."

"아…."

"특히 오빠 심문이 장난이 아니었어."

"…."

"함께 영화 보기로 한 남자친구가 누구냐? 나이가 몇이냐? 부모는 뭐하는 사람이냐? 형제는 몇이냐? 몇째 아들이냐? 출신 고교, 소속 대학, 소속 학과를 대라, 그 밖의 인적사항도 말해라. 몇 번 만났느냐? 어떡할 거냐?"

"…."

"아는 대로 다 얘기했어."

"…."

"아빠하고 오빠가 그랬어. 맘에 드는 게 단 한 가지도 없는 녀석이라고."

"…."

"아, 병역은 어떻게 됐느냐고도 물었어. 그건 모른다고 했어."

"…."

"답을 말해. 또 물을지 몰라."

"난 고등학교 2학년 말부터 결핵을 앓았어. 군대는 안 가도 돼. 결핵은… 최근에 다 나았어."

윤희가 피식 웃었다.

"결핵 얘기까지 했다면…, 우리 식구들 반응이 어땠을까?"

"…."

"이튿날 엄마가 안방으로 불러 살짝 물었어. 사랑하느냐고."

"…."

"엄마한테 그야말로 천기를 누설했어."

"…."

"아저씨는 사랑한다는 말, 못 하잖아? 그래서 내가 먼저 그 말을 할까 했어, 그것도 두 번이나…. 그런데, 두 번 다 아저씨가 오지 않았어. 엄마한테 다 일렀어."

"…."

"아저씬 울 엄마한테 회초리로 종아리를 맞아야 해. 아주 쎄게."

"…."

"전라도 가난한 농사꾼 아들? 괜찮아. 장남? 괜찮아. 데모꾼? 괜찮아. 결핵? 설사 아직 낫지 않았다 하더라도, 까짓것 괜찮아. 아빠 오빠 마음에 드는 게 단 한 가지도 없으면 또 어때? 아저씨가 밉지만…, 그래도 미운 것보다는 좋은 게 많아."

"⋯."

"엄마가 물었어. 좋은 점이 뭐냐고."

윤희가 상긋 웃으며 영운에게 물었다.

"아저씨 좋은 점이 뭐야? 직접 말해봐."

"⋯."

"언젠가 아저씨가 말했지? 그저, 왠지, 어쨌든. 나도 그 세 가지를 말했어."

"⋯."

"엄마가 웃었어. 웃고 나서 그랬어. 6개월만 더 생각해보라고. 그 뒤에도 좋다고 하면 다른 말 하지 않겠다고."

"⋯."

"엄마하고 새끼손가락 걸고 엄지로 도장도 찍었어. 6개월 더 생각하기로."

"⋯."

"마지막에 엄마가 그랬어. 다른 건 필요 없고 사람만 보라고. 사람이 됐으면 된다고. 그렇다면 엄마 설득하는 건 식은 죽 먹기야. 6개월이 아니라 엿새도 필요 없어. 그러나 그것만으론 안 돼."

"⋯."

"아저씨 문제가 아니야. 내 문제를 풀어야 해. 나는 어떻게 살아야 하나?"

"…."

"행시를 접고…, 한때 방황했어. 그냥 편하게 살까? 그러나 그건 아냐. 난 큰일을 하는 큰사람이 되고 싶어. 어려서부터 나 자신에게 늘 최면을 걸었어. 큰일을 하는 큰사람이 되자고. 그런데…, 어떤 일이 큰일이고 어떻게 사는 사람이 큰사람일까?"

"…."

"그걸 모르겠어. 이 문제를 푸는 데는 6개월이 아니라 1년이 걸릴지도 몰라."

"…."

"내 생각이 정리되면 그때 내가 학교로 전화할게. 이 말을 하려고 아저씨 전화 오길 기다렸어."

윤희가 지그시 윗입술을 깨물고 나서 말을 이었다.

"이 말을 어디서 할까? 돌다방도 단성사 앞도 아냐. 아저씨는… 그런데 안 와. 두 시간 세 시간 기다려도…, 아저씨는 안 왔어."

윤희는 꿀꺽 침을 삼키고도 마음을 가누지 못하고 울먹이며 말을 이었다.

"그래…. 기다리라는 말은… 천마산에 가서 하자. 한 번은 아무 약속이 없이…, 또 한 번은 구체적인 약속이 없이…, 두 번이나 만났으니까…."

윤희가 두 손으로 얼굴을 감쌌다. 훅 콧물을 들이마셨다.

"밖에 나가 있어. 나…, 혼자 있고 싶어."

영운은 두말 없이 일어서서 텐트 밖으로 나갔다. 영운도 까닭 모르게 눈물이 났다. 전에 윤희가 준 하얀 옥양목 손수건으로 두 눈을 꾹 눌렀다. 30분쯤 지나서야 윤희가 밖으로 나왔다.

"약속해. 내가 전화할 때까지 내 앞에 얼씬도 하지 마. 전화도 안 돼."

윤희가 오른손 새끼손가락을 내밀었다. 영운은 윤희와 새끼손가락을 걸었다. 윤희가 엄지를 내밀었다. 영운은 엄지에 도장도 찍었다. 윤희가 돌아섰다.

"이제 나는 내려갈래."

영운이 앞으로 나가 두 팔을 벌렸다.

"안 돼. 오늘 여기서 나하고 야영해."

윤희가 상긋 웃더니 곧 웃음을 거두었다.

"나, 엄마한테 약속했어. 지금 내려가야 해."

"그럼…. 점심 먹고 내려가. 내가 점심 지을게."

"지금 가게 해줘."

"나도 내려갈래. 같이 내려가."

"아저씬 여기서 야영하고 와아."

이번에는 '야영하고 와'에 '아'를 붙였다. 윤희가 다시 상긋 웃었다. 영운도 웃음을 지어 보였지만 왠지 눈물이 날 것 같아 고개를 돌렸다.

"팔 내려줘."

영운은 윤희를 외면한 채 슬그머니 두 팔을 내렸다. 윤희가 다가왔다. 가볍게 영운을 안고는 등을 다독였다. 윤희는 돌아서서 산을 내려갔다. 나는 왜 윤희를 끌어안지 않았지? 가지 말라고 왜 붙들지 않았지? 결핵? 다 나았잖아? 다른 요인? 윤희가 다 괜찮다고 했잖아?

노랫소리가 들려왔다. 노래가 끊길 듯 이어지고 이어질 듯 끊겼다. 전에 개울가에서 부른 노래였다. 이번에는 우리말이 아니라 독일어로 불렀다. 슈베르트 곡이라고 했는데, 제목이 도무지 기억나지 않았다.

어떤 관형사

1972년은 영운에게 중요한 해였다. 석사과정 2년째여서 봄학기에 논문의 틀을 짜서 가다듬고, 여름방학에는 설문조사를 실시하고, 그 뒤로는 논문을 써야 했다. 물론 학기 중에는 강의를 들으며 아울러 해야 할 일이었다.

그가 논문에 집착한 이유는 세 가지였다. 학부 시절까지는 암기를 잘 하면 우수한 학생이지만, 대학원부터는 논문을 잘 쓰는 것이 관건이었다. 영운은 학자로 버틸 수 있을지를 논문 쓰기를 통해 가늠하고 싶었다. 그게 바로 첫째 이유였다. 오랫동안 연구소를 비웠는데도 그를 감싸준 두 교수에 대한 부채의식이 둘째 이유였고, 선친의 임종마저 지키지 못한 죄책감이 셋째 이유였다. 영운은 윤희에게 약속한 대로 윤희가 전화를 하지 않는 한 먼저 전화를 하거나 찾아가지 않기로 작심했다.

영운은 학과나 연구소 일은 수업이 있는 날 몰아서 하고, 수업이 없는 날이면 광화문의 미 문화원 도서실로 갔다. 자주 가다 보니 도서실 직원들과 친해져, 영운이 필요하다고 말하면 도서실에서 영어 원서를 구입해놓곤 했다.

영운은 서클 후배들은 물론 독서팀 친구들과도 만나지 않았다. 세상사에 대한 관심도 끊었다. 봄학기에 영운은 연구문제를 정하고 그에 관한 이론서와 논문을 두루 읽었다. 논문의 윤곽이 잡히자 자신이 붙었다. 영운은 6월에 학과 두 교수 앞에서 논문 연구 계획을 발표했다.

여름방학을 맞아 영운은 간절하게 윤희의 전화를 기다렸다. 끝내 전화는 오지 않았다. 윤희가 보고 싶었지만 영운은 전화를 하거나 찾아가지 않았다. 약속은 지켜야 했다.

영운은 방학 중에 설문조사를 벌여 통계분석까지 마치고, 9월 들어 논문 쓰기에 들어갔다. 논문을 반쯤 썼을 때 경천동지할 일이 터졌다. 10월 17일이었다. 박정희 대통령이 오후 7시를 기해 전국에 비상계엄을 선포한 것이다. 그야말로 아닌 밤중에 내민 홍두깨였다.

대통령은 비상조치에 관한 특별선언을 통해 국회를 해산하고,

정당 및 정치 활동을 중지시켰다. 비상국무회의가 10월 27일까지 조국의 평화통일을 지향하는 헌법 개정안을 공고하며, 이를 공고한 날로부터 1개월 이내에 국민 투표에 부쳐 확정하고, 헌법 개정안이 확정되면 개정된 헌법 절차에 따라 늦어도 연말 이전에 헌정질서를 정상화한다고 했다. 계엄사령부는 포고를 통해 정치활동 목적의 옥내외 집회 및 시위를 모두 금했다. 언론, 출판, 보도 및 방송은 사전 검열을 받도록 하고, 대학을 전부 휴교시켰다.

한태연, 갈봉근 등의 학자들과 김기춘 등 젊은 검사들이 모여 만든 유신헌법안이 10월 27일 비상국무회의에서 의결·공고되었다. 이 헌법안은 11월 21일에 국민투표에 부쳐져 투표율 91.9%, 찬성 91.5%로 확정되고, 12월 27일에 공포되었다.

대통령선거는 통일주체국민회의의 간접선거로 바뀌었다. 대통령선거 유세에서 "다시는 국민에게 표를 달라고 하지 않겠다."고 공언한 박정희 대통령이 국민의 표가 없이도 통치할 수 있는 제도를 갖춘 셈이었다.

국회의원의 3분의 1을 대통령 추천으로 통일주체국민회의에서 선출하게 했고, 대통령에게 헌법 효력을 일시 정지시킬 수 있는 긴급조치권을 부여했다. 국회 해산권 및 모든 법관 임명권을 대통령이 갖도록 하여 대통령이 입법 사법 행정의 3권을 장악할 수 있도록 했다. 대통령의 임기를 6년으로 연장하고, 연임 제한을

철폐하여 종신집권도 가능하게 되었다.

곳곳에 "한국적 민주주의 이 땅에 뿌리박자"는 플래카드가 걸렸다. 공공기관은 말할 것도 없고, 각급 학교 정문에도 같은 내용의 플래카드를 걸게 했다. '민주주의'라는 말 앞에 '한국적'이라는 관형사를 얹은 것은, 새 체제가 민주주의의 보편성을 거부한다는 것을 뜻했다.

사람들은 상식을 벗어난 일련의 비상조치에 아연실색해 말을 잃었다. 이러면 김일성의 북한과 무엇이 다른가? 바라던 조국 근대화의 초석을 깔았으니까 3선 대통령으로 마감하면 되잖은가? 당내에 김종필이라는 괜찮은 후계자가 있는데도 꼭 자기라야 하는가? 압제의 결과가 되레 참혹한 파멸로 귀결하지 않을까? 사람들은 묻고 싶은 것이 많았지만 입을 열지 않았다.

모두가 귀머거리, 소경, 벙어리가 되고 만 그 시기에 K대에서 잇달아 사건이 터졌다. 강의실 곳곳에서 페인트로 '파쇼 타도'라고 쓴 낙서가 발견되었다. 뒤이어 누군가가 교문에 걸어둔 플래카드를 불태웠다. 정오에 불을 붙여 플래카드가 다 탔는데, 목격자도 아무 단서도 나오지 않았다. 더구나 '민우'라는 지하신문까지 나돌았다.

어느 날 영운은 우연히 교내에서 만난 상윤에게 물었다.

"서클 후배들이 움직이는 거 아냐?"

상윤은 펄쩍 뛰었다.

"혹시나 해서 애들한테 확인했는데 절대 아니래요."

며칠 뒤 A 교수가 영운에게 물었다.

"자네 후배들이 일을 저지른 것이 아닌가?"

"절대 아니랍니다."

그 며칠 뒤에는 학생처장이 영운을 불렀다. 여러 가지가 다 서클 후배들 소행이 아니냐고 다그쳤다. 특히 '민우'라는 지하신문은 서클 후배들이 아니면 짚이는 데가 없다고 했다. 영운은 논문 쓰느라고 아무도 만나지 않아 아는 바가 전혀 없다고 잘랐다.

영운은 학교에서 일어난 일련의 사건에 서클 후배들이 무관치 않을 것이라고 느꼈다. 후배들이 수사망에 걸리면 또 내가 후배들을 배후조종했다고 몰리는 건 아닐까? 가끔씩 불안감이 엄습했다.

그 와중에도 불현듯 윤희 생각이 나곤 했다. 어느 날은 미 문화원 도서실에서 나와 망설이다가 명륜동을 지나는 버스를 탔다. 윤희 집 근처에 가서 윤희를 불러내 아직도 생각 정리가 끝나지 않은 건지 묻고 싶었다. 돌아보니 도서실 한쪽 구석에 앉아 있던 청년도 버스에 올랐다. 옷차림이나 태도가 그 도서실과는 어울리지 않는 청년이었다. 영운이 점심을 먹으러 혼자 도서실을 나왔을 때 그도 따라 나왔고, 같은 식당에서 점심을 먹었다. 도서실에서나 식당에서나 자리가 많은데 꼭 영운의 뒤쪽에 앉았다. 혹시 저 친구가 나를 미행하는 것은 아닐까?

영운은 명륜동을 지나 혜화동 정거장에서 버스를 내렸다. 청년도 내렸다. 영운에게는 회심의 카드가 있었다. 영운은 혜화동에서 대학로, 동대문, 신설동을 거쳐 제기동 하숙집까지 한 번도 뒤를 돌아보지 않고 고개를 숙이고 묵묵히 걸었다. 대문 앞에서 돌아보니 긴 골목에 아무도 보이지 않았다. 아마 뒤따르다 지쳤을 것이었다.

이제 나에게는 친구도 없고, 후배도 없고, 또 윤희도 없어. 논문밖에 없어. 학교 강의실과 연구소, 미 문화원 도서실, 하숙집만 오가는 거야. 아무도 만나서는 안 돼. 영운은 누군가 따라붙는 것 같으면 무조건 걸었다. 버스를 타기 전이면 버스를 타지 않고 걸었고, 버스를 타고 있을 때면 버스에서 내려 걸었다. 영운은 세상에 대해 눈과 귀를 닫고 논문 쓰기에 매달렸다. 논문을 쓸 때 그가 유의한 것이 있었다. 문장에 불필요한 관형사를 얹지 않는 것이었다.

학기 말에 논문 심사를 받았다. 논문을 지도한 B 교수는 물론 학과 원로 A 교수가 말을 아끼는 대신에, 심사위원으로 참여한 사회학과 H 교수가 영운의 논문을 높이 샀다. 심사를 마치고 세 교수가 한결같이 강조한 것이 있었다. 되도록 빨리 미국 유학을 가라는 것이었다.

로도스

해가 바뀐 1973년 2월 중순 어느 날이었다. 독서팀 친구들과 서클 후배 몇이 무교동의 한 중국집에 모였다. 동세를 비롯해 중언, 원호 등 친구들과 상윤 등 후배를 합해 모두 여덟이었다. 후배인 상윤의 학부 졸업을 축하하는 자리였다. 상윤 등을 불러모으다니 그들이 유신 이후의 학내 사태와 무관하다는 것일까, 아니면 무관한 것처럼 가장하기 위한 것일까? 알 수 없는 일이었다. 영운은 인쇄한 논문 10여 부를 보자기에 싸들고 약속 장소로 갔다.

전에는 모이면 와자지껄 시끄러웠는데, 사실상의 총통제가 머리를 짓누르던 시절이어선지 모두가 과묵했다. 주문한 음식이 나왔다. 동세가 배갈 병을 들어 상윤의 잔에 먼저 술을 따른 뒤 다른 참석자들 잔에도 술을 채웠다.

"자. 내가 한상윤, 하면 일제히 세 번 축하 축하 축하, 하는 거야."

동세가 한상윤, 하고 외쳤다. 일동이 소리쳤다. 추카 추카 추카.
학번이 맨 아래인 진영이 앉은 채 뒤늦게 외쳤다.

"카추 카추 카추."

동세가 말했다.

"상윤이가 답사를 해. 앞으로 계획도 말해봐."

상윤이 일어섰다.

"축하해줘서 고마워요. 정학도 맞고 휴학도 해서 졸업이 늦어
졌는데…, 그렇지만, 이렇게 멀쩡하게 졸업을 한다는 사실이 부
끄럽기도 해요. 앞으로 계획은 차차 생각할 거예요."

배갈이 몇 순배 돌자 입을 열기 시작했다. 걸핏하면 욕지거리
였다. 씨팔, 옘병할, 개새끼, 죽일 놈, 제기랄, 좆같은…. 중언이 일
어섰다.

"다들 잔 채우거라."

동세가 다시 병을 들어 모든 잔에 배갈을 따랐다. 중언이 잔을
치켜들었다.

"그러고 보니까네 영운이도 대학원 졸업 아이가? 내가 최영운,
할 끼다. 다음은 다 알제?"

중언이 최영운, 하고 외쳤다. 이미 졸업한 동세 등은 추카 추카

추카라고 소리쳤지만 후배들은 카추 카추 카추라고 하고는 마주 보고 낄낄댔다. 술을 마시고 나서 상윤이 나섰다.

"선배 형들 뵌 지 오랜만인데, 대충 알고 있지만 근황이나 말씀 해주세요. 후배들한테 도움이 될지 모르니까요."

다들 쭈뼛거리는데 동세가 고개를 끄덕였다.

"내가 먼저 말하지. 난 화학노조에서 노동자를 대상으로 교육 일을 하고 있어. 71년 2월부터니까 만 2년이 지났구먼. 곧 조직 일을 맡을 것 같아."

중언이 거들었다.

"화학노조 잘 간 기야. 노동운동 주도권이 운전수나 차장한테 서 섬유 노동자로 넘어갔는데, 머잖아 화학 쪽으로 갈 끼다. 노조 헤게모니도 산업 비중을 따라갈 수밖에 엄따."

동세가 원호에게 시선을 줬다. 원호가 말했다.

"난 청계천에 들어가 야학을 하려다 포기했고…, 그 뒤로 기술 학원 마치고 자격증 따서 현장에 들어갔어. 난 지금은… 보일러 기술자야."

매사 빈정대듯 하는 진영이 표정을 고쳐 정색을 했다.

"근데, 대학 나와서 현장으로 간 학출學出 중에 보일러 기술 배 워서 간 사람이 많은 것 같아요. 왜 그렇죠?"

원호가 피식 웃었다.

"용접이 아니면 보일러지. 용접은 실기 테스트를 거쳐야 해. 경험이 없다는 게 금방 탄로나지. 그러나 보일러는 테스트 과정 통과가 쉬워. 작동원리만 파악하면 일하기도 편하고 시간도 비교적 많고⋯."

문답이 이어졌다.

"큰 회사예요?"

"아냐. 대림동에 있는 소형 사업장이야. 전체 노동자 수가 20명이 채 되지 않아."

"노동자가 되어 노동자로 살겠다면 몰라도, 노동운동을 하려면 노동자 수가 많은 대형 사업장에 가야잖아요?"

중언이 끼어들었다.

"대학 나온 학출이 대형 사업장에 갈 수가 있나? 채용 때 다 걸러낸뿐다. 운 좋게 들어가도 금방 쫓기나지."

원호가 고개를 저었다.

"들어갈 수 있느냐 없느냐의 문제도 있지만, 다른 측면도 있어. 대형 사업장은 사업장 단위의 운동을 하면 되지. 반대로 소형 사업장은 지역 단위로 연대운동을 펼 수 있어. 상황에 따라서는 지역 연대운동이 더 큰 파괴력을 가질 수도 있지."

진영이 크게 고개를 끄덕이더니 제 생각을 마무리했다.

"사업장 투쟁도 좋고, 지역 연대운동도 좋죠. 그러나 그냥 노동자로, 순수하게 노동자로 사는 것도 의미 있을 것 같아요."

동세가 중언에게 시선을 옮겼다.

"난 기사는 안 나가지만 많이 보고 많이 듣고 다닌대이. 기록도 해두고…. 차라리 사표 내고 프리랜서를 할까도 생각 중인데…, 씨팔. 판이 개판이 되니까네 어떻게 살아야 할지 나도 모르겠는 기라. 더 할 말 엄따."

동세는 눈을 감고 아무 말도 하지 않았다. 그런 동세를 물끄러미 바라보고 있다가 상윤이 영운에게 물었다.

"형은 석사 마쳤는데, 이제 어떡할 거야?"

영운이 별 생각 없이 대답했다.

"선생님들이 미국 유학을 서두르래."

그 짧은 문장 하나가 폭탄이었다. 상윤이 자리에서 벌떡 일어섰다.

"형. 뭐라고? 미국 유학? 미 문화원에 들락거리더니, 결론이 미국 유학이야?"

진영이 일어섰다.

"형님. 양키들이 박정희 뒤에서 유신체제를 받쳐주고 있는데, 씨팔, 그 미국으로 유학을 간다고요?"

동세가 소리쳤다.

"둘 다 앉아!"

둘은 앉지 않았다. 오히려 후배 둘이 더 일어섰다.

"미국 가서 뭘 배우겠다는 거예요? 좆같이, 별소리 다 듣네요."

"형님, 실망했어요."

동세가 다시 소리쳤다.

"다들 앉아!"

후배들이 앉았다. 아무도 입을 열지 않았다. 중언이 자리에서 일어섰다.

"모임 끝내뿔자."

하나 둘 일어섰다. 이런 상태로 모임을 끝내자는데, 이 친구는 나한테 화를 낸 걸까, 아니면 후배들한테 화를 낸 걸까? 영운은 한참을 그대로 앉아 있다가, 돌리려던 논문 보자기를 풀지도 못하고 그냥 들고 일어섰다. 영운이 구두를 찾아 신고 있는데 진영이 다가왔다. 그가 영운의 곁에서 아주 낮은 소리로 이죽거렸다.

"상윤 형한테 들었어요. 형님이 궁금해 하신다고…. 플래카드요? 그거 내가 태웠어요."

아니, 이 녀석이 무슨 말을 하는 거지? 주위를 둘러보았다. 둘뿐이었다.

"형님이 유학 갔다 돌아올 때쯤에 아마 저는 감옥에 있겠죠."

"…."

"형님은 아메리카 양키나라 자알 가세요."

졸업식이 며칠 앞으로 다가온 날 A 교수가 영운을 부르더니 3월부터 연구소의 연구원으로 발령이 날 것이라고 했다. 학교당국과 이야기가 끝났다는 것이었다. 그날 A 교수가 말했다.

"S대 사회학과에 젊고 실력 있는 교수가 있어. 나하고는 종친이어서 가까이 지내지. 자네 논문을 줬더니 읽고 나서 아주 잘 썼다고, 좋은 학자 하나 길렀다고 하더군."

"…."

"이제 미국 유학을 서둘러야지. 유학을 다녀오지 않으면, 서울 메이저 대학의 교수가 되기 어려워."

영운은 고개를 숙였다. 하던 공부는 지속하되 미국은 안 갑니다. 메이저 대학에 자리 잡기가 어렵다고요? 괜찮습니다. 지방 대학이면 어떻습니까? 아니, 교수를 못 하면 또 어떻습니까? 대학원에 입학할 때 총장이 말했어요. 여기가 로도스다. 여기서 뛰어라. 여기 장미가 있다. 여기서 춤추어라. 난 여기서 뛰고 춤출래요. 그러나 영운은 아무 말도 하지 않았다.

8

하늘 일

바순이와 장미

대학원 졸업식이 있기 하루 전이었다. 윤지형이 오전 11시쯤에 연구소로 전화를 걸어왔다.

"최 형, 오랜만이야. 대학원 마친 거지?"

"내일 졸업식만 남았어."

영운이 물었다.

"윤 목사, 교회 일은 잘 돼?"

"물론이지. 직업여성들을 대상으로 따로 예배를 보는데, 기대 이상으로 반응이 좋지. 그리고 말이지, 염쟁이가 시골 처녀 붙잡아 오는 일을 그만뒀지. 다른 염쟁이가 잡아온 처녀를 빼앗아 우리 교회에 넘기기도 하지."

"와, 대단하구먼."

영운은 지형이 결코 범상한 목사가 아님을 새삼 깨달았다. 지형이 말머리를 돌렸다.

"나 학교 앞에 와 있지."

"어디?"

"Y다방."

영운은 다방으로 갔다. 자리에 앉자 지형이 물었다.

"난 K대 앞에 오면 무조건 이 다방이지. 왠지 알아?"

"글쎄."

"예전에 말이지, 이 다방은 사람을 기다리는 동안에 맹물이 아니라 보리차를 줬고, 설탕그릇을 탁자에 그냥 뒀지. 배고플 때 맹물보다야 보리차가 낫고, 보리차에 설탕이라도 타서 마시면 더 낫잖아? 그 시절에 나한테는, 보리차에 설탕통까지 있으면 금상첨화고, 보리차도 안 주고 설탕통도 없으면 설상가상이었지."

지형이 혼자서 아하하, 웃었다.

레지가 오자 지형은 영운에게 묻지도 않고 커피 두 잔을 시켰다. 곧 커피가 나왔다. 지형이 커피잔에 설탕을 다섯 숟갈이나 넣었다.

"뭐야? 커피에 설탕을 버무려 먹는 거야?"

"걸쭉한 게 좋잖아? 배고플 적 버릇을 고치지 못한 거지."

영운이 고개를 끄덕였다.

"하기야…. 나도 커피와는 인연이 좀 묘해."

6·25 동란이 끝나자 미국에서 보낸 구호품을 담은 박스가 한 집에 하나씩 배급되었다. 그 안에는 검붉은 가루가 들어 있는 깡통도 있었다. 누군가 그게 회충약이라고 했다. 그 약을 찬물에 풀어 마시면 어김없이 설사를 했다. 회충이 녹아 나오는 것으로 알았다.

횟배를 앓는 동주라는 녀석은 그 깡통을 지니고 살았다. 그는 배 속에서 회충이 꿈틀대면 얼른 깡통을 꺼내 혀로 핥았다. 새로 부임해온, 감색 재킷에 회색 바지를 받쳐 입은 멋쟁이 선생님이 깡통을 들어보이며 학생들에게 물었다.

"너희들 이 회충약 잘 먹고 있지?"

학생들이 일제히 예, 하고 대답했다.

"촌놈들. 이건 회충약이 아니라 커피라는 거야. 서양 사람들이 숭늉 대신에 마시는 커피란 말이야."

지형이 씩 웃고는 잔을 들었다.

"자, 우리 회충약 마시지."

커피를 한 모금 마시고 나서 말머리를 돌렸다.

"내가 좋아하는 선배가 명륜동 교회 부목사지. 사실은 작년 10

월에 그 교회에 갔다가 서윤희를 만났지. 청년부 간부래. 졸업식을 할 때 멀리서나마 윤희를 봤지만, 그 윤희가 내 선배 교회의 간부라는 걸 알고 놀랐지. 날 알아보지 못하기에 67년 초하루 0시 5분에 편지를 써서 부친 적이 있다고 했지."

"그때 윤희한테도 편지를 썼구먼."

"그랬지. 같은 내용의 편지를 윤희하고 최 형, 둘한테 썼지."

"….."

"윤희를 보자 최 형이 생각났지. 최 형 이야기를 꺼냈더니, 무슨 말인가 하려다 말고 입을 다물었지."

지형은 유심히 영운의 표정을 살폈다. 영운은 대꾸하지 않았다.

"서윤희 말이지, 영혼이 맑은 여자라는 생각이 들어. 그렇지?"

"난 목사가 아니라서 영혼을 볼 눈이 없어."

지형이 아하하하, 크게 웃었다.

"난 찾는 여자가 있지. 전에 말했잖아. 걔 얼굴을 그려 넣은 크리스마스 카드를 줘야 하지."

"바순이라고 했나?"

"그래. 바순이지."

"….."

"윤희로 공격 목표를 바꿀까 했는데…, 아직은 바순이를 단념할 수 없다는 결론에 이르렀지. 올 연말까지는 바순이를 찾기로 했지.”

이미 나한테 선전포고는 했지만 전쟁을 한시적으로 미룬다는 말인가? 그날 지형은 졸업을 축하한다며 짜장면을 샀다. 지형은 식당에서도 이런저런 이야기를 늘어놓았지만 영운은 귀담아 듣지 않았다. 그 대신에 그 자신에게 다짐했다. 이제 윤희를 만나야 해. 전화 걸어오기만을 기다릴 수는 없어.

그러나 영운은 윤희 만나는 걸 미뤄야 했다. 졸업식이 끝난 다음 날 아침에 B 교수가 그를 불렀다. 졸업을 축하하는 점심을 사겠다고 했지만, 핵심은 다른 데 있었다. 연구소에서 부산지역의 일본 텔레비전 시청 현황과 문제점, 대책 등에 관한 사회조사를 하고 있었는데, 보고서를 마무리하자는 것이었다. 부산 일대에서는 우리나라 텔레비전보다 일본 텔레비전이 더 잘 나와 일본문화 침투가 심각했다. 영운은 그 보고서 작업을 거드는 데 전념하기로 했다.

3월 말이었다. 설문조사 결과의 통계분석에 정신을 쏟고 있을 때인데 지형이 또 전화를 했다. Y다방에 와 있다는 것이었다. 목소리가 상기되어 있었다.

“엄청난 일이 벌어졌지. 최 형 말이 딱 들어맞았지.”

“내 말이라니?”

“전화로 말하긴 그렇고…. 아, 어서 나와.”

틈을 낼 상황이 아니었지만, 도리가 없었다.

"알았어. 그런데 내가 한창 바빠. 30분 이상은 안 돼."

"30분이면 너끈하지."

영운이 다방에 들어가 자리에 앉기 바쁘게 지형이 이야기보따리를 풀었다.

"전에 최 형이 우리 교회에 와서 복자 누나 막순이 누나 숙자 누나 마리아 카드 석 장을 떼어냈지? 바순이 카드만 남기면서, 머잖아 바순이가 내 앞에 나타날 거라고 했지?"

"그랬지."

"그때 난 속으로 웃었지. 바순이는 내 앞에 나타나는 존재가 아니라 내가 찾아야 하는 존재라고 생각했거든. 그런데 최 형 말대로 바순이가 내 앞에 나타났지."

듣고 보니 지형이 흥분하기에 충분했다.

지형이 청계천의 교회에서 혼자 기도를 드리는데 누군가가 노크를 했다. 지형의 말대로라면 '구로 메가네를 쓴 여자'가 문을 열었다.

"목사님이세요?"

"그렇습니다."

"어렸을 때 별명이 혹시… 지렁이였나요?"

"예."

여자가 구로 메가네, 즉 검은 안경을 벗더니 생긋 웃었다. 예뻤다. 영화배우 남정임인가? 아니었다. 아, 이게 누군가? 바순이였다. 꿈에도 잊지 못할 바순이가 지렁이 앞에 나타난 것이다. 지형이 소리쳤다.

"바순이구나!"

지형은 벌떡 일어섰다. 바순이가 하이힐을 벗고 안으로 들어섰다. 지형은 다짜고짜 바순이를 끌어안았다. 울컥 눈물이 솟았다. 기뻐도 눈물이 나온다는 걸 처음 겪는 순간이었다. 마음을 가누고 바순이를 안고 있던 팔을 풀었다. 바순이 눈에도 눈물이 어려 있었다. 지형이 얼굴을 활짝 폈다.

"어렸을 적에도 예뻤지만…, 와, 예뻐도 너무 예쁘다."

"좀 마르긴 했지만…, 오빠도 멋져."

"내가 여기 있다는 걸 어떻게 알았지?"

"바로 어제였어. 목사 한 분이 전주 우리 교회에 들르셨어. 그분이 청계천으로 들어간 후배가 있다면서 이야기를 하는데 오빠일 것 같았어. 밤에 잠을 설쳤어. 결국 이렇게 달려온 거야."

둘은 탁자를 사이에 두고 마주 보고 앉았다. 바순이가 이야기 보따리를 풀었다. 시름시름 앓던 어머니가 죽자, 세 들어 사는 집의 주인이 바순이를 자기 친척 집에 수양딸로 보냈다고 했다.

가는 곳이 술집이면 혀를 깨물어 죽을 생각이었다고 했다. 양어머니가 무당이었지만 술 파는 사람이 아니어서 기뻤다고 했다. 무당인데도 교회에 다니는 걸 허락해 더욱 좋았다고 했다. 양어머니가 경제적으로 어렵지 않아 바순이를 제대로 가르쳤다고 했다. 바순이는 대학을 나와 전주에서 중학교 음악교사를 한다고 했다.

지형이 일어서서 바순이를 벽 앞으로 이끌었다. 바순이가 눈을 똥그랗게 뜨고, 마리아 카드를 가리켰다.

"이거 나잖아?"

"맞아. 바순이지. 이 카드를 주기 위해 바순일 애타게 찾았지."

"이제 날 주는 거지?"

"안 돼. 내가 보관하다가….."

지형이 잠깐 말을 멈추더니 바순이를 빤히 바라보며 말을 이었다.

"우리 둘이 함께 사는 방에 걸 거야."

바순이가 눈을 치떴다.

"오빠도 나하고 결혼할 생각을 하고 있었어?"

"물론이지."

바순이가 활짝 웃었다.

"그럼…, 이건 내 거야."

바순이가 조심스레 카드를 떼어내 가방에 넣었다.

지형은 며칠 지나 전주로 갔다. 주말 오후였다. 터미널에 바순이가 나와 기다리고 있었다. 길거리에서 바순이와 마주 보고 서서 지형이 정색을 했다.

"바순이 실명이 뭐지?"

"성은 장, 이름은 미. 장미."

"예뻐. 이름도 얼굴만큼."

"원래 이름은 장미순이었어. 근데, 양어머니 이름이 정미순이거든. 그래서 양어머니가 내 이름에서 '순'자를 떼 낸 거야."

장미가 말을 이었다.

"오빠 별명은 알지만 이름은 모르고 있었는데, 저번에 목사님 얘기 듣고 윤지형이라는 걸 알았어."

"맞아. 지렁이가 아니라 윤지형이야."

지렁이와 바순이는 손을 맞잡은 채 큰소리로 웃었다. 웃고 나서 마치 약속이라도 한 듯이 손수건을 꺼내 눈시울을 닦았다. 결혼할 상대로 마음 깊이 담아두고도 상대의 성명도 제대로 알지 못한 처지가 서글펐다.

시내 식당에서 비빔밥을 먹고 나서, 지형은 장미에게 바이올린 연주를 청했다. 장미는 지형을 집으로 데려갔다. 단독주택 2층으로, 주방을 겸한 거실과 안방, 그리고 화장실을 합해 열댓 평은 될 것 같았다. 장미가 교사로 취직하자 양어머니가 셋집을 얻어주고 나가 살라고 했다는 것이다. 안방 책상 앞 벽에 바순이 마리아상 카드를 넣은 액자가 걸려 있었다. 지형은 모든 공간의 전등을 다 켰다.

장미는 바이올린 대신에 해금을 꺼냈다. 무당인 양어머니가 양악 대신에 국악을 권해서, 대학에서 해금을 전공했다고 했다.

"그럼 바순이가 해순이로 변했구나."

"맞아. 난 이제 해순이야."

장미의 웃음이 화사했다.

"불 끄고 연주할까?"

"아냐. 나는 악기의 소리뿐만이 아니라 장미의 손놀림, 시선, 얼굴 표정을 하나도 놓치고 싶지 않아. 그래서 모든 불을 다 켜 놓은 거야."

장미는 불 밝은 거실에서 해금으로 바하의 찬송가 '오, 거룩하신 주님'을 연주했다. 전에 청계천의 파출소 앞에서 바이올린으로 켜던 바로 그 곡이었다. 지형은 무릎을 꿇고 앉아 연주를 들었다. 해금 선율이 귀뿐만이 아니라 온몸으로 파고들었다.

연주가 끝나자 지형이 장미를 덥석 안고 안방으로 들어갔다. 지형에게는 장미에게 주려고 오래도록 숨겨둔 보석이 있었다. 청계천에서 이리 밀리고 저리 밀리고, 넘어지고 자빠지고 하면서도 더럽히지 않고 간직해온 동정이 그것이었다. 장미도 간수해온 것이 있었다. 약혼을 하고도, 마치 메시아를 기다리는 사람처럼 언젠가 지형이 나타날 것이라고 믿고 고이 지켜온 순결이 그것이었다. 둘이서 동정과 순결을 맞바꾸어 사랑과 믿음을 공유하는 데 걸린 시간은 어이가 없게도 매우 짧았다.

장미는 양어머니 압박을 이기지 못해 약혼을 했지만, 이제 파혼하겠다고 했다. 약혼할 때 지렁이 오빠가 나타나면 파혼한다고 해두었다며, 크게 걱정하지 말라고 했다. 지형은 되도록 빠른 시일 안에 장미 양어머니에게 큰절을 올리고 사위로 받아달라고 간청하겠다고 했다. 그런 결정을 주고받는 데 걸린 시간도 짧았다.

그러나 다른 숙제 하나는 이튿날까지도 끝내 풀리지 않았다. 지형은 장미에게 청계천으로 돌아가자고 윽박질렀으나, 장미는 청계천으로는 죽어도 가지 않겠다고 버텼다. 장미는 지형에게 시골 교회에서 목사를 하며 그림을 그리라고 졸랐다.

영운이 지형에게 물었다.

"어떻게 할 테야?"

"나도 알 수 없지. 칸트의 유명한 명제가 있잖아? '직관 없는 사유는 공허하고 개념 없는 직관은 맹목이다.' 나에게 장미 없는 인생은 공허하고, 청계천 없는 인생은 맹목이지. 난 어떡하지?"

영운에게는 물을 때 준비해둔 답이 있었다.

"예전에 로미오와 줄리엣 토론에 참여했지? 그때 내가 뭐랬어? 기억 안 나?"

"정확한 건 기억할 수 없지. 어떤 것도 사회상황을 간과하고 평가해서는 안 된다고 했던 것 같은데…. 바로 그 말이 내 가슴을 쳤지."

"맞아. 그런데 거기다 내가 덧붙인 사족이 있었어."

"그건 기억이 안 나."

"내가 그랬어. 줄리엣과 같이 아름다운 여인이 내 앞에 있다면, 나 역시 모든 걸 제쳐두고 사랑에 빠졌을 거다. 사랑을 하면 바보가 된다는데 그럴 기회가 오면 마땅히 바보가 되어야 한다."

지형이 손바닥으로 무릎을 쳤다.

"맞아. 장미를 가슴에 담고 다른 여자와 청계천에 사느니, 청계천을 포기하고 내가 장미한테 가야 하지. 그게 정답이지."

"맞아. 청계천이 서울에만 있나? 전주에도 있고, 시골에도 있을 거야. 서울 청계천만 고집하는 게 바로 맹목이야."

"맞아. 맞고 말고."

격류

통계분석을 마치고 보고서 작성에 들어간 4월 초 어느 날이었다. 지형이 다시 영운을 Y다방으로 불러냈다. 얼굴은 푸석푸석했지만 표정이 밝았다. 지형이 며칠 전에 있었던 일을 조단조단 설명했다.

지형은 모든 것을 청산하고 전주로 내려가기로 마음을 정했다. 그러나 할 일이 있었다. 지형은 명륜동 교회 부목사인 홍 선배를 찾아갔다. 다른 말은 다 접고, 홍 목사에게 청계천 구경을 하자고 했다.

이튿날 홍 목사가 청년회 간부 두 사람과 함께 오후에 청계천으로 왔다. 일행 가운데 윤희도 끼어 있었다. 지형은 천변의 판잣집 골목을 두어 시간 함께 돈 뒤에 홍 목사 일행을 교회로 안내했다.

2층 교회에 들어서자마자 윤희가 참았던 눈물을 흘렸다. 그의 눈에 비친 청계천은 지옥이었다. 윤희는 그런 지옥이 멀지 않은 곳에 있다는 사실을 전혀 모르고, 웃고 떠들며 살아온 지난날이 부끄럽다고 했다.

홍 목사가 윤희를 달랬다. 윤희가 마음을 가라앉히자, 홍 목사가 십자가 앞으로 나아가 무릎을 꿇더니, 두 손을 모으고 기도를 올렸다.

"살아계시는 하나님. 오늘 우리는 윤지형 목사가 태어나고 자란, 그러니까 윤 목사를 키운 청계천을 둘러보았습니다. 똥통에서 똥물이 흘러내리는데, 그 아래 개천가에서 누런 콧물 줄을 두 개씩 단 어린이들이 뛰어놀고 있었습니다. 아침에 일어나 대소변을 보기 위해 공중변소 앞에 1백m 넘게 줄을 선다고 합니다. 술 취한 창녀와 흥정을 마치고 판잣집 안으로 들어가는 지게꾼도 보았습니다. 창녀는 다방 커피 열 잔 값에 몸을 팔고, 지게꾼은 하루 번 돈을 털어 창녀의 하룻밤을 산다고 합니다.

코피를 흘리며 주먹다짐을 하는데, 사람들이 빙 둘러서서 구경만 했습니다. 머리에 짐을 이고 가는 행상 아주머니의 바지 주머니에서 소매치기가 돈을 훔쳐 달아나는 것도 보았습니다. 사람들이 입에 담지 못할 욕설을 뱉으며 다퉜습니다. 지옥이 어떤 곳일지 알 것 같았습니다.

하늘에 계시는 하나님. 2천 년 전에 하나님께서 사람의 얼굴을 하시고 왜 가장 낮은 곳으로 오셨는지 새삼 깨달았습니다. 하나님의 높은 뜻을 받들고자 윤 목사가 여기에 교회를 세웠습니다. 비록 손바닥만큼 작지만 이곳이 노아의 방주입니다. 전지전능하신 우리 하나님. 윤 목사에게 힘을 불어넣어주시옵소서. 청계천에서 윤 목사가 하나님의 힘을 빌려 기적을 이루게 하소서. 우리 주, 예수 그리스도의 이름으로 비옵나이다. 아멘."

홍 목사가 기도를 마치자 이번에는 지형이 눈물을 찔끔거렸다. 홍 목사가 다가가 지형의 등을 두드렸다.

"윤 목사, 힘을 내. 하나님이 윤 목사를 지켜주실 거야."

지형은 손등으로 눈물을 훔쳤다. 북받치는 감정을 누르며 떠듬떠듬 말했다.

"홍 선배…, 죄송해요. 제가 정말… 죄송해요."

"…."

"저는… 이 청계천을 떠나요. 청계천을… 떠날 수밖에 없어요."

지형은 해순이로 변한 바순이 이야기를 털어놓았다. 청계천을 버리고 전주로 가야 한다고 말했다. 주인 없는 청계천 교회는 홍 목사가 알아서 처리하라고 했다. 지형은 거기까지 말해놓고,

아버지 하나님을 부르며 흐느꼈다. 귀를 세워 듣고 있던 윤희도 홀쩍였다. 감정을 추스르고 윤희가 말했다.

"윤 목사님은 전주로 가세요. 가셔야겠네요."

윤희 시선이 홍 목사 눈에 꽂혔다.

"홍 목사님께서 청계천으로 오세요."

한동안 말없이 윤희를 바라보던 홍 목사가 지형에게 시선을 옮겼다.

"윤 목사, 생각할 시간을 주게. 며칠만."

지형의 이야기를 들으며 영운은 불길한 예감에 휩싸였다. 윤희가 격류에 휩쓸려 떠내려가는 환영이 머리를 스쳤다. 아냐, 그럴 리는 없어. 청계천 교회를 누가 맡든, 그것은 홍 목사와 윤 목사의 문제야. 윤희와는 상관이 없어. 영운은 연구소 일을 마치면 최우선적으로 윤희 문제를 풀기로 작정했다. 마냥 윤희 전화만을 기다릴 수는 없었다.

5월 중순 어느 날이었다. 프로젝트 보고서의 인쇄까지 마친 뒤였다. 영운은 명륜동으로 전화를 걸었다. 윤희가 집에 없다고 했다. 영운은 청계천으로 갔다. 지형을 따라간 적이 있어 어렵지 않게 교회를 찾았다. 윤희가 거기 있을 줄 알았는데, 교회 문이 잠겨 있었다. 옆집 중식당으로 가서 지동표라는 배달부에게 물었다.

그가 약도를 그리며 설명했다.

"이리 꾸불 저리 꾸불…. 마당에 큰 느티나무가 서 있으니께 찾기가 어렵지 않을 것이구먼유."

영운은 숭인동 뒷산으로 갔다. 언덕에 오르자 허름한 판잣집이 보였다. 마당에 서 있는 느티나무가 상상한 것보다 컸다. 영운은 마당 안으로 들어섰다. 대여섯 사람이 모여 있는데, 그 한가운데에 귀골인 청년이 격자무늬의 문짝을 붙들고 서 있었다. 홍 목사일까? 이미 청계천 교회를 맡은 건가? 목소리가 맑고 기운찼다.

"문짝을 달 수 있으면 상목수라고 한대요. 우리들은 오늘부터 문짝 짜기에 들어가요."

귀골이 그들 앞에 서 있는 50대를 가리켰다.

"우리들이 대목이신 박 선생님께 이 과정을 배운다는 건 큰 축복이에요."

귀골 주변에 둘러 서 있는 청년들이 박수를 치며 50대에게 고개를 숙였다. 귀골 청년 말고, 20대에서 30대 초반으로 보이는 청년이 모두 넷이었다. 한 청년이 대목에게 90도로 허리를 굽혀 다시 인사를 차렸다.

"고맙습니다, 대목님. 이 은혜를 어떻게 갚죠?"

"자넨 염쟁이였다고 했지? 뒤에 나 죽으면 염이나 잘 해줘."

다들 너털웃음을 터트렸다.

느티나무 아래서 한 노파의 머리를 손질하는 젊은 여자가 있었다. 윤희였다. 윤희가 영운을 보더니 당혹스런 표정을 지었다. 노파 머리에 플라스틱 롤을 말아놓고 영운에게 다가왔다.

"웬일이세요? 여길….."

존댓말이었다. 예감이 좋지 않았다. 반말로 답했다.

"윤희 만나려고 왔어."

윤희가 판잣집을 보며 두 손으로 네모를 그려보였다. 툇마루에 앉아 있던 20대 후반의 여성이 팸플릿 한 장을 들고 왔다. 윤희가 그걸 받아 영운에게 건넸다. 교육 프로그램 안내장이었다. 목공반, 토공반, 미용반 등 세 반의 강의 개요가 적혀 있었다.

"저녁에는 교회에서 지내고, 낮에는 여기서 사람들을 가르쳐요."

"….."

"청계천으로 흘러들어온 사람들한테 기술을 가르쳐 사회로 내보낼 거예요."

"….."

"나도 미용을 배우고 있는데 아직은 서툴러요. 그렇지만 틈 날 때 동네 할머니 머리 정도는 손질해드려요."

듣고만 있던 영운이 입을 열었다.

"우리, 나가서 차나 한 잔 해."

"차요?"

윤희가 판잣집 부엌으로 들어가더니 생강차 한 잔을 끓여왔다.

"윤희는 안 마셔?"

"아까 마셨어요."

영운은 주위를 둘러보았다. 차분하게 이야기를 나눌 분위기는 결코 아니었다. 선 채로 뜨거운 생강차를 후후 불어 마신 뒤에 컵을 건네고 나서 말했다.

"우리, 나가서 이야기 좀 해."

"나갈 수 없어요."

영운이 반말을 해도 윤희는 계속 존댓말이었다. 영운이 우겼다.

"같이 나가."

"뵙고 드릴 말씀이 있었는데…. 제가 시간을 놓쳤어요. 그러나 지금은…."

뵙고 드릴 말씀이 있었다? 윤희의 존댓말이 도가 넘는다고 느꼈다. 화가 치밀었다. 영운이 다그쳤다.

"잠깐 나가자니까."

"나갈 처지가 아니에요."

영운이 내뱉듯이 물었다.

"계속 여기서 이렇게 살 거야?"

실언이었다. 윤희의 표정이 싹 바뀌었다. 윤희는 머뭇거리지 않았다.

"예. 요즘 내가 살아 있다는 걸 실감해요."

윤희가 은빛 아랫니를 드러내고 상긋 웃었다. 냉소였다. 영운의 느낌이 그랬다.

"예전에 말예요. 영운 씨가 편지에서 삶의 세 가지 지표에 대해 말했어요. 가난하게 산다. 가난한 사람들과 더불어 산다. 가난한 사람들을 위해 산다. 그땐 깊은 뜻을 몰랐는데, 이제 알 것 같아요. 그 점, 영운 씨한테 감사드려요."

윤희는 말을 마치고 느티나무 아래로 가 노파의 머리 손질에 매달렸다. 영운은 뒤통수나 이마 정도가 아니라 정수리를 해머로 얻어맞은 느낌이었다.

문득 전에 원호가 한 말이 생각났다. 니가 부르나라로 가더라도 프로나라는 잊지 말기 바란다. 대학원에 가는 것으로 방향을 바꾸었음을 알린 날, 원호가 그렇게 말했었다. 그럼 부르나라에서 태어나 전문성을 강조하던 윤희는 어느새 프로나라로 이민 온 것인가? 나는 프로나라에서 태어났고, 지금도 그 나라에 몸담고 있지만, 마음은 이미 그 나라를 떠난 것인가? 영운은 우두커니 서 있다가 돌아섰다. 발걸음을 떼는데 다리가 후들거렸다. 발이 허공을 내딛는 것만 같았다.

숙명과 천명

1

밤이었다. 두보의 발자취를 따라가며 한시를 음미하는 한시여행 두 번째 편 원고를 출판사에 넘긴 뒤라 느긋했다. 데크에 나가 물끄러미 밤바다를 바라보고 있는데 핸드폰이 울렸다. 수민이었다.

"아저씨, 윤지형 목사님이 오늘 여기 다녀가셨어요."

"그래?"

"엄마 얼굴로 마리아상을 그린 그림을 가져오셨어요. 엄마가 이 시대의 마리아래요."

영운은 빙긋 웃었다. 지형이 전에도 여러 여자 얼굴로 마리아상을 그렸다는 사실을 알지만, 그런 걸 수민에게 털어놓을 수는 없었다.

"순수성과 헌신성으로 치자면, 엄마한테 '이 시대의 마리아'라는 찬사는 절대 과하지 않아."

"어머, 울 엄마가 두 분한테 직접 그런 말씀을 들어야 하는데…. 그러나 저는 윤 목사님이 부담스러워요."

"왜?"

"자꾸 저더러 엄마 요양원에 같이 가재요."

"…."

"절대 안 된다고 딱 잘랐어요."

"…."

"그랬더니…, 아빠 엄마가 어려움을 겪은 것이 모두 자기 탓이라며, 눈물을 흘리시는 거예요. 전에도 몇 번이나 그랬어요."

"엄마 아빠가 부부로 만나게 된 계기를 윤 목사가 만든 일면이 있지. 그러나 두 분은 자유의지로 부부가 되고 함께 한길을 걸었어. 윤 목사가 자책할 일이 아니야."

2

숭인동 판잣집에서 윤희를 만난 지 사흘쯤 지나 영운은 지형에게 전화를 걸었다.

"윤 목사가 저번에 학교 앞에 와서 점심 샀잖아? 이번엔 내가 청계천에 가서 점심 살게."

점심 빚을 갚겠다고 했지만, 영운이 지형을 만나려는 속뜻은 다른 데 있었다. 청계천 교회를 홍 목사가 맡기로 한 것 같은데, 그렇다면 그 교회에 윤희가 어떻게 얼마나 간여하고 있는지가 궁금했다. 지형은 점심을 함께 할 수 없다고 했다.

"난 장미가 사고무친四顧無親의 외톨이인 줄 알았지. 근데, 외삼촌이 한 분 계시다는 거야. 그 집에서 우릴 점심에 초대했지."

지형이 수정 제의했다.

"점심이 아니라 저녁을 함께 하지. 내가 최 형한테 할 이야기도 있지."

그럼 장미하고도 함께 저녁을 먹어야 하나? 내키지는 않았지만 영운이 선수를 쳤다.

"좋아. 장미 씨랑 셋이 함께 해."

"아냐. 장미는 전주로 내려가야 해. 내가 장미를 서울역까지 바래다주고 갈 테니까…, 6시쯤이면 우리 둘이 만날 수 있을 거야."

다행이었다. 아무래도 장미가 있는 자리에서 윤희 문제를 이야기하는 것은 부담스러웠다. 지형이 덧붙였다.

"일단 신설동로터리에 있는 돌다방에서 만나지."

난데없이 돌다방이라니, 영운은 헛웃음이 나왔다. 대답하기 전에 지형이 말을 이었다.

"로터리에 있지. 찾기 쉽지. 거기서 잠깐 이야기 나누고 함께 근처 식당으로 가지. 저녁 먹고 나서 나는 곧 교회로 가야 해. 만나기로 한 사람이 있지."

6시가 되기 전에 영운은 돌다방으로 갔다. 여전히 물레방아가 돌고 있었다. 전에 이 다방에서 윤희를 만나기로 했는데 내가 오지 않았어. 그 뒤에는 내가 여기서 화영일 기다렸는데 끝내 그가 나타나지 않았어. 이제 내가 윤희 이야기를 듣기 위해 여기에 왔는데, 나와 윤희는 어떻게 될까? 물레방아처럼 돌고 돌아 다시 만나야 하는데….

"뭘 그렇게 골똘하게 생각하지?"

지형이 맞은편 의자에 털썩 주저앉으며 말을 이었다.

"며칠 숨가쁘게 살았어. 일시에 모든 것이 정리된 셈인데…."

커피 두 잔을 시키고 나서 지형이 홍 목사 얘기부터 했다.

"청계천 교회를 홍 목사가 맡기로 했지."

영운은 부러 딴전을 폈다.

"장미 씨한테 친척이 있다니 얼마나 좋아? 윤 목사한테도 가끔 찾아뵐 어른이 생긴 거잖아?"

"맞아. 장미가 아주 어렸을 적에 서로 헤어진 모양인데…, 그 외삼촌이 조그맣지만 그래도 집도 있고, 슬하에 남매가 있고…. 그런데 홍 목사가 말야."

지형은 장미 외삼촌 이야기에다 곧바로 홍 목사 이야기를 얹었다.

"홍 목사님께서 청계천으로 오세요."

홍 목사는 그 말이 윤희의 입을 거쳤을 뿐이지 하늘의 명령이라고 느꼈다. 며칠 뒤, 홍 목사는 윤희 집 부근으로 가서 윤희를 불러냈다. 둘은 다방에 마주 앉았다. 홍 목사 목소리가 떨렸다.

"전에 윤 목사가 청계천으로 들어간다고 했을 때 그 의지에 감동했어요. 이번에 청계천을 둘러보고 청계천에 교회를 세운 윤 목사의 용단에 다시 감동했어요. 짧은 기간에 청계천 교회에서 윤 목사가 이룬 일도 놀라웠어요. 그런데 그 윤 목사가 사랑하는 여자의 뜻을 존중해 청계천을 떠나 전주로 내려가겠다고 했을 때, 그 순수성에 정말로 감동했어요."

"…."

"윤희 씨가 결론을 제시했듯이, 이제 내가 윤 목사를 대신해 청계천으로 들어가야 할 것 같아요. 그러나 조건이 하나 있어요."

윤희가 고개를 들었다.

"조건이라뇨?"

"윤희 씨하고 함께 청계천으로 가고 싶어요."

홍 목사의 목소리가 아까보다 더 떨렸다.

"윤희 씨가 가장 가까이서, 영원히, 제 곁을 지켜줘요."

청혼을 한 셈이었다. 사실은 홍 목사가 꽤 오래전부터 가슴에 품어온 말이었다. 윤희는 먼 데를 바라보다가 심호흡을 하고 나서 홍 목사를 쏘아보았다.

"목사님, 저는 어디에다 갖다붙이는 조건이 아니에요. 제가 목사님 곁에 있든 없든, 목사님은 청계천으로 들어가셔야 해요."

윤희가 홍 목사에게 다짐받았다.

"그렇게 하실 거죠? 청계천으로 가실 거죠?"

"예."

윤희가 고개를 끄덕였다.

"저는 숙명 같은 것이 있다고 생각했어요. 대학에 들어가 어떤 남자친구를 알게 되었어요. 서로 사랑한다는 말 한 마디 주고받지 않았지만, 언제부턴가는 그 친구하고의 만남이 숙명적인 것이라고 느껴왔어요."

홍 목사는 숨이 멎을 것 같았다.

"그런데…, 윤지형 목사가 청계천을 떠나겠다고 한 바로 그 순간에, 제가 느낀 게 있었어요. 불교에서 말하는 돈오頓悟 같은 것이었어요. 찰나적으로 얻는 깨달음 말이에요."

윤희는 말을 끊고 조용히 눈을 감았다. 지난 일들이 주마등처럼 스쳐갔다. 급성늑막염을 앓은 뒤에 행시를 포기하고 한동안

방황하다, 홍 목사의 부축을 받아가며 종교에 의지해 마음의 평화를 되찾았지만, 윤희는 일신의 안녕보다는 온몸을 던질 만한 무엇인가를 찾고 있었다. 그 와중에 영운을 다시 만났고, 생각을 정리하는 대로 전화를 하겠다고도 했지만, 인생을 걸 만한 그 무엇인가를 찾는 것은 쉬운 일이 아니었다.

초조함을 느끼던 차에 윤희는 윤 목사를 따라 청계천을 둘러보았다. 눈에 보인 모든 것이 놀라웠다. 윤 목사가 청계천을 떠나야 한다는 말을 듣는 바로 그 순간, 윤희는 가슴이 뛰었다. 그가 희구한 그 무엇을 찾은 것이었다. 행시를 포기했지만, 행시에 붙고 나서 이룰 것보다도 더 많은 것을 청계천에서 이룰 수 있을 것이라는 확신이 섰다. 윤희는 큰사람이 되기 위한 원점에 서 있는 자신을 발견했다.

그러나 문제가 있었다. 청계천에서 할 일 자체는 욕심이 났지만, 윤희 판단으로 그 일은 자신이 주도할 성질의 것이 아니었다. 교회라는 거점이 필요하고, 교회를 이끌 목사가 있어야 했다. 교회를 홍 목사가 맡는다면 그를 열심히 돕는 것이 윤희가 할 일이었다. 윤희는 자신이 할 수 있는 것이 비록 제한적이라고 하나, 그 의미는 크다고 느꼈다.

결론을 내리려는데 마치 가시처럼 목에 걸리는 존재가 있었다. 영운이었다. 영운은 대학원에 진학한 이상, 좋은 학자가 되고 싶다고 했다. 영운은 뜻을 이룰 것이었다. 그렇다면, 학자가 된 영운의 곁에서 윤희가 할 일은 무엇일까? 서재 한편에 꼿꼿이 꽃병을 갖다 놓는 잔일 외에는 아무것도 떠오르지 않았다.

더욱 안타까운 것은 영운의 곁을 지키는 일과 청계천에 들어가는 일을 병행할 수 없다는 사실이었다. 어느 하나를 택해야 했다. 그 두 가지 가운데 하나를 골라야 한다면 어느 쪽인가? 윤희는 잔일이 아니라 인생을 통째로 걸 만한 큰일을 찾고 있었다. 사회가 커가는 과정에서 탈락하거나 소외된 사람들, 또는 그럴 처지에 몰린 사람들을 끌어안는 일이야말로 무엇보다도 큰일이라고 생각했다.

큰일 쪽으로 마음이 기울자, 윤희는 홍 목사를 새 눈으로 바라보게 되었다. 전에는 영운에게 가려 있어 똑바로 보지 않았지만, 믿음직한 남자였다. 윤희 자신을 향한 홍 목사의 시선이 예사로운 것이 아니었다는 느낌까지 들었다. 결론이 나왔다. 그래. 홍 목사더러 청계천으로 들어가라고 간곡히 권하자. 만약 그렇게 하겠다고 하면, 홍 목사 가까이에서 홍 목사를 열심히 돕자.

수일 전에 이미 그렇게 마음을 정리했는데, 홍 목사가 윤희를 찾아와 청계천으로 들어가겠다며, 청혼을 한 것이었다. 홍 목사에게 차마 먼저 덤비지 못하지만, 결코 피할 일도, 머뭇거리거나 주저할 일도 아니었다.

윤희는 눈을 떴다. 홍 목사가 마치 기도하듯이 두 손을 가슴 앞에 모으고 윤희를 바라보고 있었다. 윤희가 결론을 말했다.

"우리 인연은 숙명이 아니라 천명이에요. 목사님은 조건 없이 청계천으로 가세요. 저도 조건 없이 목사님 곁에 있을게요."

홍 목사는 그다음 날 청계천 교회를 찾아 지형에게 자신에 찬 목소리로 당당하게 말했다.

"이 교회를 내가 맡겠네. 윤 목사는 빨리 전주로 내려가게."

이야기를 마친 지형이 말했다.

"최 형, 숭인동 판잣집으로 윤희를 찾아갔지? 최 형이 거기에 가기 한 달쯤 전에 있었던 일이지."

이별식

돌다방에서 지형을 만난 지 열흘쯤 지나서였다. 영운은 하숙집에서 저녁을 먹고 나서 학교 연구소로 갔다. 책을 폈지만 몰입이 되지 않았다. 당연했다. 머리가 휑하니 뚫려 있는데 글자가 머리에 들어올 리 없었다. 누군가 불러내 술이라도 마시고 싶었지만, 아무 얼굴도 떠오르지 않았다. 유신 직후에 학교에서 일어난 일련의 사건으로 끝내는 상윤과 진영이 잡혀가고 다른 후배들도 수배를 받고 있어서 후배도 독서팀도 만나서는 안 되었다.

창가로 가서 망연히 바깥을 바라보고 있는데 전화벨이 울렸다. 지형이었다. 학교 앞의 다방으로 나오라는 것이었다. 이번에는 Y다방이 아니라 K다방이었다. 밤이라서 다방은 한산했다.

"윤 목사, 왜 오늘은 K다방이야?"

지형은 동문서답을 했다.

"내가 목사가 아니라면, 오늘 최 형하고 인사불성이 되도록 술을 마실 텐데 말이지…."

"그래? 그럼 위티라도 한 잔 마실 테야?"

"위티가 뭐지?"

"홍차에 위스키 몇 방울 떨어트린 것 말야. 술이라기보다 말 그대로 티야."

지형은 손을 내젓더니, 커피 두 잔을 시키고 나서 애초의 물음에 답했다.

"학교 앞 다방 가운데, 음반을 틀어주는 데가 이 다방이어서 이리 온 거지."

레지가 커피 두 잔을 다탁에 놓고 돌아서자, 지형이 LP음반을 들고 레지를 뒤따랐다. 지형은 뭐라곤가 레지에게 설명한 뒤 음반을 주고 자리로 돌아왔다. 둘이 커피를 다 마신 것 같자 레지가 지형에게 눈짓을 보냈다. 지형이 고개를 끄덕였다.

"최형, 우리 눈 감고 함께 듣지."

지형이 눈을 감았다. 얼결에 영운도 눈을 감았다. 멜라니 사프카Melanie Safka가 쉰 목소리로 '가장 슬픈 일The Saddest Thing'을 부르기 시작했다. 68년에 빅히트를 한 곡으로, 그 뒤로도 꾸준히 사랑받는 노래였다. 이 세상에서 가장 슬픈 일은 사랑하는 이에게 이별을 고하는 것…. 울어야 하겠지만 난 울지 않겠어. 내색하지도 않겠어. 그냥 그동안 고마웠다고 말할 거야. 사랑하는 이에게 이별을 고하는 것. 세상에서 가장 슬픈 일.

노래가 끝나자 영운은 눈을 떴다. 지형은 여전히 눈을 감고 있었다. 지형은 족히 3분은 지나서야 눈을 떴다. 신파연극의 대사를 외우듯이 지형이 말했다.

"나에게는 두 가지 길이 있었지. 첫째 길은 바순이를 찾아 청계천으로 돌아가는 것이고, 둘째 길은 내가 염쟁이가 되어 윤희를 납치해 청계천으로 끌고가는 것이었지. 그러나 지금 내 앞에 놓인 것은 예상치 않았던 길, 제3의 길이지. 장미가 있는 전주로 가는 것으로 결말이 났으니까 말이지."

"…."

"결론은 그렇게 났지만 도무지 입을 다물고 있을 수 없었지. 어제 윤희를 무교동 음악다방으로 불러내, '가장 슬픈 일'을 함께 들었지. 노래가 끝난 뒤에 윤희에게 나의 세 가지 길에 대해 말했지. 윤희 씨를 납치할 생각도 했는데 이제 지난 일이 되었다고, 안심해도 된다고 말했지. 윤희에 대한 나의 오랜 짝사랑을 그렇게 정리한 거지."

지형이 한동안 말없이 먼 데를 응시하다가 말을 이었다.

"결과적으로는 내가 청계천뿐만 아니라 윤희까지 홍 목사한테 떠넘긴 셈이지."

"…."

"아니지. 윤희가 나와 바순이를 대신해 청계천을 떠안기로 작정하고, 홍 목사를 끌어안은 거지."

"…."

"결과적으로는…, 최 형한테 미안하게 됐지. 매우 많이."

지형이 영운을 빤히 바라보다가 덧붙였다.

"최 형. 윤희는 매화 같은 여자지. 찬 곳에 있게 내버려둬."

지형이 레지를 불렀다. 판을 다시 틀라는 것이었다. 영운이 고개를 흔들었다.

"신파연극은 두 번 보는 게 아니야."

지형은 굽히지 않았다.

"아까 것은 나를 위한 노래였고, 이번 것은 최 형을 위한 노래지."

멜라니가 다시 노래를 불렀다. 지형은 이번에도 눈을 감았다. 영운은 눈을 뜨고 노래를 들었지만, 노래가 막바지에 이르러서는 눈을 감았다. 멜라니가 읊었다. 세상에서 가장 슬픈 일, 사랑하는 이에게 이별을 고하는 것에 대하여.

영운은 눈물이 핑 돌았다. 눈물이 눈구석이 아니라 목구멍에서 솟는다는 걸 체감했다. 손수건으로 눈물을 닦았다. 오래전에 윤희가 준 하얀 옥양목 손수건이었다. 아직 지형이 눈을 감고 있어 다행이었다. 영운은 결론을 내렸다. 그래. 빛바랜 옥양목 손수건 두 장은 이제 그만 써야겠어.

인연의 실

오랜만에 동세가 독서팀을 불러모았다. 6월 초였다. 원호가 결혼을 하는데 비상대책이 필요하다는 것이었다. 원호가 양 이사와 결혼에 이르기까지는 우여곡절이 따랐다.

청계야학을 접은 뒤였다. 경제학과 은사 K 교수가 원호를 불렀다. 대학원에 들어와 노동경제학을 전공하라는 것이었다. 원호는 양 이사에게 K 교수의 권유에 대해 말하고 의견을 물었다. 양 이사의 답은 간명했다.

"대학원 진학하는 남학생은 내 주변에 쫙 깔려 있어요. 그런 사람에게 감동을 느낀 적이 없어요. 나는 원호 씨가 대학 나와 노동자를 위해 헌신하겠다고 해서 감동했어요. 나는 그 감동을 포기하고 싶지 않아요."

원호는 보일러기술학원에 들어가 자격증을 딴 뒤, 현장에 들어갔다. 양 이사도 대학원 진학을 포기하고 제빵 기술을 배워 서울 외곽에 빵집을 냈다. 그렇게 하여 둘은 서로 감동을 이었다. 그러나 원호의 보일러기사 생활은 오래지 않아 끝났다. 고졸이 아니라 대졸이고, 거기다 학생운동의 맹장이라는 전력까지 탄로나 잘린 것이다.

원호는 용접을 배워 다시 현장에 들어갔다. 그러나 거기서는 한 달이 조금 지나 쫓겨났다. 일을 못 한다는 게 이유였다. 원호는 항변 한 마디 하지 않고 돌아섰다. 몇 달 가지 않아 시력을 잃을 것 같은 공포에서 벗어난 것을 다행으로 여겼다.

절망의 늪에 빠져 있던 그에게 예기치 않은 기회가 왔다. 혁신을 내걸고 노총 회장에 당선한 이가 원호에게 노총에 들어와 정책업무를 맡으라고 했다. 전에 구로동에서 야학을 거친 이가 다리를 놓은 것이었다. 현장에서 연거푸 쓴 물을 마신 그로서는 뿌리치기 어려운 제안이었다. 나 같은 학출에게는 그 일이 맞을지 몰라. 원호는 어렵게 양 이사의 허락을 얻어냈다.

출근할 날이 7월 1일로 정해지자 원호는 결혼을 서둘렀다. 그러나 양 이사 가족이 한사코 반대했다. 좌파 가난뱅이한테 딸을 줄 수 없다는 것이었다. 장기전으로 들어갈 경우 승산이 없다고 판단한 원호는 마감일을 5월 말로 못 박고, 양 이사에게 그 안에 가족을 설득하라고 압박했다. 양 이사는 그게 어렵다고 결론을 내리고 원호를 불러냈다.

"옛날에 보쌈이라는 게 있었다는 걸 알아요?"

"알죠."

"그럼 답이 나왔네요."

원호는 세부작전을 동세에게 맡겼다. 동세가 시나리오를 짜놓고 실행요원들에게 임무를 부여했다. 양 이사 집 앞까지 택시를 타고 가서 양 이사를 미장원으로 데려오는 일은 누구, 미장원에서 식장까지 데려오는 일은 누구, 신부 쪽 식구들이 혹시 쳐들어오면 그들이 식장에 들어오지 못하게 막는 일은 누구누구, 하는 식이었다. 작전 설명을 들은 뒤 중언이 쾌재를 불렀다.

"원호가 어디 어두컴컴한 데로 데려가서 덮어뿐 기야. 안 그랬으면 양 이사가 그렇게 나올 턱이 없대이."

영운의 생각은 달랐다. 만당晩唐의 어느 시인은, 부부가 될 사람은 상대가 태어나자마자 하늘이 빨간 인연의 실로 두 사람 발목을 묶는다고 했다. 하늘이 오래전에 원호와 양 이사의 발목을 빨간 실로 묶어둔 것이 틀림없었다.

작전은 계획대로 전개되었다. 그러나 빈틈이 있었다. 신부가 식장에 신고 들어갈 하이힐을 준비하지 못한 것이 그것이었다.

양 이사는 개의치 않았다. 집에서 몰래 나올 때 걸친 헌 운동화를 신고도, 양 이사는 출중한 미모로 식장을 제압했다.

신혼여행을 마치고, 원호는 처가로 갔다. 장인은 일본 유학생 출신이었다. 해방이 되자 귀국선을 타고 돌아왔다고 했다. 그러나 해방정국은 그에게 좌절을 예비해두었다. 일본에서 사회주의자가 된 그의 눈에 비친 이승만의 남한 단독정부는 악이었다. 당연한 귀결이지만, 그의 인생은 시련으로 점철했다.

장인은 자식만은 체제에 순응하기를 바랐다. 그러나 맏딸인 양 이사는 유전병이었는지 유행병이었는지 좌파가 되었고, 색깔이 같은 원호를 신랑으로 맞았다. 술이 거나해지자 장인이 원호에게 물었다.

"자네, '귀국선'이라는 노래 아나?"

"압니다."

"그럼 불러봐."

원호는 목청을 돋우어 '귀국선'을 불렀다. 돌아오네, 돌아오네. 고향산천 찾아서. 얼마나 그렸던가, 무궁화 꽃을. 얼마나 외쳤던가, 태극 깃발을. 갈매기야 울어라, 파도야 춤 춰라. 귀국선 뱃머리에 희망은 크으다. 원호가 1절을 부르고 앉으려 하자 장인이 다시 세웠다.

"2절 3절도 불러야지."

마다할 일이 아니었다. 원호가 3절까지 다 부르자, 장인이 혼잣말을 이었다.

"내 잘난 딸년이 뭐라고 한 줄 아나? 지가 열심히 돈 벌어서, 자네가 가계 걱정 하지 않고 노동자를 위해 좋은 정책을 만들게 하겠다는 거야."

"…."

"천정배필이라…, 짝 정하는 것은 하늘 일이라는데, 내가 하늘 일에 거역할 수가 있나?"

"…."

"그래. 뜻 맞추어 둘이 잘 살게."

비슷한 일이 꼬리를 물었다. 지방 근무를 마치고 서울로 올라온 중언에게 어느 날 영운이 물었다.

"전에 어떤 앤가를 사귀고 있다고 했잖아? 어떻게 돼가니?"

"지난 주말에 불러내서 쌍코피 나게 덮어뺐다. 곧 결정 날 끼다."

"쌍코피?"

"코피는 한쪽 콧구멍으로 난다, 아이가? 갸 이번에 두 쪽 콧구멍으로 피 터져뺐다."

그럼에도 불구하고 중언의 장모는 완강했다. 장인은 어쩔 수 없지 않느냐고 물러섰지만, 장모는 똥구녁 삐란 놈한테는 딸을 줄 수 없다고 버텼다. 장모는 몸져누웠다가 이틀 동안 쌍코피를 흘리고 나서야 결혼을 허락했다.

중언의 다음은 동세였다. 신부는 대구 출신으로 대학 동기인 숙희였다. 두주불사하는 동세는 그를 떨떠름하게 여기는 처남들을 술로 제압했다. 실연의 쓰라림을 두 번 겪은 승찬은 군에서 제대한 뒤, 은행원답게 최소의 투자로 최대의 수익을 올렸다. 그는 동세의 여동생을 찍었다.

남은 건 영운이었다. 승찬이 결혼하던 날 중언이 영운에게 핀잔을 했다.

"윤희를 놓치더니만, 화영이도 놓치고…."

곁에 있던 동세가 영운을 툭 쳤다.

"여자와 버스는 5분 후에 또 온다고 했잖아? 고작 10분이 지났을 뿐이야. 곧 귀인이 나타날 거야."

귀인? 문득 은진의 이모 집에 숨어 지낼 때 은진의 이모가 한 말이 생각났다. 까치가 노래하는 걸 보니 오늘 학생한테 귀인이 오려나 봐. 섬광 같은 것이 영운의 머리를 스쳤다. 그래, 맞아. 김종길 시인이 텅 빈 교정에서 꺾어준 국화를 들고, 귀인 자격으로 은진이 그날 내게 왔던 거야.

9

매화

매화

밤새 내린 비가 하늘을 씻어, 남쪽 수평선에 떠 있는 추자도가 손에 잡힐 듯이 가까워보였다. 하늘에서 잠자리 두 마리가 술래잡기를 했다. 핸드폰 울음이 늦가을 오후의 정적을 깼다. 수민이었다.

"아저씨, 윤지형 목사님이 아저씨 핸드폰 번호를 알려달래요."

"그래? 윤 목사 번호를 내게 알려줘. 내가 윤 목사한테 전화할게."

금방 수민이 지형의 번호를 문자메시지로 보내왔다. 지형에게 전화를 걸었다. 시골 교회 목사 윤지형이 인사동 화랑에서 인물화 전시회를 할 때 만났으니까, 왕래가 끊긴 지 족히 20년은 지난 것 같았다. 지형은 만나서 의논할 일이 있다며 주소를 물었다.

이튿날 오후에 지형이 차를 몰고 남은재로 왔다. 두리번거리며 그가 물었다.

"부인은?"

"미국에 있어. 외손녀 돌보느라…."

"그럼 최 교수도 미국에 있어야지."

영운에게는 준비된 답이 있었다.

"중국여행을 자주 해야 하는데, 미국에 있기는… 좀 그래."

지형은 고개를 끄덕거리더니 불쑥 초상화 한 장을 내밀었다. 영운을 그린 것이었다. 포털에서 영운의 얼굴 사진을 찾아내 그걸 보고 그렸다고 했다. 성깔이 있어 보이는 얼굴이었다.

"학생들이 연하장에 인자하신 교수님이라고들 쓰는데, 초상화 얼굴은 인자하지가 않구먼."

"전라도 사투리에 꼬라지라는 말이 있지? 인자함 뒤로 숨기고 있는 최 교수 꼬라지를 나는 알지."

지형은 껄껄 웃었지만 영운은 웃지 않았다. 아내 은진과 떨어져 사는 것이 자신의 성깔 때문이라고 진단한 것처럼 들려서였다. 전망이 좋다든지, 공기가 싱그럽다든지, 누구나 하는 그런 덕담도 없이 지형이 서둘렀다.

"각설하고, 내 말 좀 듣지."

"그래도…, 잠깐 기다려."

영운이 원두를 갈아 뽑아준 커피를 거들떠보지도 않고 지형이 일장 연설을 했다.

"윤희의 남편이자 내 신학대학 선배인 홍 목사는 내 인생을 대신 살아주신 분이지. 청계천에 들어가 청계천 사람들과 부대끼고 살면서 수차에 걸쳐 옥살이까지 했지.

박정희가 자본가를 육성하기 위해 농촌을 파괴해 농민을 값싼 노동자로 내몰고 있다. 노동 3권을 부정하며 민중에 대한 폭압을 일삼는 남한 정권은 북한 권력을 비난할 자격이 없다. 언론 출판 집회 결사의 4대 자유가 보장되느냐가 민주주의의 관건인데, 그런 면에서 우리나라는 민주국가가 아니다. 그런저런 설교를 했다고 단죄한 건데, 지금 생각하면 다 상식적인 얘기에 불과하지.

그러나 내가 그분을 높이 평가하는 이유는 다른 데 있지. 우리나라 자본주의가 어느 단계에 오르고 청계천 재개발도 끝나자, 손을 탈탈 털어 도시빈민운동을 접고 농촌으로 내려간 걸 보고 내가 감탄을 했지. 정치판에서 손을 내밀기도 했지만 뿌리치고 농촌으로 가서, 이번에는 친환경 농업을 몸소 실행했지.

그렇지만 내가 그분을 진정으로 존경하는 이유는 따로 있지. 윤희가 치매에 걸리자 그분은 모든 가치나 집착을 다 내던지고 오롯이 윤희 곁에서 윤희 보살피는 일에 매달렸지. 자기 건강이 상한 것도 모르고 윤희 간병을 하다 홀연히 세상을 떴지."

"…."

"홍 목사는 윤희가 치매에 걸린 것이 자기 때문이라고 했지. 홍 목사가 북한 젖먹이들에게 분유 보내는 운동을 벌일 때였지. 윤희가 시골 교회를 돌아다니며 분유 한 통 값만 보태달라고 모금 운동을 벌이다가 어느 교회 계단에서 쓰러졌지. 몸이 허해서 그렇다며 한 신자가 산초를 줬다는데, 그게 약초가 아니라 독초였나 봐. 윤희는 홍 목사가 달여준 탕약을 마시고 잠들었다가 아침에 깨어나지 못했지. 병원으로 후송했지만 뇌가 많이 상했고…, 결국 치매 상태로 이어졌다는 거지.

그분이 빈민운동보다, 친환경 농업보다 더 소중하게 여긴 대상이 바로 부인인 윤희지. 그런데, 그 윤희의 생존 자체가 이제 한계에 이르렀지. 그래서 내가 최 교수를 만나러 온 거지. 우리 둘이 함께 윤희를 보러 가자고 말이지."

지형의 말은 설득력이 있었다. 그러나 영운은 고개를 저었다. 이유가 있었다. 영운이 윤희를 마지막으로 본 것은 지방 대학에 재직하던 80년대 후반의 어느 날이었다. 지도하는 서클의 학생들이 서울 원정시위를 벌이다 붙잡혀 서울에서 재판을 받게 되었다. 영운은 첫 재판이 열리는 날 법원으로 갔다. 오후 2시에 재판이 열린다고 해서 시간에 맞추어 갔지만, 재판이 열릴 거라던 법정에서는 다른 사건의 심리가 진행되고 있었다. 그 심리가 끝나야 제자들 사건의 심리가 시작된다는 것이었다.

달리 있을 곳도 없어 영운은 재판정으로 들어갔다. 방청석 맨 뒷자리에 앉아 무심코 앞을 바라보다가 영운은 놀라 까무러칠 뻔했다. 피고인석에 서 있는 사람이 다른 이가 아닌 윤희였다. 홍 목사가 투옥된 상황에서 윤희가 법망에 걸려든 것이었다. 심리가 끝날 무렵에 윤희가 검사에게 말했다.

"자백, 자백 하시는데 검사께서 말하는 자백이란 내 막냇동생보다 어린 수사관이 내 머리채를 잡아 흔들고 뺨을 때리면서 만들어 낸 가짜예요. 가난한 사람들을 돕는 종교활동마저 반체제로 모는 사회는 자유사회, 민주사회라고 할 수 없어요. 검사께서는 자신의 내면의 소리를 들으세요. 지금은 내가 재판을 받지만, 언젠가는 이 재판 자체가 역사의 심판을 받을 거예요."

그 시절에 사람들은 '우리'와 '남'이라는 두 그룹 가운데 하나였다. '우리' 편인 윤희가 '남'의 편인 검사에게 하는 말투 치고는 이례적이었다. 목소리가 조용하고 따스했다. 마치 큰누나가 막냇동생을 타이르는 것 같았다.

윤희가 퇴정할 때 영운은 다른 방청객의 등 뒤로 고개를 숙였다. 그러나 영운은 방청석을 둘러보는 윤희의 맑고 밝은 얼굴을 놓치지 않았다. 영운은 소인국에서 거인국으로 들어간 것 같았다. 아, 내가 문제 학생들에 관한 지도 보고서를 쓰는 조무래기로 왜소해진 동안에, 윤희는 그야말로 큰사람이 되었구나.

그 뒤로 영운이 K대로 옮겼지만 윤희를 만날 수는 없었다. 그 무렵에 윤희는 남편과 함께 시골로 내려갔기 때문이다. 오래전에 법정에서 윤희를 본 이야기를 하고 나서 영운이 말했다.

"윤 목사. 나는 수민을 따라 요양원 입구까지 갔다가 돌아선 적이 있어. 요양원에 있는 윤희의 모습을 보고 싶지 않았어. 지금도 마찬가지야. 재판정에서 본 윤희의 맑고 밝은 얼굴을 기억하고 싶어."

며칠 뒤였다. 지형을 돌려보냈지만, 영운은 지형의 간곡한 청을 묵살한 것이 마음에 걸렸다. 영운은 망설이다가 수민에게 전화를 걸어, 윤 목사와 둘이서 엄마를 보게 해달라고 했다. 수민은 딴 이야기를 했다. 들뜬 목소리였다.

"아저씨. 엄마 상태가 거짓말같이 좋아졌어요. 며칠 전부터 다시 저를 알아봤어요. 오늘은 저하고 떠듬떠듬 이야기도 나눴어요."

"그래?"

"제가 아저씨를 아느냐고 물었어요."

"…."

"엄마가 또박또박 대답했어요."

수민은 윤희 말을 흉내냈다.

"알 고 말 고."

수민이 목소리를 제 것으로 바꾸었다.

"엄마 첫사랑이지? 수줍어하다가 엄마가 고개를 끄덕였어요.

어찌나 귀여운지⋯. 근데, 엄마가 그랬어요. 미 안 한 일 이 있어⋯. 캐물어도 더 이상은 말하지 않았어요."

"엄마가 기억을 되찾다니⋯. 기적 같은 일이구먼."

"그래요. 기적이에요. 엄마 씻겨드리고 있었는데, 엄마가 제 손을 쥐고⋯ 니 가 고 생 이 많 다⋯."

수민은 감정이 북받치는지 더는 말을 잇지 못했다. 영운이 말했다.

"딸 효성에 엄마가 감응한 거야."

감정을 추스르고 수민이 말했다.

"엄마가 저한테 감응한 게 아니라⋯, 제가 엄마한테 감응한 결과예요."

"⋯."

"제가 중대결심을 했어요. 저 스스로 놀라고 있어요."

"무슨 결심?"

수민이 되물었다.

"우리 집 가훈이 뭔지 아세요?"

"⋯."

"가난하게 산다, 가난한 사람들과 더불어 산다, 가난한 사람을 위해 산다."

영운은 소름이 돋았다. 수민이 말을 이었다.

"전 엄마 아빠가 가난한 사람 도우면서 가난하게 사는 게 싫었어요. 근데, 엄마 아빠가 참 훌륭한 분이라는 걸 새삼 깨달았어요. 이제 저도 돈 많이 벌어서, 가난하게 살래요. 제가 아빠 엄마 뜻을 이을 거예요. 물론 제가 직접 할 수는 없어요. 같은 일을 하는 교회를 찾아 열심히 도울 거예요. 단, 작은 교회라야 해요. 교도소처럼 담장 높였다가 아들한테 물려주는 큰 교회는 싫어요."

수민이 보탰다.

"엄마가 윤 목사님은 기억을 못 해요. 제가 곧 날짜 잡아서 알려드릴게요. 아저씨 혼자서 엄마 만나러 오세요. 알고 싶은 것도 있어요. 엄마가 아저씨한테 뭘 미안해 하는지…."

영운은 천마산 자락에 있는 요양원으로 갔다. 안으로 들어간 그는 깜짝 놀랐다. 그의 눈앞에 펼쳐진 것은 바로 선계仙界 그 자체였다. 우거진 숲속으로 난 오솔길이 정겨웠다. 숲 안에 드넓은 잔디밭이 펼쳐져 있고, 군데군데 서 있는 나무에서 다람쥐가 내려와 잔디밭을 이리 뛰고 저리 뛰었다.

잔디밭 건너에 호수가 있고, 호수 한가운데 조그만 섬이 있었다. 호숫가에선 갈잎이 바람에 쏠리고, 섬 언덕에서는 모란과 장미가 아름다움을 겨뤘다. 천상천하에 그런 요지瑤池가 없을 것 같았다.

영운은 구름다리를 건너 섬으로 들어갔다. 나무 벤치에 한 여인이 커피색 반코트를 입고 앉아 있었다. 윤희였다.

영운은 벤치 앞에 섰다. 바로 옆에 대추나무 등걸이 있는데, 오래전에 나무를 잘라낸 것 같은데도 밑동에서 새 가지가 한 가닥 자라고 있었다. 영운은 윤희 얼굴을 살폈다. 핏기가 여리지만 얼굴이 맑았다.

"윤희, 나야."

윤희는 아무 표정도 드러내지 않았다. 시선도 맞추지 않고, 멍하니 먼 데만 바라보았다.

아침에 눈을 떴을 때 곁에서 윤희가 은빛 아랫니를 보이며 상긋 웃어준다면, 잠자리에 들기 전에 윤희가 그 은빛 아랫니를 드러내고 하품하는 걸 볼 수 있다면, 어떤 일도 힘들지 않고 어떤 어려움도 두렵지 않을 것 같은, 그런 시절이 영운에게 있었다. 어딘가에 윤희가 있고, 윤희 마음에 영운이 담겨 있다는 생각만으로 행복을 느끼던 시절이 있었다.

그러나 모든 가능성의 출발점에서 영운은 그 가능성을 스스로 엎었다. 그 뒤로도 엉킨 실타래를 풀고자 했지만 뜻을 이루지 못했다. 영운이 대추나무의 새 가지를 가리키며 윤희에게 말했다.

"윤희, 보이지? 대추나무에서 새 가지가 자라고 있어."

윤희는 여전히 아무 반응도 보이지 않았다. 영운은 고개를 끄덕였다.

"그래…. 입을 열면 구차해지니까…, 말없이 윤희를 바라보고
만 있을게."

그 말을 듣고는 윤희가 천천히 눈의 초점을 모았다. 이윽고
미소를 머금고 영운을 바라보았다.

"우리 서로 말을 해도 돼."

영운의 상기된 얼굴을 바라보며, 윤희가 은빛 아랫니를 드러
내고 상긋 웃었다.

"아저씨, 오래전 일이지만 숭인동에서 그렇게 보내서 미안해에."

소리가 작았지만 영운에게는 천둥소리만큼 컸다. 윤희가 말
을 한 사실 자체가 놀랍고도 기뻤다. 더구나, '미안해'에 '에'까지
붙이다니…. 첫 편지를 받았을 적 생각이 났다. 영운은 하늘을
향해 두 팔을 쭉 뻗었다.

영운은 침대에서 방바닥으로 떨어졌다. 꿈을 꾼 것이다. 핸드폰
을 켰다. 새벽 2시가 조금 지난 시각이었다.

꿈을 꾼 지 사흘이 지난 날 밤이었다. 영운은 불을 끄고 자리에
누웠다. 꿈에 본, 맑고 밝은 윤희 얼굴이 또렷이 떠올랐다. 천마산
요양원에 가볼까? 그래. 가야 해. 그리고…, 아, 맞아. 왜 내가 여태
그 생각을 못 했지? 윤희를 여기 보길도로 데려오는 게 좋겠어.

상큼한 바닷바람을 쐬면 정신이 맑아질 테니까. 윤희 팔을 부축해 바닷가에 가는 거야. 햇살을 받아 윤슬이 반짝거리는 바다를 함께 바라볼 수 있을 거야. 그런데, 왜 수민은 날을 잡아 알려주겠다고 해놓고 깜깜 무소식이지? 아냐. 걔 허락을 받고 말고 할 일이 아니야. 내일 아침 첫 배를 타고 나가는 거야, 천마산 요양원으로 가야겠어.

머리맡에 둔 핸드폰이 울렸다. 이 밤에 누구지? 더듬거려 핸드폰을 집었다. 수민이었다. 반가웠다. 텔레파시가 통했나?

"오랜만이야. 내가 내일 첫 배를 타고…."

수민이 무질렀다.

"제가… 경황이 없었어요."

기가 다 빠져나간 목소리였다.

"무슨 얘기야?"

"어제…, 엄마를 화장했어요."

"뭐?"

영운은 벌떡 윗몸을 일으켰다.

"엄마가 저 세상 가기 직전에 일시적으로 상태가 좋아진 건데…, 난 그것도 모르고…."

"…."

"재를… 숭인동 느티나무 아래다 묻었어요."

영운의 눈앞에 황학루의 학이 나타났다. 벽에 붙어 있던 황학이 드디어 하늘로 훨훨 날아올랐다. 엄마 아빠를 이어 가난한 사람을 돕기로 한 수민이 선비가 되어 황학의 저주를 푼 것이 틀림없었다.

"미리 알려드리지 못해… 죄송해요."

수민이 훅훅 콧물을 들이마시더니 전화를 끊었다.

영운은 일어서서 불을 켰다. 오래전에 지형이 한 말이 생각났다. 윤희는 매화 같은 여자지. 찬 곳에 있게 내버려둬. 영운은 벼루에 물을 부어 먹을 간 뒤, 붓에 먹물을 찍어 한지에 한시 한 수를 썼다. 조선조 시인 홍원주洪原周의 '매화'였다.

獨擅春光早 疎枝帶月斜 隨風暗香動 玉樹雪中花

홀로 이른 봄빛 누리더니

성긴 가지, 달을 띠고 기울었다

바람따라 은은한 향기 날린다

옥 같은 나무, 눈 속에 핀 꽃

윤희는 재로 묻혔다지만 아침은 다시 왔다. 영운은 호박주스를 만들어 아침을 때우고 커피 한 잔을 내려 밖으로 나갔다. 바다에서 안개가 올라오고 있었다. 영운은 의자를 데크 가장자리로 옮겨 바다를 보고 앉았다. 안개가 쌀뜨물처럼 짙었다. 그래. 그리움이 이만큼 진했던 적이 내게 있었어.

삽시간에 안개가 영운의 집 남은재를 휘감았다. 10분도 지나지 않아 바다나 마을은 물론, 1백여m 떨어진 옆집도 보이지 않았다. 영운은 마치 커다란 거품욕조에 혼자 들어앉은 느낌이었다. 커피가 썼다.

카톡 문자가 왔다. 다음 책 구상은 마치셨나요? 조만간 한번 뵙죠. 출판사 기획부장이 보낸 것이었다. 전에 그가 전화로 한 말이 생각났다. 한시여행 두 번째 책인 두보 편의 시장 반응이 좋다며, 한유韓愈나 백거이白居易 편으로 가기 전에 다른 시인을 끼워넣을 수 없겠느냐는 것이었다. 산수가 좋은 지역의 시인이면 좋겠다고 했다. 직답을 피했는데 이제 생각하니, 큰 역도 좋지만 간이역에 들르는 것도 나쁘지 않을 것 같았다.

문득 만당의 시인 조업이 떠올랐다. 윤희에게 쓴 첫 편지에 끌어들인 시가 바로 조업의 사원四怨 가운데 한 수였다. 난 꽤 오랫동안 조업과 같은 사회시社會詩 시인을 잊고 있었어. 부르나라에서 프로나라로 옮긴 윤희가 그렇듯이, 탁탁한 현실세계에서 힘들어하고 괴로워하고 분노한 시인들, 그들도 다 눈 속에 핀 꽃, 매화였어. 프로나라를 지킨 내 오랜 친구들도 마찬가지지. 맞아. 다음 한시여행은 조업이 나고 자란 계림이야. 거긴 산수도 빼어나잖아?

내가 대학에 들어갔다가 대학원 석사과정을 마치고 연구소 연구원 생활을 한, 1960년대 중반부터 1970년대 중반에 이르는 10여 년은 빛의 시대이기도 하고 어둠의 시대이기도 했다. 빛이 묵은 어둠을 걷어내고 있었지만 그 빛은 또한 새로운 그림자를 만들었다.

많은 학생들이 빛을 향해 달려갔다. 그러나 어떤 학생들은 빛이 만드는 그림자를 외면할 수 없었다. 이 소설은 후자의 범주에 속한 학생들을 화폭 가운데에 두고 그린 하나의 풍속화이다. 사랑 역시 빛과 그림자로부터 결코 자유로울 수 없었다. 소설에 여러 실존인물을 끌어들였다. 그러나 소설에 나오는 내용이 사실과 일치하는 것은 물론 아니다.

이 소설을 쓰는 과정에서 여러 지인의 도움을 받았다. 고려대 명예교수인 최동호 교수는 소재를 취택하여 플롯을 짜고 문장을 쓰는 전 과정에 걸쳐 많은 가르침을 주셨다. 성균관대의 송재소 명예교수께서는 여러 차례 한시에 대한 자문에 응해주셨다. 고려대의 서지문 명예

교수와 한국인문고전연구소의 강옥순 소장, KBS의 주연자 PD도 원고를 읽고 귀한 조언을 주셨다. 다산아카데미의 김대희 님은 열 번째 버전까지 열심히 읽어주었다. 중앙일보의 정재숙 기자한테도 여러모로 도움을 얻었다. 지면을 통해서 감사 말씀을 드린다. 재미가 있을 것도 같고 의미도 있을 법하여 써내려갔고, 주위의 도움 말씀도 청해 들었지만, 소설이 밋밋한 수준에 머문 것은 나의 한계 때문이다.

우리 시대의 두 거장인 임권택 감독과 김훈 작가께서 과분하게도 추천사를 써주셨다. 소설의 완성도와 추천인의 명망 사이의 간극이 큰 소설로 회자되겠지만, 두 분의 후의는 마음 깊이 간직할 것이다. 어려운 여건에서도 기꺼이 출판을 맡아주신 중앙일보플러스의 이상언 대표께도 충심으로 사의를 표한다. 실무작업을 총괄한 이정아 부문장, 가슴이 시리도록 아름다운 표지를 그려준 디자이너 김미소 님의 고마움도 오래도록 잊을 수 없을 것 같다.

김민환

눈 속에 핀 꽃

초판 1쇄 2018년 8월 27일

지은이 ㅣ 김민환

발행인 ㅣ 이상언
제작총괄 ㅣ 이정아
디자인총괄 ㅣ 이선정
표지 디자인 ㅣ 김미소
디자인 ㅣ 최수정
사진 ㅣ 박종근

발행처 ㅣ 중앙일보플러스(주)
주소 ㅣ (04517) 서울시 중구 통일로 92 에이스타워 4층
등록 ㅣ 2008년 1월 25일 제2014-000178호
판매 ㅣ 1588-0950
제작 ㅣ (02) 6416-3933
홈페이지 ㅣ www.joongangbooks.co.kr
포스트 ㅣ post.naver.com/joongangbooks
인스타그램 ㅣ www.instagram.com/j__books

ⓒ 김민환, 2018
ISBN 978-89-278-0953-1 03810